보이지 않는 세계

신태권도 2

보이지 않는 세계

신태권도2

초판 1쇄 인쇄 2014년 08월 29일
초판 1쇄 발행 2014년 09월 05일

지은이 서 종 원
펴낸이 손 형 국
펴낸곳 (주)북랩
편집인 선일영 편집 이소현, 이윤채, 김아름, 이탄석
디자인 이현수, 신혜림, 김루리 제작 박기성, 황동현, 구성우
마케팅 김회란, 이희정
출판등록 2004. 12. 1(제2012-000051호)
주소 서울시 금천구 가산디지털 1로 168, 우림라이온스밸리 B동 B113, 114호
홈페이지 www.book.co.kr
전화번호 (02)2026-5777 팩스 (02)2026-5747

ISBN 979-11-5585-339-9 04810(종이책) 979-11-5585-340-5 05810(전자책)
979-11-5585-349-8 04810(SET)

이 도서의 국립중앙도서관 출판예정도서목록(CIP)은 서지정보유통지원시스템 홈페이지(http://seoji.nl.go.kr)와 국가자료공동목록시스템(http://www.nl.go.kr/kolisnet)에서 이용하실 수 있습니다.
(CIP제어번호 : CIP2014025759)

신태권도 2

보이지 않는 세계

서종원 장편소설

북랩 book Lab

이 책에 쓰인 이야기들은

사료 조사를 바탕으로 하였지만,

작가의 생각에 의해 창조된

허구적인 사건, 기업, 기관임을

명백히 밝힙니다.

작가의 말

유리잔이 있다고 가정해 보자. 일반인들은 투명한 유리잔이며 한 손에 쥘 수 있는 크기 정도로 생각할 것이고, 더 관심 있게 지켜보는 사람들은 둘레 8cm의 높이는 10cm 정도의 물을 담는 도구 정도로 생각할 것이며, 기하학을 하는 자들은 부피도 측정할 수 있고, 화학자는 유리의 분자 구성 성분을 예측하거나 와인을 담았을 경우 접촉하는 면적을 통해 산화의 속도를 측정할 수 있을 것이며, 물리학자들은 그 유리잔의 무게부터 시작해서 유리잔을 구성하는 물질을 쪼개어 그 원자가 돌아가는 속도를 계산할 수 있다. 아니면 아예 일반적인 전제를 뒤집는 생각을 할 수도 있다. 복잡계 물리학을 전공하는 자나 동양철학을 전공한 자들은 '멈추어 있다고 생각하는 유리잔'이 사실은 멈추어 있지 않고 끊임없이 형태가 흐르고, 변화하며 원래의 자연 상태로 돌아가려고 한다는 것을 알고 있기 때문이다.

한 농촌 마을의 마을 사람들을 20명이나 연쇄살인한 청년이 있다고 가정하자. 그 청년의 인상은 날카로웠고 반성의 기미가 없었으며, 재판 도중 심한 욕설도 했다고 한다면 사람들은 모두 그에게 사형을 구형하라고 외칠 것이다. 그런데 알고 봤더니 그 마을 사람들은 부모가 없는 한 중학생 소녀를 상습적으로 성폭행하고 있었고, 청년이 그 소녀의 오빠였다는 것을 알면 사람들은 모두 입을 다물 것이다. 그리고 '그런 사실은 내가 미처 몰랐지'라고 할 것이다.

이 두 사례에 비추어 보면 사람들은 '자신이 알고 있는 정보를 바탕으로 자신의 지식만큼 해석하며 자신의 입장에 따라 옳고 그름을 판단한다'고 할 수 있다. 그러나 어떠한 사건의 대부분은 사실 옳고 그름으로 판단할 사안이 아닌 것도 있고, 사람들마다 옳음의 정의가 다르게 해석되며, 더 나아가 어떠한 정보가 맞는 정보인지 불확실하다.

위의 사례에서 조금 더 이야기해 보자. 만약 마을 사람 중의 한 명이 현직 국회의원의 형제라면 그는 실제 소녀에게 못된 짓을 했음에도 불구하고 용의선상에서 제외될 수도 있고, 사형 제도를 찬성하는 언론기관에서는 연쇄살인을 했던 이유에 대해 언급하지 않고 냉혹한 사이코패스의 탄생으로 뉴스를 장식할 수도 있다.

우리는 언론과 SNS의 발달로 우리가 눈으로 직접 보고 귀로 들으며, 책을 읽고 사유하지 않는 세상에서 살고 있다. 그래서 이윤을 추구하는 기업의 마케팅에 현혹되어 우리의 삶의 질을 영혼의 안녕으로 판단하지 않고 물질에 대한 소유로 판단하며, 정치적 권력을 추구하는 언론기관의 보도로 세상의 옳고 그름을 판단하는 경우가 많다. 무엇이 옳고 그른지는 내가 깨달음을 얻은 자나 신이 아니기 때문에 잘 모르겠지만 적어도 우리는 가짜 세상을 살고 있는 것이라고 자신있게 이야기할 수 있다.

지구 위에서 진짜 세상을 살 수 있는 방법은 진리에 가까워질 수 있도록 스스로 사유하는 것과 그 사유의 결과물을 실천하는 것, 두 가지뿐이다. 나는 이 작품을 통해 특정 정치 성향을 드러내거나 무엇이 옳고 그른지를 정해주고자 집필한 것이 아니다. 무엇이 사실인지, 무엇이 옳은지는 이미 이야기했듯이 나도 모른다. 하지만 최소한 우리가 살고 있는 세상이 내가 접한 정보와 눈으로 보이는 것이 전부가 아니라는 것을 깨닫고, 본인이나 주위의 사랑하는 사람의 입장이 아니라 전체 세계의 거시적인 입장에서 보이지 않는 흐름을 스스로 짐작해 보고 사유해 볼 수 있는 촉진제가 되길 바란다.

이 책을 집필할 수 있도록 철학적으로 지도해 주신 임익권 교수님(플라톤, 소크라테스), 유병래 교수님(도가철학), 박보기 교수님(한국철학), 정소이 교수님(동양사상 전반), 이명신 교수님(경영철학), 이재윤 교수님(복잡계 이론 및 인문, 이공의 융합사상), 김시천 교수님(정의로운 사회), 남기영 교수님(형이상학), 김학재 교수님(윤리적 보편주의)께 감사를 드린다.

이야기의 소재에 도움을 주신 문윤수 교수님(매스미디어), 강병서 교수님(보수정치 이해), 정현수 교수님(미국의 패권과 한반도의 영향), 박성준 교수님(세계 근대사)께 감사를 드린다. 지금까지 열거한 교수님들은 모두 경희대 소속이다.

이야기의 주제에 영감을 준 녹번종합사회복지관(서울시 은평구)의 직원 및 봉사자들께 감사를 드린다. 또한 이 책이 나오기까지 정신적, 물질적으로 후원하여 도움을 준 북랩출판사와 청경M&S에 감사를 드린다. 책이 나오기까지의 전 과정에서 나를 믿고 도와준 박혜진 양에게 깊은 감사를 드린다. 이 책이 존재할 수 있게 29년이나 나를 믿고 집필에 대해 응원해 준 나의 부모님과 기쁨을 나눈다.

차례

프롤로그

마르코 폴로의 동방견문록을 계기로 지중해 유럽권에서 시작된 신대륙에 대한 탐험로가 콜럼버스, 마젤란에 의해 개척되면서 15~16세기에는 이른바 '대항해시대'로 불리게 되었다. 황금, 은, 차, 향신료, 종이, 석유 등 다량의 자원을 싼값에 들이기 위해 유럽의 국가들은 앞다투어 식민지를 개척하려 했고, 그것은 제국주의로 발전했다.

그러나 자원과 영토는 한정되어 있었고, 점차 영국과 프랑스, 에스파냐(지금의 스페인) 이외의 독일이나 이탈리아, 네덜란드, 오스트리아 같은 신흥 공업국들이 항해무역에 참여하여 서구 열강들을 추격하면서, 식민지를 둘러싼 충돌이 확대되었다.

결국 기존의 열강들과 신흥 국가는 경제, 군사, 외교적 전략의 요충지였던 발칸반도를 둘러싼 대립과 사라예보 사건[1]을 계기로 1차 세계대전이 발발하여, 군사력과 함대를 내세운 유럽 국가의 본격적인 대립이 시작되었는데, 바로 이때 각국의 정보기관이 파생되거나 활발한 활동이 시작되었다.

최초에는 적군의 기를 꺾는 거짓 정보를 유출시키거나, 투항에 대한 홍보 등에만 활동하던 군 정보기관은 2차 세계대전으로 넘어오면

---

1) 오스트리아 황태자 부부가 피습당하여 사망한 사건.

서 규모가 커져 군으로부터 독립하여 직접적인 산하기관으로 분류되었고, 적군의 군사전략 및 작전 획득, 요인 암살, 아군의 주요 인사를 상대측 정보기관으로부터 보호, 외교적 지위를 높일 수 있는 정보 획득, 전쟁 중에 취약해진 국내의 치안을 확보하거나 국민을 자국에 유리한 방향으로 선동하는 등 그 종류와 활동의 범위는 광대해졌다.

현재는 각국에 기본적으로 2개 이상은 갖고 있는 이 정보기관들은 요원 개인의 임무 중 침투, 폭파, 납치, 암살, 경호, 정보 탈취, 테러 방지 등이 포함될 수 있기 때문에 기관의 특성별, 국가의 특성별로 그에 적합한 실전 무술들이 개발되었다.

한편 대항해시대는 유럽에서는 '황금시대'였으나 아프리카 및 아시아권 민족들에게는 '암흑의 시대'이기도 했다. 그들은 유럽의 무역회사들에 의해 헐값에 자원을 강탈당했으며, 수없이 많은 젊은이들이 노예로 끌려가기도 했다. 2차 세계대전이 끝난 뒤 현재까지도, 대한민국은 분단국가가 되어, '친일'과 '종북' 논란이 끊이지 않고 있으며, 수단, 남아공, 잠비아, 에티오피아 등은 내전이 끊이지 않고 있다. 심지어 그 내전에 동원되는 무기들은 예전에 그들을 식민지로 만들었던 유럽의 군수 회사에서 수입해 온 것이고, 그것은 고스란히 차관이 되고 있으며, 커피와 공산품 등을 생산하기 위한 공장에서 값싸게 노동력을 착취당하고 있다.

그렇게 식민지의 자원을 착취하여 이루어낸 부를 바탕으로 산업혁명을 이루어낸 유럽의 부자들은 겉으로는 '노블레스 오블리주'를 외치지만 끊임없이 더 크고 은밀하게 다른 국가들을 착취하는 시스템을 만들기 위해 그들의 정부와 정보기관에게 사주하고 압력을 행사한다. 모순적이게도 유럽은 그들의 욕망이 만들어낸 미국이라는 국가에게 주도권을 빼앗겼고, 미국의 정보기관에 의해 세계가 설계되고 움직이는 과정에서 수많은 외교 사건들이 조작되거나 창조되었다.

제국주의는 자본과 소비주의로 바뀌었고, 황금을 둘러싼 무력전쟁은 이슬람교와 기독교의 대립을 빙자한 석유전쟁으로 바뀌었다. 세상은 빠르게 변하고 있고, 석유자원 외에 희토류와 하이드레이트를 둘러싼 중국 공산당과 미국의 대립이 시작되었다. 이 과정에서 타국의 정보기관 요원들과 무력 충돌이 발생하는 경우가 빈번하여 요원 양성용 무술은 점점 발전할 수밖에 없었다.

1

보이지 않는 역사

파커 요원은 배가 고팠다. 하루 종일 미국 전역의 '주목할 만한 인물'에 대한 CCTV 보고 자료를 선별해내느라 점심을 먹지 못했기 때문이다. 물론 그 일을 하는 날 언제나 점심을 먹지 못하는 것은 아니다. 곧 있을 대선에서 공화당 후보가 유리한 득표를 할 수 있도록 민주당 인사들에 대한 '더러운 행태들'을 특별히 감시하라는 지시 때문이다. 그래서 그들이 가장 바쁜 타이밍 중 하나가 바로 선거 기간이었다. 화면을 뚫어지게 쳐다보던 파커 요원은 문득 전원을 끄고 소리를 지르기 시작했다.

"이런 젠장! 일단 나는 뭐가 됐든 먹고 해야겠어."

"파커! 여기에서는 전화로 딜리버리 서비스를 요청할 수 없다는 사실을 잘 알잖아. 차라리 빨리 끝내고 나가서 먹자고."

"나에게 좋은 생각이 있어. 차라리 우리가 사다리 타기를 해서 걸린 사람이 페인티드 록 보호 관리지구까지 가는 거야. 그곳엔 우리 인류의 문명을 혁신적으로 바꾼 도미노 피자가 있다고!"

"나는 바로 그것이 의심스러워. 주정부의 보호 관리지구 근처에 도미노 피자가 생긴다니! 돈을 벌 수 있을 리가 없어. 이봐, 파커. 우리가 그동안 수행한 임무들을 잘 생각해 봐. 그 자식들은 분명 알 카에다 특수부대일 수도 있다고."

"오, 제발 굿맨! 이름만 굿맨이면 뭐해? 동료가 배고파하는데 그렇게 냉철한 이성을 가지고 말하지 말아줘! 나는 스테이크와 치즈가 토핑된 따끈따끈한 피자를 먹지 않고선 도저히 이 정신 빼놓는 임무를 지속할 수가 없을 것 같단 말이야. 게다가 이곳은 무려 CIA 중앙본부야. 이곳의 위치 정보는 지방정부도 아니고 무려 미 연방 정보 중에서도 탑 시크릿으로 분류된다고. 하원의원들도 알 수 없는 미시시피 강 상수처리장에 위치한 이곳을 알 자지라 따위는 절대로 알아낼 수가 없다고!"

"알 자지라가 아니고 알 카에다야. 정보 요원이라는 친구가 테러조직과 언론기관을 헷갈리면 어떻게 해?"

"어차피 우리에게 그놈들이 그놈들이지 뭐."

파커의 끊임없는 속사포 랩에 당해낼 재간이 없는 리처드는 혀를 내두르며 조용히 메모지에 사다리를 그릴 뿐이었다. 몇몇 동료들이 사다리 주위에 몰려들었고, 각각 번호를 선정했다.

"길게 갈 것 없이 당첨을 따라 올라가라고."

모두들 그 의견에 동의했고, 당첨을 따라 올라간 자리에는 이야기의 시초였던 파커가 지명되었다. 모두들 그 꼴을 보고 뒤로 나자빠지며 웃었다.

"오, 이런 제기랄!"

"하하하하하하하! 꽤 먼 거리야. 시속을 200km는 넘게 밟으라고! 그래야 한 시간 이내에 왕복할 수 있을 테니까 말이야."

파커는 똥 씹은 표정을 하며 건물을 나갔다. 실제로 서둘러야 했다. 시속 200을 밟아야 한 시간 이내에 왕복할 수 있다는 말은 농담이었지만 실제로 페인티드 록 보호 관리지구까지는 거리가 꽤 멀었다. 차를 급하게 몰아 20분 만에 입구 근처의 도미노 매장에 헐레벌떡 들어갔다.

"스테이크 피자 큰 걸로…… 응? 음…… 그렇게 두 개 주시오."

파란색 유니폼에 빨간 모자를 쓴 평범한 직원은 실제로는 평범하지 않다는 것을 눈치챘다. 모자로 살짝살짝 삐져나온 검은색 머리카락과 작은 얼굴의 직원은 동양인, 그중에서도 동북아시아 계열이었다. 아마 평범한 사람들이 매장에 들어섰다면 의심하지 않고 주문하고 나갔을 터였지만, 이미 요원으로서 몇 년간 활동을 한 파커의 입장에선 모든 것이 보였다.

동양인이라고 의심스러운 것은 아니었다. 단지 얼굴과 목둘레에 어울리지 않는 어깨 넓이와 옷으로 감춰지지 않는 탄탄한 몸. 미시시피강 유역에 이런 몸 상태를 가진 동양인이 난데없이 페인티드 록 보호 관리지구 근처의 도미노 피자에서 일을 한다는 것은 명백한 불협화음이었다.

'내가 덫에 걸렸구나!'

"가져가시겠습니까? 아니면 드시고 가시겠습니까?"

직원은 친절하게 미소를 지으며 그의 눈을 바라보고 이야기했지만 파커는 알 수 있었다. 그 미소는 미소가 아니라 자신을 방심하게 하기 위한 거미줄이라는 것을. 식은땀이 흘렀지만, 상대가 눈치채지 못하게 같이 미소를 지었다.

"가져갈 거요. 배가 고팠는데 이런 곳에 매장이 있다니 정말 잘된 일이지."

"알겠습니다. 조금만 기다리시지요. 며칠 동안 손님이 없어서 정말 심심했는데 저도 잘됐군요."

직원은 조리실로 들어가서도 큰 소리로 파커와 이야기를 시도했다.

"여기는 정말 사람들이 많이 없더군요. 도대체 왜 도미노가 이곳에 가게를 세웠는지 알 수가 없어요. 물론 저는 일이 없어서 편하긴 하지만요!"

"아…… 그러게 말이요. 하지만 우리 같은 사람들에겐 잘된 일이지!"

식은땀이 흘렀다. 뒤에 총이 있는지 손을 찔러 보았다. 그러나 항상 휴대해야 하는 권총을 사무실에 두고 왔다. 비상 위치추적기[2]조차 없었다. 상대가 조리실에 있는 틈을 타서 도망쳐야 할까 생각하다가 차라리 직원을 기습으로 제압해야겠다는 생각을 했다. 만약 그의 동료들이 무장한 상태라면 도망쳐봐야 소용이 없다. 개죽음을 당할 뿐

2) 요원들이 위기 상황에 빠지거나 긴급한 상황일 경우 버튼을 누르면 이유를 불문하고 지원 병력을 파견할 수 있도록 휴대하는 비상 GPS 장치.

이다. 그러나 아직 그는 자신의 신분을 모를 수도 있고, 안다고 해도, 파커가 눈치챘다는 사실을 모를 수도 있기에 기습을 하여 제압한 뒤, 그의 무장을 빼앗으면 탈출 및 보고의 가능성이 있다, 라고 생각하며 조리실로 진입을 시도하려는 순간 그의 몸이 굳었다. 바로 뒤에 자신과 이야기하고 있던 그 직원이 서 있었다.

"어딜 가려고 하지? 도미노 피자의 조리실이 궁금했나?"

'고수다!'

자신의 기척을 지우고 어느새 파커의 뒤를 잡다니. 이미 그는 자신이 이길 수 없다고 생각했다. 온몸의 근육이 긴장으로 뒤덮였다. 그러나 이대로 가만히 있을 수는 없었다.

[휘릭! 슉!]

순식간에 몸을 돌려 상대의 위치를 확인하고 찔러 넣은 뒤차기에 상대는 몸을 돌려 피했다. 그것은 파커의 계산이었다. 애초에 뒤를 잡혀 있는 상태를 벗어나, 몸을 정면으로 돌려 상대와 대치한 상태에서 다시 기세를 몰아 이단 앞차기로 몰아쳤다.

'뭐야? 의외로 잘 먹히잖아. 역시 아직 현장 요원의 피가 남아 있……'

[퍽!]

"크헉!"

깔끔한 주먹이 파커의 명치에 정면으로 꽂혔다. 이단 앞차기를 측면으로 간단히 피한 상대가 그대로 그의 팔 가드를 가위처럼 풀어내고 공격을 성공시킨 것이다. 착지하기도 전에 맞은 파커는 뒤로 살짝 밀려 카운터 바에 몸을 부딪히며 넘어졌다. 양선목은 직원 모자를 벗고 살짝 한숨을 쉬었다.

"휴. 너희들을 잡아내느라 한 달을 고생했다. 그래도 진짜 걸려들 줄은 몰랐는데 생각보다 취약하구나."

선목은 쓰러진 파커를 강제로 일으킨 뒤, 선목이 준비한 차에 태웠다. 그리고 그곳에 실려 있는 케이스를 열었는데, 각종 의료 장비들이었다. 신속하게 파커의 팔과 다리에 주사를 놓았다. 파커는 감각은 있었지만 팔다리의 힘이 쭉 빠져 도저히 움직일 수 없는 상태가 되었다.

"이런 제기랄 뭐 하는 거야. 나한테 무슨 짓을 하려는 거냐고!"

"걱정 마. 장기 매매단이나 유전자 조작 실험은 아니니까."

그러나 케이스에서 나오는 뾰족하고 날카로워 보이는 장비들은 파커에게 공포감을 주기 충분했다. 선목은 파커의 한쪽 눈을 고정시켜, 눈꺼풀을 벌린 뒤, 칼로 각막을 신속하게 벗겨냈다. 그다음 홍채 인식장치를 그의 눈 가까이에 갖다 댄 뒤, 몇 초간 고정시켰다. 다시 파커의 눈에 각막을 이식시킨 뒤, 그다음에야 전신 마취제를 놓아 그를 잠들게 했다.

여기에서 일이 다 끝난 것은 아니었다. 그들의 본거지를 뚫고 들어가기 위해서는 그들이 사용하는 안구 인식장치와 같은 모델에 홍채를 인식시켰다고 끝이 아니다. 이것은 그저 보안회사에서 홍채의 모양을 가지고 접속을 승인해 줄 고유번호를 획득했을 뿐이지, 실제 입구에서 이 고유넘버를 가지고 통과할 수는 없다. 이 번호를 인식한 홍채 인식기를 다시 마스터 기기에 연결한 뒤, 접속하여 고유넘버를 획득하고, 그것을 다시 컴퓨터에 입력하여, 해킹한다. 그럼 실제 파커의 홍채가 저장된 이미지를 획득할 수 있고, 그것을 3D 프린터로 정교하게 출력시킬 것이다. 이 모든 일은 20분 이내에 이루어졌다. 요원들의 의심을 사지 않으려면 엑셀을 서둘러 밟아야 했다. 그들이 사용하는 상수처리시설 직원 주차장 또한 감시의 대상이라는 것을 알기 때문에 파커의 옷을 벗겨 갈아입고 그의 차량으로 운전을 했다.

주차장에 도착한 뒤에도 본부와의 거리는 꽤 있었다. 어두컴컴한 커다란 폐상수도를 지나서 나오는 수상한 허름한 건물이었다. 그러나 선목은 알 수 있었다. 겉으로 허름해 보여도, 그것은 최근에 지어진 건물이었고, 공학적으로 매우 튼튼하게 설계되어 있다. 외벽과 내벽의 두께도 상당했고, 골조도 특수합금들로 이루어져 웬만한 폭격에도 끄떡없을 건물. 분명히 CIA의 본부가 맞았다. 게다가 건물을 둘러싼 철조망. 폐건물을 철조망으로 둘러쌌다는 것 자체부터가 이상했다. 선목이 조사한 바로는 그곳은 생체 인식장치로 자동 통과되는 곳이 아니었다. 아무것도 모르는 경비 세 명이 24시간 교대로 하루종일 그곳을 지키고 있을 뿐이다. 호출을 하면 CCTV로 얼굴을 확인한 뒤, 들여보내주는 식이다. 그런데 선목은 당당히 호출을 하는 것이 아닌가! 게다가 귀찮은 표정을 짓고 있었다. 더욱 놀라운 것은 몇 분 뒤 당연하다는 듯이 철조망의 문이 열렸다.

경비는 하루 종일 TV를 보고, 꾸벅꾸벅 졸며, 사람의 얼굴 따윈 확인도 하지 않고 들여보내준 지가 오래였다. 설령 대조를 한다고 해도 수 없이 왔다 갔다 하는 수많은 요원들, 직원만 400명에 달하며, 심지어는 가끔 중요한 외부 인사들도 방문하는 그곳에서 일일이 얼굴을 기억하기란 불가능한 것이었다.

선목은 들어가자마자 건물 입구에서 3D프린터의 조형물을 갖다 댔고, 몇 초 뒤 문은 자동으로 열렸다. 문이 열리자마자 수많은 사람들이 서류와 전화기를 들고 씨름하고 있는 광경이 보였는데, 순간 수많은 요원들이 오로지 선목만을 쳐다보았다.

'젠장! 상황실을 거치는 설계도면이었다니. 완전히 거꾸로 해석했군!'

선목은 긴장하며 수트의 안주머니에 넣어둔 비상 연막탄에 손을 갖다 댔다. 무술의 고수라고 해도 총알이 비켜가는 것은 아니었다. 몇 초간의 정적이 흐르고 연막탄을 던지려는 순간, 그들은 태연하게 일상으로 복귀하는 것이 아닌가!

그들은 이후에 선목을 거들떠보지도 않았다. 마치 일반 기업에 견학 온 것 같은 풍경이었다. 그들은 이렇게 생각하고 있었다. 어느 누가 감히 CIA의 본거지를 단신으로 쳐들어올 수 있겠는가. 자신이 얼굴을 모르는 모 부서의 요원이겠거니. 태풍의 한가운데는 오히려 고요하다고 했던가. 국가의 안보를 책임진다는 기관의 총괄 상황실은 오히려 그 누구보다도 보안에 신경 쓰지 않았다.

선목은 안도의 한숨을 쉬고 유유히 빅 데이터[3] 통제실을 향해 걸어 들어가기 시작했다. 그곳에는 수많은 데이터들을 통제하는 슈퍼컴퓨터 기기들이 놓여 있지만 그 자체로는 정보를 얻을 수 없었다.

3) 인터넷망을 통해 얻어지는 수많은 자료들의 패턴을 파악해 유의미한 정보를 추출해 내거나 미래를 예측할 수 있는 모든 기술과 개념을 통칭하는 단어.

비록 그 기기들은 그 자체로 서버가 될 수 있으나, 거기에 연결한 클라이언트 컴퓨터가 그 기기를 해킹하고 명령을 입력해야 비로소 유의미한 정보들이 수집되는데, 그러한 클라이언트 컴퓨터들은 이곳 본부 내에 위치한 정보분석실이나 미래안보전략실, 정책지원 연구실 등에 가야 조작할 수 있다. 그러나 그럴 경우, 인원을 제압해야 하는 상황 등의 변수들이 생길 수 있으므로, 선목은 직접 서버 컴퓨터에 자신의 컴퓨터를 연결시켜 클라이언트 컴퓨터로 만들 속셈이었다. 선목은 기기의 제어장치들을 둘러보다가, 하나의 케이블을 뽑아낸 뒤, 자신의 케이스에서 케이블 호환장치를 꺼냈다. 모든 것을 USB 포트로 연결시킬 수 있는 호환케이블이었다. 선목은 지체 없이 BICC 프로젝트에 대해 검색하기 시작했다.

1945년 3월. 독일 란드스베르그에서 미 506 낙하산 보병연대 소속의 이지중대는 노르망디 상륙작전을 성공적으로 마치고 SS[4]까지 괴멸시킨 상태의 종전 분위기였지만 안심할 수가 없었다. 숨어있던 적들이 게릴라성 반격을 하며 전역을 앞두고 애꿎은 목숨이 날아간 경우도 많았기 때문이다.

[탁탁!]

가장 선두자리에서 오키프 일병이 개머리판을 치며 신호를 보내는

4) 히틀러의 친위부대.

동시에 엎드리자, 10명의 분대원들이 전부 엎드렸다. 분대 횡대 진영[5]으로 탐색 중이었기에 위에서 보면 마치 W모양을 그리는 듯했다. 뒤따라오다가 그것을 본 립튼 상사 또한 신속하게 엎드렸고, 소대장에게 신호를 보냈다. 소대장을 포함한 모든 소대가 엎드린 뒤 쥐 죽은 듯 고수 경계를 취했다. 그 뒤론 부대의 기척이 하나도 느껴지지 않았고, 그 숲에는 오로지 유리새와 뱀, 들쥐만 사는 영역 같았다. 오키프 일병이 분대장에게 살금살금 다가가 무어라 속삭이자, 분대장이 소대장에게 다가갔다.

"오키프가 시설물을 발견했답니다. 수많은 건물과 철조망을 보았고, 그것은 병영시설임을 의미하는 것 같답니다. 규모가 매우 크다고 합니다."

소대장이 고개를 끄덕이며 대답했다.

"립튼 상사와 함께 돌아가서 분대는 건물의 외곽을 샅샅이 수색해라. 립튼 상사!"

"알겠습니다, 중위."

분대장과 립튼 상사가 수색선에 합류하자, 소대장은 지도와 나침반을 꺼내어 독도[6]를 시작했다. 소대장은 독도가 끝난 뒤 전령에게 명령을 내렸다.

---

5) 열 명의 인원이 분대장조와 부분대장 조 각각 다섯 명씩 나누어 유사시 전방에 한꺼번에 화력을 집중하거나, 적의 화력에 대한 피해를 분산시킬 수 있는 기동 진영.

6) 나침반의 북쪽과 지도의 북쪽을 일치시켜서 현재 자신들의 위치, 적군의 위치, 아군의 기동 방향을 파악하기 위해 사용하는 군사 기술.

"위치 베타에코 2645 5088에 81밀리[7]의 효과적인 사격 화력 지원 대기 요청하게. 그리고 중대 병력 지원 요청하게."

"알겠습니다, 중위."

통신병은 뒤에 메고 있던 무전기의 송수화기를 들어 도약코드를 맞추었다.

"종달새, 여긴 종달새 알파. 현 시간부로 검은매 효과적인 사격 대기 요청한다."

통신 상태는 양호했는지 오래 걸리지 않아 약간의 잡음과 함께 상대의 반응이 수신되었다.

[입감!]

"베타 에코 2645, 2645!"

[베타에코 2645, 2645!]

"5088, 5088, 2645, 5088!"

[베타에코 2645, 5088 입감했다.]

"병영시설로 보이는 지형물 발견. 종달새 전원 알파 위치에서 포위 지원 요청한다."

[입감했다. 보스 종달새에게 전달하겠음!]

통신이 끝난 뒤 15분을 소대 전원이 마네킹처럼 꼼짝 않고 있었다. 전역을 앞두고 미국으로 귀국하기도 전에 개죽음 당할 수는 없었기 때문이다. 시간이 지나고 후방에 있던 이지중대 전원이 합류, 2소대와 3소대가 각각 소리 없이 나타나 언제부턴가 횡형 진영으로 시설물

---

7) 2차 세계대전 중 사용한 박격포로 탄의 지름이 81밀리미터임.

을 포위하여 경계했다. 그리고 1소대장 뒤에 중대장인 스피어스 대위가 나타났다. 그는 태연하게 소대장에게 피울 거냐고 묻는 표정으로 담배를 내밀었다.

"아닙니다, 중대장. 그보다 시설물이 조금 의심됩니다. 사람도 간혹 보이는데 무장병력이 보이지 않습니다. 그리고 정문으로 보이는 곳에는 큰 쇠사슬이 채워져 있습니다."

듣던 도중 무언가를 직감한 듯 스피어스의 표정이 안 좋아졌다. 다급하게 경계선까지 홀로 전진하고는 망원경으로 그곳을 자세히 관찰했다. 몇몇 사람들이 꺼림칙한 몰골로 멍청하게 서 있었다. 무기 따위는 전혀 없었으며, 흑백의 줄무늬로 된 파자마를 입고 있었다. 그는 전령의 총을 빼앗아 허공에 연발로 몇 발을 발사했다.

[타타타탕!]

이지 중대원 전원이 놀랐다. 우리의 위치를 노출시키다니! 그러나 그는 태연하게 다시 망원경으로 시설물을 관찰했다. 시설물 안에 서 있던 사람들 또한 놀라서 총소리가 난 곳을 뚫어지게 쳐다볼 뿐 별다른 조치를 취하지 않았다. 스피어스는 전령에게 말했다.

"중대 전부 공격하지 말고 시설물로 접근하라고 전하게."

이지 중대원들은 전령의 무전을 받고 신속하게 철조망 외벽까지 접근했다. 외벽을 수색하면서 몇몇 인원들이 악취에 코를 막거나, 철조망 안에 있는 자들의 몰골을 보고 눈살을 찌푸렸다. 총 두 개의 출입문이 있었는데, 둘 다 바깥에서 단단히 자물쇠로 잠겨 있었다. 도끼

와 워 해머[8]로 사슬을 통째로 끊어내고 진입해 보니 안쪽은 더 가관이었다. 15평 남짓한 반 지하로 만들어진 지붕이 덮고 있는 건물 안에 30명 정도의 창백하고 마른 몰골의 사람들이 빼곡히 차 있었는데 그러한 건물이 20채는 넘어 보였다. 건물 안은 1,2,3층 침대로 나뉘어 닭장처럼 보였다.

사람들은 메말라 있었고, 눈은 빛에 적응하지 못했다. 군데군데 구덩이가 있었는데 그곳에는 시체와 뼈로 메워져 있었다. 수색하던 몇몇 중대원들은 구토를 하기도 했다. 스피어스 대위는 전령을 보며 이야기했다.

"리브 갓 일병을 불러서 이곳이 무슨 시설인지, 어떤 사람들인지, 무얼 했는지, 낱낱이 물어보라고 해. 전부 다 알아내라고 해! 그리고 유진 로에게 이 사람들의 건강 상태를 진찰하고 나머지 중대원은 계급을 막론하고 물과 음식, 구급약품을 조달하라고 해!"

스피어스 대위는 소대장 시절 냉철한 판단과 잔인성으로 유명한 군인이었다. 독일군 포로들에게 담배를 권한 뒤 기관총으로 난사했다는 소문도 있었고, 1분대가 포위되었을 때, 독일 진영 한가운데를 뚫고 달려가 2분대에 소식을 전해주어 작전을 성공시킨 일화가 있을 정도이다. 그런 그의 목소리가 떨리는 것으로 보아, 란드스베르그의 상황은 그만큼 참혹했다는 것을 방증해준 것이다.

"대위! 여기에 와 보셔야 할 것 같습니다. 주목할 만한 무언가를 발견했습니다!"

---

8) 전쟁 수행 중 진지를 구축하거나 전술 철조망 설치 시 사용하는 굵은 망치.

수색 중이던 정찰대원 하나가 스피어스를 불렀다. 그는 지체 없이 대원이 있던 건물로 갔다. 그곳은 다른 반지하 건물과는 다르게 깊은 지하로 연결되어 있었으며, 넓고 쾌적한 걸로 봐선 이곳을 관리했던 독일군 간부들이 사용했던 숙소였던 듯했다.

"음…… 저건 뭐지?"

"우리가 말한 주목할 것이 바로 저것입니다, 대위."

가까이 다가가 랜턴을 비쳐 보니 나무상자로 포장된 다량의 서류 뭉치들이었다. 수송해서 가져가려다가, 생각보다 빨리 미군이 지역을 점령하자, 포기한 듯했다.

'젠장! 돈이 될 만한 술이나 은 식기 따위는 이곳에서 기대하면 안 되겠군.'

천천히 서류를 살펴보던 스피어스의 표정이 점점 굳어졌다.

"이럴 수가…… 이건 당장 대대장에게 보고해야겠군."

지하건물을 나와 그는 큰 소리로 리브 갓을 불렀고, 그 소리에, 거주 인원과 독일어로 이야기하던 리브 갓은 그에게 달려갔다.

"이곳이 뭐 하는 곳인지 알아냈나?"

"으…… 그게 저도 혼란스러워서 다는 못 알아냈는데…… 사람들을 수용하는 곳이었답니다."

"어떤 사람들?"

"그게…… 제가 잘못 알아들은 건지…… 폴란드인, 유대인, 동성애자, 범죄자, 정치 반대파, 그리고……."

"이런 미친놈들! 그래서 여기서 뭘 했대?"

"여러 가지 노역을 시켰답니다. 또는 지하 건물에 끌려가서 주사를 맞기도 하고, 수술을 한 자들도 있다는데…… 도무지 제 상식으로 이해가 안 가는 내용과 문장이어서, 아마 오래된 기아 상태와 스트레스가 이들의 정신에 영향을 미쳤다고 판단됩니다."

"오, 젠장맞을! 아마 그들의 말은 사실일 거다. 독일군은?"

"오늘 아침에 퇴각했답니다. 어제부터 그들은 동요했었고…… 원래는 여기 있는 인원 전부를 죽이려고 했답니다. 그런데…… 그! 그런데 총알이 부족하니까 저 구덩이에 일렬로 세워놓고 한 발씩…… 크흡! 그래도 부족하니까 불을 지르고…… 불을 지르고!"

리브 갓은 더 이상 중대장 앞에서 말을 이어나갈 수 없었다. 그는 그 대신 그 자리에서 눈물을 쏟아내며 오열했다. 스피어스 또한 더 이상 듣지 못하고 그 길로 대대본부로 향했다. 대대본부는 점령한 마을의 가장 큰 건물인 나치 당사를 사용하고 있었다. 안에 들어간 스피어스는 당번병에게 말했다.

"대대장님 계신가?"

"예. 계시지만 지금 연대장님과……."

그러나 스피어스 대위는 당번병의 말이 끝나기도 전에 방문을 벌컥 열고 들어갔다. 안에는 윈터스 소령과 연대장이 차후 작전 계획에 대해 이야기하고 있었는데, 둘 다 놀란 표정으로 스피어스 대위를 바라보았다. 윈터스 소령이 먼저 입을 열었다.

"스피어스, 지금 연대장님과 이야기를 좀 해야 하는데, 10분만 있다가 와도 되겠나?"

그러나 스피어스는 나가지 않고 둘을 번갈아 바라보며 이야기했다.

"대령님, 그리고 소령님. 중요한 시간인 줄 알고 있으나 저는 현재 제가 입수한 이 정보야말로 가장 시급한 문제라고 생각되어 보고하러 왔습니다."

냉철한 지휘로 유명한 스피어스의 목소리가 떨리는 것이 심상치 않음을 느낀 윈터스와 연대장이 서로를 쳐다보았다. 연대장이 그에게 이야기했다.

"그대가 윈터스에게 듣던 유능한 스피어스군. 괜찮으니 들어와서 보고하게."

스피어스는 그때야 거수경례 한 뒤 모자를 벗고 들어와, 리브 갓에게 들은 이야기와, 본인이 지하 건물에서 보고 들은 일을 상세히 말하기 시작했다. 이야기를 마친 스피어스는 둘의 눈치를 살피고 있었다. 보고를 받은 둘은 이미 충격과 혼란으로 입을 벌리고 한참을 앉아 있었다. 그러다 정신을 차린 윈터스가 스피어스에게 말했다.

"아…… 그래. 수고했네. 스피어스 그곳 상황에 필요한 모든 지휘를 그대에게 위임할 테니 대대의 모든 병력을 그곳에 투입하게."

"알겠습니다, 소령님."

스피어스 대위가 나가자 윈터스 소령은 연대장을 바라보며 물었다.

"아…… 음…… 어떻게 하시겠습니까? 보고서를 직접 작성하시겠습니까?"

"아니…… 자네들이 이룬 공적을 내가 가로챌 수야 없지. 보고서는 직접 작성하게. 그리고 아마 오늘 말한 작전은 수정될 것 같으니 이야기를 하는 게 의미가 없겠군. 다음에 다시 오겠네. 이 이야기는 나도 직접 들었으니 연대본부로 와서 따로 보고하진 말게."

"알겠습니다, 대령."

연대장을 막사 밖으로 배웅하고 사이드카를 타고 연대 본부로 향하는 연대장을 향해 거수경례를 한 뒤, 대대장실로 돌아온 윈터스 소령은 착잡한 표정으로 타자기 앞에 섰다. 그리고 한참을 생각하던 그는 보고서를 작성하기 시작했다.

[긴급한 전보]

미 506 공수연대 2대대

1945년 3월 12일

101 공수 사단장에게

우리의 부대는 현재 란드스베르그 지역에서 다음과 같은 시설물을 발견하여 긴급한 사항이라고 판단, 신속한 보고를 위해 이 편지를 보냅니다.

1. 우리는 강제 수용소의 성격을 가진 시설물을 발견했고, 독일군과 나치당의 간부가 이곳을 관리한 흔적이 있습니다.

2. 수용 대상은 유대인, 폴란드인, 동성애자, 범죄자, 정치사범, 아시아인들이며, 오래된 기아 상태를 유지하고 있으며, 구타, 동성 성폭행, 살해 등 탄압의 흔적이 있습니다.

3. 이곳에서 수용 인원들을 대상으로 한 생체 실험의 결과에 대한 방대한 자료를 획득했습니다.

4. 현재 우리 부대는 모든 작전을 중지하고 수용소 인원들에 대한 구호 활동에 전념하고 있습니다.

신의 가호가 함께하길 빌며, 이 보고에 대한 신속한 조치를 부탁드립니다.

2대대장 윈터스 소령

1945년 4월 1일. 루즈벨트 대통령은 누구의 수행도 받지 않은 채 급하게 어디론가 차를 몰았다. 그가 도착한 곳은 크고 넓은 호밀밭이었다. 주위의 건물이라곤 하나도 없을 것만 같은 그 거대한 농장에서 루즈벨트는 주위를 둘러보았다. 2차 세계대전 핵심 참전국의 지휘자가 한가롭게 호밀 농장에서 경치 구경을 하고 있다니, 참으로 의아했다.

그런데 순식간에 호밀밭에서 그를 찾을 수 없는 것이 아닌가! 완벽하게 사라져 버린 대통령은 깊숙한 어느 지하를 걷고 있었는데, 그곳은 그저 자연 생성되거나 급조한 땅굴이 아니라 체계적인 설계와 금속으로 지지되는 구조물이었다. 복도의 양옆에는 수많은 방과 횡으로 이루어진 다른 복도들이 있었고, 복도의 끝에 원형의 커다란 회의장이 나타났다. 회의장은 어두웠는데, FRB[9] 7명의 이사들이 대통령을 기다리고 있었다. 그들은 루즈벨트가 도착하자 그에게 다가갔다.

"왜 이렇게 늦었습니까?"

"그러게 이곳을 찾는 것은 언제나 애를 먹습니다."

"어쨌든 축하드립니다. 2차 세계대전이 곧 종전될 텐데, 후세에 길이 칭송받는 인물로 남으시겠구려."

어둠 속에서 모습을 드러낸 록펠러 주니어가 미소를 지으며 루즈벨트에게 축하를 했다. 루즈벨트는 웃으며 고개를 끄덕이다가 살짝 인상을 찌푸렸다.

"내가 칭송받자고 이 일을 하는 건 아니지요. 전 세계가 유대인의 지휘 아래 평화를 얻으면 그뿐. 그나저나, 히틀러가 수용소를 운영하고 있던 것으로 보아선 우리의 계획을 눈치챘던 것 같소. 앞으로 우리의 계획을 알게 될 제2, 제3자가 나타나 우리의 일을 방해하거나 폭로한다면, 저 무지한 대중들의 반감을 살 텐데 어찌하면 좋겠소?"

"그러니까 더 이상 그런 자들이 나오지 않도록 더 은밀하고 치밀하게 계획들을 수행할 수 있는 작전이 필요합니다. 그리고 나는 루즈벨

9) 연방 준비제도. 우리나라로 치면 한국은행과 같이 화폐의 발행과 이자율의 책정 등의 권한을 가진 자들.

트 당신이 이오지마 전투와 란드스베르그 지역의 수용소에서 획득한 생체 실험의 결과물들을 왜 우리에게 전달하지 않는 건지 그것을 따지려고 부른 것이오."

어둠 속에서 모습을 드러낸 인물 중 또 한 명인 로스차일드 총장의 이야기에 루즈벨트의 얼굴은 사색이 되다가, 분노로 얼굴이 붉어졌다.

"아니, 설마 미국 대통령인 나를 미행하고 감청한 거요? 나를 믿지 않는구만! 그리고 그 실험 자료들은 적법한 절차를 거쳐, 의료용 외에 모두 폐기할 거요. 너무나 악랄한 행위의 결과물이고, 또 이것으로 우리가 의미를 가질 만한 일이 아니라고 생각해서 보고하지 않았을 뿐인데, 그런 것을 왜 '조직'에 넘긴단 말이오?"

"믿지 못하는 게 아니라, 철저하게 조심하자는 거요. 세 명만 모여도 뜻이 갈라지는 판국에, 세계에 대한 큰 뜻을 실현시키는 데는 치밀한 경계와 의심뿐이라는 데에 동의하지 않았소? 그리고 나는 일본과 나치의 생체실험 결과들이 우리의 계획에 큰 도움이 될 수도 있다고 판단합니다. 민족과 인간의 우월성을 조절할 수 있는 핵심 기술들이 포함되어 있다는 것을 알고 있습니다. 이번 주 내로 그 자료들을 우리에게 이송하시오."

"어림없는 소리 하지 마시오! 나는 그 자료들을 예정대로 폐기할 겁니다. 우리가 인류를 올바른 길로 인도한다는 명목 하에 그 기술을 이용하여 생명을 조작하려 든다면 그것이야말로 야훼를 거스르는 짓이 아닙니까? 우리는 그저 지금처럼 여론과 정치, 자원과 자금을 이용해서 계획을 달성해 나가면 될 일이라고 생각합니다."

록펠러 주니어를 포함한 여섯 명은 난감한 표정을 지었지만, 로스차일드만은 냉철한 표정을 지었다.

"우리의 선한 의지를 달성하고 악을 제거하겠다는 것이 그렇게 낭만적으로 진행될 수 없습니다. 나는 1차 세계대전 당시 오스트리아에서의 참혹한 상황을 직접 봐 왔으며, 영국과 독일의 해전에 대한 첩보활동을 직접 한 사람입니다. 인간을 믿으십니까? 나는 믿지 않습니다. 인간이란 선도 아니고 악도 아닙니다. 단지 먹고사는 것과 성욕 이외에 그 어떤 의미도 가지지 않은 자들입니다. 가만히 놔두면 언제든지 서로를 지배하려고 하다가 현대에 이루어진 거대한 전쟁을 일으키는 비극도 초래하지요. 우리의 싸움을 너무 우습게 생각하지 마십시오. 악을 제거하기 위해선 어느 정도의 악 또한 감수하실 생각을 하셔야지요. 우리의 천사 사리엘[10]도 악마를 간파하기 위한 사안[11]을 가지고 있다는 것을 기억하십시오."

"아닙니다. 나 또한 우리의 싸움을 우습게 생각한 적 없기 때문에 더욱 그 자료를 폐기하겠단 거요. 로스차일드. 나는 부디 당신이야말로 이 성스러운 전쟁에서 타협하고 변절하지 않길 바랍니다."

루즈벨트가 단호하게 이야기하고 대답을 듣지 않은 상태에서 그곳을 나가 버리자, 나머지 인원들은 서로를 쳐다보며 고개를 절레절레

---

10) 대천사 중 하나로 달의 운행을 관장하며, 인간에게 천문학을 전수했다고 알려짐. 죄의 길로 유혹당하는 인간의 영혼을 지키는 임무를 위해 한쪽 눈은 사악한 것을 간파하기 위한 사안으로 이루어진 모순적인 천사.

11) 악마가 지니고 있는 사악한 눈. 그 눈을 본 자는 공포에 질려 악을 복종하고 죄를 저지른다고 하는 전설이 있다.

저었다.

“역시 더는 안 되겠죠?”

“예. 무리입니다.”

서로 알 수 없는 말을 하고 차례차례 회의장을 빠져나오며 어둠 속에서 그 모습을 선명히 드러냈다.

로스차일드(로스차일드 은행의 총재). 록펠러 주니어(석유 재벌 기업 회장). 헨리 포드(포드사 회장), IBM 회장, 듀폰 회장, 모건(JP모건 회장), 미국 공화당 총재. 그들은 이 세계의 화폐, 증권, 허영심, 네트워크, 무력, 정치, 자원을 담당하는 각각의 인물들이었다. 그리고 정확히 10일 뒤인 1945년 4월 11일 루즈벨트 대통령은 부인, 애완견과 함께 산책하던 도중 사망했다. 그리고 1955년 아인슈타인의 뇌는 도난당했다가 정확히 한 달 만에 되돌아왔지만, 누구도 그 사건에 대한 내막을 알지 못했다.

1960년 4월 19일. 존 F 케네디 대통령의 비서실장이 직접 대통령을 방문했다. 그의 말투는 매우 다급해보였다.

“대통령! 오늘 한국에서 이승만 정권에 대한 대규모 퇴진 시위가 일어났습니다. 현 정부는 더 이상 정권을 유지할 자금과 지지자들이 없습니다. 조만간 민주세력의 정권교체가 임박했다는 것을 의미합니다.”

“친미 성향의 이승만 정권이 붕괴된다면, 소련에 대한 미국의 견제력이 약해지겠군요."

"동북아시아의 주도권을 빼앗기면 자유주의 진영과 미국의 안보에 크게 위협을 받을 수 있습니다. 내키진 않지만 FRB의 이사들과 군산복합 기업들의 회장을 만나보시는 것이 어떻습니까? 뜻은 달라도 당장의 이해는 일치하니 말이 통할 수도 있을 겁니다."

"흐음…… 꺼림칙한 자들인데……."

"그래도 공작과 첩보 활동에 대해선 누구보다 능통한 자들입니다. 아마 이번 사태에 대해 어느 정도 해결책을 제시해줄 수 있을 겁니다."

케네디의 표정은 좋지 않았지만 고개를 끄덕였다. 그로서도 이 긴급한 사안에 대해 다른 수가 뾰족하게 드러나지 않았기 때문이다. 집권한 지 한 달밖에 되지 않은 상황에서 미국의 안보력이 약화되었다는 평가와, 군수산업으로 인한 수입이 줄어들면, 그와 민주당의 지지율은 하락세를 보일 것이다.

그는 FRB 이사 7인과 CIA 국장을 대통령 당일 점심에 초대한 뒤 이야기했다.

"바쁘실 텐데 이 긴급한 사안에 대해 논의를 해야 할 것 같아서 불렀습니다."

"남쪽 한국 정부에 관한 이야기로군요."

"바로 그것입니다. 나는 이번 일이 미국의 안보에 크나큰 위협이 생길 것이라고 판단합니다."

"대통령! 그것은 사실입니다. 우리는 이 일에 대해 신속한 조치를 취할 필요가 있습니다."

"그렇다면 그대들은 이 상황에서 한반도에 계속 미국의 영향력을 행사할 좋은 방안을 갖고 계십니까?"

"우리는 이미 시나리오 게임[12]을 통해 이 같은 상황에서의 대처 공작법을 모두 생각해 놓았습니다. 안심하시지요. 이 안건에 대해서는 CIA 국장이 잘 설명해 줄 것입니다. 국장!"

"우리는 이 사건에 대비하여 1년 전부터 한반도 내 친미 성향 정치인들과 친일 성향 정치인들을 통해 공작을 하고 있었습니다. 친일의 성향을 가졌던 인물들은 현재의 상황을 매우 두려워하고 있습니다. 혹여 민주세력이 집권한 뒤, 현재의 수많은 관료들을 폭력적으로 처단할 것이라고 생각한 것이지요. 이에 대해 한국군 내에서도 많은 세력 다툼이 있는데, 우리는 박정현이라는 인물을 주목하기 시작했습니다. 군 내에서도 영향력이 상당한 장군이고, 친미적 성향을 가지고 있습니다. 특이한 것은 일본군 장교로 활동했으면서도, 공산주의자로서 독립 활동을 한 전력이 있는데, 본인의 신념보다 국가의 이익을 우선시하는 공리주의[13]자의 성향을 가지고 있는 듯합니다. CIA는 이에 대해 몇 개월에 걸쳐 박정현을 중심으로 한 친일 세력과 반공주의자들을 결합한 세력을 형성시키는 데 수많은 자금과 인적자원을 투입했습니다. 그들이 정권을 잡게 되면 향후에도 미국의 안보와 영향력

12) 특정 외교나 정치 사안에 대해 정보 분석관들이 각각 실제 관계자들을 분석하고 연기하며 어떻게 사건이 흘러가는지 예측해 보는 방법.

13) 옳고 그름을 감정으로 판단하는 자들로, 특정 사안의 가장 올바른 길이란 모든 이들의 행복의 총량이 가장 높은 수치를 기록할 수 있는 선택이라고 믿는 이론.

은 건재할 것입니다."

케네디는 CIA 국장의 말에 간담이 서늘해졌다. 생각보다 교활하고 치밀한 자들이 아닌가!

"이거 정말…… 정말 당황할 정도로 깔끔하게 일을 처리해 주셨군요. 훌륭합니다."

"대통령! 그 일은 그렇게 진행해도 되겠습니까?"

어쩔 수 없는 일이었다. 우선 민주당의 집권과 미국의 진정한 해방을 위해서는 미국인들에게 눈에 보이는 이익을 가져다 주고 해로움을 방지하는 수밖에 없었다. 그러기 위해서는 아무리 전쟁광이나 자원의 착취자들이라고 해도 손을 잡아야 했다. 그러나 그들의 탐욕이 탄생시킨 정보기관인 CIA는 용납할 수 없었다. 언제 대통령인 자신마저도 뒤통수를 칠지 알 수 없는 노릇이었다.

"그렇게 진행하시지요."

"대통령! 그리고 소개시켜줄 사람이 한 명 있습니다."

"그게 누구입니까?"

"FRB 경제연구소에 소속된 에릭스틴 생물학 박사입니다. 이번 한국 정권에 대한 사건과 미국의 안보에 관한 제안이 있는데, 그가 잘 설명해 줄 겁니다."

"여기에 와 있습니까?"

"예. 그는 이 근처에서 대통령을 알현하기 위해 대기하고 있습니다."

역시나 꺼림칙한 자들이었다. 경제연구소에 왜 생물학 박사가 있으며, 그의 지식이 안보와 무슨 관련이 있단 말인가!

"으음. 그럼 같이 식사를 하도록 하지요. 부르세요."

케네디의 지시에 비서관들이 바깥에서 대기하고 있던 에릭스틴 박사를 불렀다. 그는 박사치고 꽤나 젊었지만, 학문에 파묻혀 살았던 듯, 알이 굵은 돋보기안경을 끼고 있었다.

"안녕하십니까. 에릭스틴 박사입니다. 이렇게 알현을 허락해 주셔서 영광입니다."

"박사는 어떤 좋은 이야기들을 가져오셨습니까?"

"예. 대통령께서는 현재의 미국 안보 상황만을 걱정하시지만, 4·19 사태와 같은 현상과 식민지 독립국들의 민주화 물결은 미래에 계속해서 번져갈 것입니다."

"그들의 문화가 미국과 유럽의 문명국처럼 변한단 말이오?"

"바로 그렇습니다. 또한 점차 그들 스스로 열강과 지배국에 대한 영향력을 탈피하고자 할 것이고, 미국의 영향력은 세계적으로 약해질 것입니다."

"하하하. 그럴 리가 있나, 미국이!"

"안타깝게도 그것은 사실입니다. 2차 세계대전이 끝나고 15년이 흐른 지금 군수업체들의 호황은 반 토막이 되었고, 그와 동시에 미국의 재정도 반 토막이 나면서 우리 FRB에 막대한 채무를 가지고 있지 않습니까?"

"도무지 무슨 소리를 하는 건지 모르겠군요. 만약 그렇다면 우리가 이제부터 나서서 세계의 전쟁을 부추기기라도 해야 한다는 이야기요? 이미 제국주의의 시대는 끝났습니다. 미국은 다른 방식으로 세계의 패권을 장악하고 질서를 구축할 차례입니다!"

"전쟁에 대한 이야기를 하고자 온 것이 아닙니다. 말씀처럼 먼 미래에 우리는 무력에 의한 전쟁이 아니라 보이지 않는 지능적 전쟁을 수행해야 합니다. 옆에 있는 CIA 국장님의 역할과 의무는 증대될 것이고, 나는 그러한 것과 비슷한 장기적인 패권 전략을 제안드리기 위해 이 자리에 나온 것입니다."

"그게 무엇입니까?"

케네디의 물음에 그 자리에 있던 9명의 인물들이 서로 눈치를 보다가 에릭스틴이 말을 이어갔다.

"우리는 2차 세계대전 당시 일본의 731부대와 독일의 인종수용소에서 획득한 생체 실험의 연구 결과, 그리고 아인슈타인의 뇌에 대한 연구를 바탕으로 인간의 정보, 즉 유전자를 조작하여 성향이나 우월성을 조절하는 인공수정 기술을 개발했습니다. 이것을 바탕으로 세계 각지의 전략적 거점에 친미적이면서도 국민들의 지지를 받아 권력자가 될 수 있는 천재들을 양산하는 프로젝트 BICC[14] 기관 설립에 대한 제안을 드리는 겁니다."

에릭스틴 박사의 충격적인 말에 충격을 받은 것은 케네디밖에 없는 듯했다. 케네디는 식사를 하다가 멈추고 되물었다.

"내가 지금 잘못 들은 거요? 유전자…… 뭐요? 사람을 조작해? 농담하는 거요?"

---

14) Bionic intelligence control center의 준말. 번역하면 생체 조작을 이용한 정보 공작 기관. 작중 창조된 개념이다.

케네디가 에릭스틴을 바라보다가 CIA 국장을 바라보며 웃었다.

"이보시오, 국장. 하하하하. 에릭스틴 박사가 유머 감각이 있군요. 글쎄 천재들을 전 세계에 뿌리잡니다. 하하하!"

케네디는 실컷 웃다가 나머지 인원들이 웃지 않는 것을 보고 점차 표정이 심각해져갔다.

"오, 이런 맙소사! 설마 그 말이 진심입니까?"

"대통령! 우리는 진지하게 이 프로젝트가 성공적으로 수행될 것이리라 예측하고 있습니다. 승인만 해 주신다면 실제 전략적 국가 내의 영향력 있는 인물의 자녀를 조작하는 실용화 단계까지 약 8년 정도가 소요됩니다.

"말도 안 되는 소리 더 이상 하지 마십시오. 나는 이 이야기를 못 들은 것으로 하겠습니다. 나는 다 먹었으니 먼저 업무를 처리하러 일어나 보겠습니다."

"대통령! 현재 정부에서 우리 FRB에 막대한 부채를 가지고 있다는 사실을 기억하십시오."

록펠러 주니어 2세의 말에 케네디의 얼굴이 붉어지며 돌아섰다.

"지금 나를 협박하는 거요? 미국 대통령인 나를?"

"나는 그저 우리의 제안을 받아들이지 않을 경우에 생길 미국의 불화들과 그런 상황에서 부채들을 어떻게 갚아 나갈지 깊게 생각해 보라는 의미였습니다."

"무례하시군. 당장 나가시오!"

케네디의 무지막지한 성화에 현장에 있던 9명과 비서실장은 움찔했다. 민주당 출신 대통령들은 다들 말이 안 통한다고 생각하며 모두들 퇴장했다. 케네디는 그들이 퇴장한 뒤에도 성화에 못 이겨 씩씩대다가 비서실장에게 이야기했다.

"조만간…… 조만간 CIA를 해체시켜야겠습니다. 2차 세계대전이 끝난 게 언젠데 저런 구시대적 기관이 필요하단 말입니까? 가만두면 나의 뒤통수를 칠 사람들입니다."

"그렇지만 정보기관을 없애는 문제에 대해서는 공화당 의원들과 국민들의 반발이 심할 겁니다."

"그러니까 준비를 해 나가야지요. 민주당 의원들에게 전해주세요. 이번 민주당사 당 대회와 회의에 제가 참석하겠다구요. 대책을 마련해야겠습니다. 정말 위험한 생각을 가진 사람들이야. FRB 이사들도 모두 뒤가 구립니다. 뒷조사를 좀 해봐야겠어요."

"대통령 직속 정보 창구를 만드신단 말입니까?"

"그것은 비서실장이 부통령과 합의해서 추진해 주십시오. 경호국은 믿을 수가 없습니다. 애초에 공화당 출신들을 대거 뽑아놓았으니. 나는 그 정보기관을 이용해 FRB를 국가기관에 귀속시키고, CIA를 해체시키고 싶습니다."

"알겠습니다. 그럼 이 모든 것은 FRB와 CIA를 견제하는 사업이므로 경제 사기범들과 위조지폐를 감시하는 위조지폐 첩보 수집국의 명목으로 어느 부처에도 소속되지 않은 대통령 전용 기관으로 만드는 것이 어떻겠습니까?"

"그것 정말 기발한 생각입니다! 당장 추진해 주십시오."

4·19 혁명이 일어나고 FRB 이사들, CIA 국장과 면담을 가진 케네디 대통령은 직속 정보기관인 비밀경호국을 창설했다. 또한 비밀경호국의 보고를 받은 케네디는 CIA와 FRB 이사들의 뒤에 숨은 '조직'의 정체를 알아낸 1년 뒤 1961년 6월 다음과 같은 TV 연설을 기습적으로 했다.

신사 숙녀 여러분. 기밀이란 용어는 우리처럼 자유롭고 개방된 사회에서는 혐오스러운 어휘입니다. 또한 우리는 국민으로서, 본질적으로나 역사적으로 비밀사회, 비밀 선서, 비밀스런 진행에 반대합니다. 우리는 오래전 어떤 사실들에 대해 극단적이고 부당하게 기밀로 취급하는 것이, 그것을 정당화하기 위해 사실을 왜곡하여 인용하는 것보다 더 심각한 위험이라고 결정한 바 있습니다. 심지어 오늘날에 임의적 구속력을 사용하여, 비밀사회의 위협에 대처하는 것은 그들을 모방하는 것이니만큼 별 가치가 없습니다.

오늘날에 우리 전통이 국가 존망과 더불어 위기에 처하지 않는 한 국가의 존망을 우려하면서, 지나친 안전망을 칠 필요는 없습니다. 게다가 늘어난 안보에 대한 공식적 필요가 권력의 극한까지 확장되면 공식 검열 제재가 늘어나 은폐를 초래하여 악용될 소지와 심각한 위험이 따를 수 있습니다.

따라서 제게 주어진 권한 내에서 그런 것을 허용하지 않을 것입니다. 저의 행정부 내 어떤 공직자든지 직위 고하를 막론하고 뉴스를 검열하기 위한 구실로 오늘 밤 제 연설이 오해되지 않아야 하며 민간인이든 군인이든, 언론이나 또는 대중들이 정당하게 알아야 할 사실을 제한해서는 안 됩니다.

우리는 전 세계에 치밀하게 하나로 뭉친 '냉철한 음모'로부터 위협받고 있으며, 그 음모는 기본적으로 영향력의 확장을 위해 비밀스러운 수단을 동원, 공개적 전쟁 대신 침투에 의존하고, 선거가 아닌 전복을 시도하며, 자유로운 선택보다 협박을 하고 대낮에 군대가 아닌 한 밤중 암살자의 침투에 의존합니다. 거대한 규모로 인적 물적 자원을 동원, 치밀하게 연계하여 고도의 효과적 시스템을 구축하고 있으며 군대는 물론, 외교, 정보, 경제, 과학과 정치의 모든 영역에서 통합적으로 움직이고 있습니다. 저들의 준비는 감춰진 채 공표되지 않으며, 그 실책은 감춰지고 기사화되지 않으며 반대자의 입을 막고 비난합니다. 자금이 조사되거나 그 비밀이 소문으로 드러나지 않습니다.

그 어떤 대통령도 자신의 통치 계획에 대한 정밀조사를 두려워해선 안 되며 조사를 통해 이해를 구축하고, 그 이해에서 나오는 지지와 반대는 모두 필요한 것입니다. 난 언론이 정부를 지지해 달라는 호소가 아니라, 국민들에게 보도하고 경각심을 일깨우는 막중한 일을 잘 수행해 달라는 협조를 구하고자 합니다. 제가 확신하는 바는 정확한 내용을 알 때마다 국민은 시민 정신에 헌신적이었다는 것입니다.

따라서 독자들의 논쟁을 막지 않으며 환영해 마지않습니다. 저의 정부는 잘못은 솔직히 인정할 것입니다. 일찍이 현자가 말하길 고치려 하는 한 그 잘못이 오점으로 남지는 않는다고 했습니다. 우리는 잘못에 대한 책임을 전적으로 수용할 것이니 잘못된 점을 놓치는 경우 지적해 주시기 바랍니다. 논쟁이나 비평 없이는 어느 정부나 국가도 성공할 수 없으며 생존할 수도 없습니다. 이것이 아테네의 입법가 솔론이 시민들의 토론을 막는 것을 가리켜 범죄라고 한 까닭이며 또한 수정안 1조에 의해 우리가 언론을 보호하려는 이유이자, 특별히 헌법으로 보호하는 이유인 것입니다.

단순히 하찮고 감상적인 즐거움이나 여흥거리 등 그저 대중이 찾는 것만 주는 게 아니라 국가의 위기상황이나 기회가 다가올 때 이를 바르게 알려서 위기와 선택을 올바로 유도하여 합의를 도출하고 교육하며, 때로 대중의 분노와 의사를 대변하라는 것입니다. 이것은 국제적인 소식을 폭넓게 수용하고 분석한다는 의미이며 이제 더 이상 서로 멀리 떨어진 게 아니라 밀접한 관계이니 뉴스의 바른 해석에 보다 큰 관심이 요구된다는 뜻이자 전달의 개선 또한 의미하는 것입니다.

궁극적으로 정부 모든 부처는 이 같은 책무를 다해서 가능한 모든 정보를 여러분께 제공하여 국가 안위의 문제로부터 인간의 행위, 양심의 파수꾼에 이르는 모든 언론기록의 책무를 다해 소식의 전달자로서, 우리가 힘과 지원을 얻으며 자신감을 얻게 될 때 비로소 인간이 태어난 의미인 자유와 독립을 구가하게 될 것입니다. 경청해 주셔서 대단히 감사합니다.

연설이 있은 후 2년 뒤인 1963년 11월 22일, 케네디 대통령은 댈러스에서 카퍼레이드를 하던 도중 공개적으로 저격 암살을 당했다. 이때 당시 케네디는 FRB의 정부 귀속, 마피아와의 전쟁, 베트남전의 철수 등 많은 정책들을 추진하고 있었다. 댈러스는 수많은 군산복합 기업이 적을 둔 지역이기도 했다.

워렌위원회[15]는 대통령의 암살을 '리 하비 오스왈드'가 단독으로 저질렀다고 발표했고, 오스왈드는 법정에 출두하던 중 잭 루비라는 마피아 하급 조직원에게 총격을 당했으며, 잭 루비마저 감옥에서 사망했다. 한편 당시에, 워렌위원회의 수사 방식에 의문을 품은 짐 개리슨 검사는 이 사건에 대한 수사 도중, 클레이 쇼[16]를 기소했으나 수사를 그만두라는 강한 압력을 받았고, 결국 중도에 사퇴하게 되었다. 그리고 훗날 존 F 케네디의 동생 로버트 케네디 또한 대선 출마 후 암살당했다. 이후 BICC 프로젝트는 1970년 닉슨 대통령에 의해 승인되었고, 워터게이트[17] 사건에 의해 닉슨 대통령이 사임한 이후에도 계속되었다. CIA외에 어떤 정보기관도 이 기관에 대해 알지 못했고 '조직' 외 어떤 의회의 의원들도 이곳에 들어가는 예산이 무언지 알 수 없었다.

CIA의 DS&T[18] 산하 BICC의 소장 에릭스틴은 그의 비서와 함께 빠른 속도로 제4연구실을 향하고 있었다. 오늘따라 센터의 복도가 왜 그리도 긴지, 마음 같아선 달리고 싶었다. 마침내 도착한 연구실의 문을 벌컥 열고 들어가자 많은 연구원들이 있었고, 연구실장이 환한 표정으로 국장에게 이야기했다.

---

15) 워렌 판사를 의장으로 내세운 케네디 대통령 암살 진상 기관.

16) 무역 협회의 회장.

17) 공화당의 집권을 위해 민주당 세력들 및 주요 정치 인물들을 도청한 사실이 드러난 사건.

18) Directorate of Science and Technology의 약자로, CIA에서 과학기술에 관한 지원을 담당하는 부처.

"드디어…… 드디어 성공했습니다!"

국장이 산모실에 들어가자 그곳엔 산모가 건강하게 출산한 아이를 사랑스러운 표정으로 안고 있었다.

"어떠십니까?"

"정말 뭐라고 감사의 말을 드려야 할지…… 처음엔 이 실험에 참가하기 꺼려졌었는데, 지금은 정말 신의 축복이라고밖에 설명할 수가 없네요!"

제4연구실. 그곳은 수정 직후가 아닌, 수정 후 태아가 어느 정도 성장한 상태에서의 유전자 조작을 시도하는 곳이었다. 그들은 그 연구를 위해, 미 전역에 3,000여 개의 산부인과를 위장 개업했으며, 10만 명 이상의 산모들을 최첨단 초음파 장비[19]로 검사해 주었으며 그중에 100명의 장애가 있는 신생아를 임신한 산모들에게 검사에 대해 설명해 주었다. 장애의 종류는 다양했다. 샴 쌍둥이, 다운증후군, 신진대사 지장, 팔 다리 기형 등이었다. 그들 중 실험에 동의한 5명의 산모들의 경우는 그대로 출산할 경우 아이와 산모의 목숨이 둘 다 위험한 경우였다. 그리고 그들은 이곳 제4실험실에서 태아에게 유전자 조작을 위한 약물을 투여받은 것이다. 산모가 섭취한 경우도 있었고, 태아에게 직접 주사를 놓기도 했다. 그리고 그들은 오늘 장애가 있던 태아가 정상적인 모습으로 탈바꿈하여 출산한 기적 같은 일을 이루어낸 것이다.

제1연구실은 수정 전 정자와 난자의 조작, 제2연구실은 수정 직후

19) 당시에는 초음파 검사란 개념 자체가 있지 않았다.

수정체의 조작, 제3연구실은 수정 후 2주가 지난 태아 형성되는 시기의 조작이었다면, 이것은 완벽한 태아 자체의 조작이 성공한 것이었다. 이것은 각각의 의미가 있었다. 애초에 이 실험은 미국에 있는 장애를 가진 태아들을 치료해 주는 따위의 목적이 아니었다. 전 세계에 친미적인 성향을 가진 수많은 권력자들을 양산해내는 것.

그리하여 그들은 단순한 생체 실험만을 진행한 것이 아니라, 십 년에 걸쳐 미국을 좋아할 만한 성향이란 어떤 것인지 구체적으로 분석하여 그것이 자유, 진취, 도전, 사업, 개혁, 자본, 계산, 군인, 증권 등이라는 것을 알아냈고 그에 뛰어난 능력을 발휘할 만한 게놈 조작을 흰 쥐들을 대상으로 실험하다가 제1연구실의 인간을 대상으로 한 수정 전 정자와 난자의 조작에까지 성공하게 되었다.

그러나 문제에 봉착한 것은 바로 인간 그 자체였다. 이것을 어떻게 퍼뜨릴 것인지에 대한 실질적인 담벼락. 그것은 인간이었다. 우선 국가의 수장을 설득해야 했다. 사실 그것은 쉬웠다. 그들은 보통 국민 한 개인보다 국가 전체의 이익을 우선시하는 성향이 있다. 진짜 문제는 실질적으로 산모와 남편의 동의를 얻어야 하는 것이었다. 그들은 이에 대해 수정 후 태아가 형성된 시기의 유전자 조작이 가능하다면, 산부인과에 잠입하기만 해도 충분히 공작이 가능하다고 생각했던 것이다. 그리고 제4 실험의 성공으로 그들은 그것을 실제로 실천할 수 있게 된 것이다.

국장실로 돌아온 국장은 직통전화를 들어 1번을 눌렀다. CIA 국장실로 연결되는 코드였다.

"헬름스 국장. 에릭스틴입니다. 제4연구실의 실험이 성공했습니다. 그것은 실제 우리의 공작이 수행될 수 있음을 의미하는 것입니다."

[대단한 성과로군요! '조직'이 굉장히 좋아할 것입니다. 지금 당장 국장실로 오세요.]

국장은 버지니아 주 랭리에 위치한 CIA의 공식 본부에 있었다. 미시시피 주에 위치한 이곳 비밀 본부에서는 꽤나 거리가 멀기 때문에 그는 헬기에 탑승했다. 1시간여에 걸쳐 공식 본부의 옥상에 헬기가 착륙하자, 그는 여전히 급한 발걸음을 국장실로 향했다. 그의 얼굴을 아는 비서는 제지하지 않았고, 그대로 문을 열고 들어갔다. 그곳에는 국장뿐만이 아니라 DS&T의 요셉 국장, 그리고 DO[20)]의 테드 국장이 앉아 있었다. 헬름스 국장과 테드 국장의 표정은 밝았지만 요셉 국장은 그렇지 않았다. BICC는 그들의 소속에 있어서 자원을 그들로부터 배분받지만, 실질적으로는 전혀 통제를 따르지 않아도 되는 그야말로 기생기관이었기 때문이다. 이 때문에 닉슨이 사임한 이후에도 민주당 출신 대통령들과 '조직' 외의 의회에서는 이 사실을 알 수 없는 것이었다. 때문에 DS&T의 국장으로서는 당연히 짜증이 날 수밖에 없는 상황이었고, 게다가 그는 '조직'의 일원도 아니었으며, 생명공학을 이용한 정치 공작을 회의적으로 바라보는 인물이었다.

"어서 오시오, 에릭스틴 소장! 그동안 중요한 일들을 수행해내느라 수고하셨습니다. 내가 여러분들을 한자리에 부른 것은 모두들 알겠지만 10년간의 BICC의 성과를 실제 세상에 사용해 보려고 합니다. 테

20) Directorate Operations의 약자로 정보공작을 담당하는 부처.

드 국장은 필요한 공작 요원들을 빠른 시일 내에 모의 훈련시킨 뒤, BICC에 파견해 주십시오. 젊은 요원을 보내어 각 지역에 장기간 정착할 수 있게 준비해주십시오. 에릭스틴 소장은 이제부터 임시로 국장으로 승격시키고 그들 요원들에 대한 실제 작전에 필요한 교육, 그리고 공작을 위한 작전을 상세하게 편성하여 모든 사항을 저에게 직통으로 보고해 주십시오. 요셉 국장은 이 모든 사항에 대해 상관으로서 필요한 모든 승인을 해 주십시오."

"국장! 그렇다면 도대체 나를 왜 이 자리에 부른 것이오?"

요셉이 불만 가득한 표정을 지으며 헬름스를 바라보자 헬름스는 너스레를 떨었다.

"그게 무슨 말이오? 이 모든 공로가 DS&T의 산하기관에서 나왔으니 이것은 당연히 DS&T 국장의 공적으로 기록될 것이오. 그렇지 않소?"

"흐음!"

못마땅한 요셉 국장의 입을 다물어버린 한마디. 그랬다. 최초 그는 BICC의 창설을 반대했었다. 윤리적인 이유도 반대의 이유였지만, 너무 많은 자금, 시간이 할애되는 데 반해, 변수도 많았다. 실제 인간을 성장시키는 프로그램이라니! 이것은 너무나 큰 모험이었다. 그런 그를 설득한 조건이 바로 부국장 진급 조건이었다. 사실 DS&T는 정보기관 중에서도 상당히 낮은 대우를 받고 있었기 때문에 실제로는 지역의 총 국장급보다도 못한 자리였다. 현장에 나가는 보직도 아니었기 때문에 그곳 출신은 한마디로 CIA 중에서도 비주류. 역대 DS&T의 국장들은 모두 그 자리에 은퇴하여 대학교의 명예교수로 있다가 마이애미에서 한적하게 모히또나 마시며 노후를 보내는 것이 대부분이었다.

그러나 요셉은 야망이 있었다. 그에게 있어 그것은 기회였던 것이다. CIA 부국장이라니. 그것은 곧 그에게 정치권 진출이 가능하다는 것을 의미했다. 거대한 부와 권력의 축적은 부수적 산물이었다. 어쩌면 나사의 본부장 자리를 노려볼 수도 있었다. BICC는 그에게 있어서 꺼림칙하면서도 받아들일 수밖에 없는 모험이었던 것이다.

"알겠습니다. 모든 일에 대해 적극적으로 승인하겠습니다. 그러나 소장은 직통 보고 후에도 나에게 현황 자료들을 보내주십시오. 명색이 상관인데 일의 진행 상황에 대해서는 알고 있어야 도움이 필요할 때 지원해 줄 것 아니오?"

'교활한 자로군!'

"걱정하지 마십시오. 모든 상황에 대해 지체 없이 보고하겠습니다."

에릭스틴 소장은 요셉에게 자신의 속마음과 다른 이야기를 했다. 에릭스틴은 요셉을 가까이 봐오며 그가 얼마나 교활한 인물이었는지 알고 있었다. 지금 이 이야기도 BICC를 인질로 잡고 자신에 대한 약속에 대해 확답을 받아내려는 수작이었다.

'너 같은 놈이 조직에 있었으면 바로 반역자 화형감이다. 출세와 권력에만 눈이 먼 라틴계 놈들! 가끔은 나치가 인종 청소를 실행하려던 것이 이해가 가는군. 그게 우리 유대인들이라는 것 빼고는.'

삼재정미소. 아버지가 쌀 배달을 하시며 성실하게 일군 텃밭이었다. 그런데 언제부턴가 가계가 기울었다. 어느 틈에 주위엔 정미소가 다섯 개나 더 생겨버렸고, 본 적 없는 요상한 기계를 들여와 지금보다 훨씬 효율적으로 정미를 시작했다. 가격도 싸고 품질 또한 좋아서 끈끈한 유대로 뭉쳐 있던 손님들도 결국엔 발길을 돌렸던 것이다. 부모님이 가진 것이라고는 몸과 사람들의 발길이 끊긴 삼재정미소 그것밖에는 없었다. 당신들은 어떻게든 먹고사셔야 했기에 주위의 잘나간다는 공장을 여럿 알아보았지만, 연세가 있다는 이유로 번번이 퇴짜를 맞으셨다.

그리고 군대에서 휴가를 나온 오늘, 원래 살던 집은 사라지고, 반지하의 좁은 단칸방에서 나를 맞이해 주셨다. 나는 애써 표정을 관리하며 단칸방에 들어갔으나, 거기서 정신이 아찔해졌다. 난방도 제대로 작동되지 않는 차가운 바닥에, 벽은 벽지마저 여기저기 곰팡이가 슬고 찢겨 있었다. 그것이 한평생 성실하게 쌀 배달을 해준 아버지의 결말이었다. 어머니께서는 주섬주섬 군대에 온 아들의 밥을 해 주신다며 일어나셨다.

"밥 해 주신다면서 어딜 가세요, 어머니."

"응? 아이참, 마침 집에 쌀이 다 떨어졌지 뭐야. 쌀을 좀 정미소에 가서 가져와야겠다."

"정미소…… 아직도 안 팔고 가지고 계셨어요?"

"그럼. 팔려고 해도 아직 사 주는 사람들이 많아. 원체 팔지 말라고들 하니 정 때문에 팔 수가 있나."

그러나 나는 정미소에 아직 손님들이 있다는 사실을 믿을 수가 없었다. 아무리 내가 군대에서 집안 사정을 못 듣고 살았다 한들, 우리가 절대 구할 수 없었던 신식 기계들을 가지고 있는 옆집 정미소들을 이길 재간이 없다는 사실쯤은 눈치챌 수 있었다. 나는 어머니의 수상한 행보를 몰래 미행해 보기로 했다. 정말 정미소에서 나오는 쌀이 있는지 한 가닥 희망을 가지고 나가본 것이다.

그런데 어머니는 정미소를 가기는커녕 그 반대의 방향으로 무작정 향했다. 벌써부터 치매에 걸리시거나 길눈이 어두운 분이 아니었기에, 의아하게 생각하며 쫓아가니, 오래전 이웃집처럼 지내던 양조장을 하시는 고모부 이씨네 집에 도착했다. 그런데 어머니의 호출에 나온 이씨네 아주머니의 표정이 이상했다. 조금 어머니를 못마땅해 하는 눈치였다.

"아니 글쎄. 또 어쩐 일이시래요?"

"태섭 어머니, 내가 일전에 신세를 많이 지긴 했지만…… 이번에 아들놈이 휴가를 나왔잖우. 내 사정 한번만 봐서 쌀값이라도 좀 보태주오."

"어휴…… 그렇게 몇 번째예요? 참 제가 그동안 준 것도 사정 아니까 달라고 하지도 않잖아요."

"아니 그것도 다 꼭 갚을 테니 이번에 조금 더 꾸어주신다고 생각하고……. 장부에 하나도 빼먹지 않고 꼬박꼬박 적어놓고 있어요. 지금까지 이십삼만 원…… 맞죠?”

“휴…… 정말 이번이 마지막이에요. 저도 더는 못 드려요.”

“고마워요. 정말 고마워요.”

그렇게 돈을 주섬주섬 받으시곤 싸전[21]에 가셔서, 주인에게 쌀의 시세를 물었다. 물론 예전부터 눈치를 챘지만 물가도 모르는 것을 보니 정미소는 돌아가지 않고 있음이 분명했다. 그런데 주인에게 쌀 시세를 듣고 놀라는 기색을 보였다. 쌀이 생각보다 비싸서 그랬던 듯, 밀가루를 사가는 것이다. 내가 짐짓 모른 척을 하고 집에서 낮잠을 자는 시늉을 하니, 어머니께서 들어오셨다. 부엌조차 없어 화장실에서 밀가루를 반죽하시는데, 내가 행여 깨어나 그 광경을 볼까 조심조심 수제비를 뜨시고는, 휴대용 가스버너를 꺼내셔서 그곳에 수제비를 끓이셨다. 나는 나의 눈물과 흐느낌을 도저히 막을 수 없어, 한 손으로는 입을 틀어막고 한 손으로는 뒤척이는 척 이불을 푹 덮어썼다.

몇 분 뒤에 어머니께서 일어나라 하셨고, 그 말에 나는 방금 잠이 깬 사람처럼 눈을 비비며 일어났다. 눈물 때문에 빨개진 나의 눈을 보고 어머니께서는 군대에서 정말 피곤했구나, 하시며 수제비를 떠주셨다.

“이미 쌀이 다 팔려 있더구나. 맛없는 남의 집 쌀을 먹을 바엔 차라리 수제비가 나을 것이다.”

마치 일부러 밥 대신 수제비를 준비해주신 듯 아무렇지 않게 말씀하시는 어머니께 나는 숟가락을 내려놓고 무언가를 말하려다, 생각

---

21) 쌀과 그 이외의 곡식을 파는 가게.

을 고쳐먹고 그 말을 수제비와 함께 삼켜버렸다. '아버지께 이야기해서 정미소를 팔고 다른 일을 하는 게 어떨까요?'

반평생을 쌀 배달과 막노동 외에 다른 일이라고는 해 본 적이 없는 아버지께서 다른 일을 하실 수 있을 리가 없었다. 수영을 할 줄 모르는 이에게는 침몰하는 배야말로 마지막 희망이었고, 자신은 아직도 군 복무가 2년이나 남아 있어, 아무 힘을 보탤 수 없는 처지였다. 차라리 자존심이나 지켜드려야겠다는 심산으로 그날부터 휴가 기간 동안 만나는 친구마다 돈을 꾸러 다녔다. 사정은 무엇이든 둘러댔다. 복귀해야 하는데 교통비가 없다는 궁색한 변명부터, 사람을 때려서 합의금이 필요하다는 막장 변명까지 전부 늘어놓았다.

금방 갚겠다고 했지만 언제 갚을지 사실상 몰랐다. 친구와의 우정과 의리를 담보로 삼아 구한 그 돈의 일부는 정육점에서 소고기를 샀고, 일부는 봉투에 담아 휴가 복귀 전 방 한구석에 조용히 놓아드리고 왔다. 경제성장의 황금시대라는 80년대에 왜 우리 가족들만 이런 처지에 놓이게 되었는지, 하늘이 원망스러웠다. 군부대 복귀 열차에 올라탄 뒤 평생 살며 쥐어짜게 될 모든 눈물을 흘린 듯했다.

부대 위병소에서 휴가 복귀 신고를 하고 들어가려는데, 위병조장이 나를 불러 세웠다.

"양 일병. 지금 무전이 왔는데 중대로 복귀하지 말고 지휘통제실에서 대대장에게 직접 복귀 신고하래."

"알겠습니다!"

휴가 복귀 신고는 언제나 중대장에게 했는데, 어째서 지휘통제실까지 가야 하는 건지 몰랐다. 조금 긴장됐다. 무슨 일 때문일까? 북한이 쳐들어오기라도 한 건가? 내가 휴가 출발하기 전 무슨 사고라도 친 건가? 아무리 생각을 해 보아도 알 수가 없었다. 두려웠다. 대대장은 육군사관학교 출신으로 대대 내에 무소불위의 권력을 휘두르며 부하들을 구타하고, 강도 높은 훈련을 시키는 것으로 유명한 자였다. 그는 중위 시절 백골단[22]을 지휘하며 공적을 쌓기도 한 자였다.

그런데 웬걸, 인사장교의 안내를 받아 대대장실로 들어갈 줄 알았는데, 지휘통제실에는 작전과장, 작전장교, 정보장교, 인사장교, 정훈장교, 본부중대장이 딱딱하게 기립해 있었고, 대대장이 직접 대기하고 있었다. 나는 너무도 놀라 반자동적으로 거수경례를 하며 신고를 시작했는데, 대대장은 나의 신고를 끊고 환한 웃음으로 반겨주었다.

“충성! 신고합니…….”

“아! 양 일병, 어서 오게. 아니야. 됐어. 됐어. 신고는 무슨! 이렇게 눈앞에 떡 하고 나타났는데 뭘 그게 신고지! 6중대장에게 자네 이야기는 언제나 많이 들었어. 매우 총명한 병사라고 하더군! 일단 여기 앉게. 집이 멀어서 왔다 갔다 고생이 많았지?”

언제나 위풍당당하게 대대를 활보하고, 병사들이 보는 앞에서 장교와 하사관들의 정강이를 걷어차기 일쑤였던 그가 무언가 위축되고 부드러운 태도를 보였다.

“아…… 양 일병 다름이 아니라 혹시…… 친척분들 중에 군인이나 정치하는 분들이 계신가?”

---

22) 육군 제3사단으로서 광주민주화운동 당시 진압 부대로 악명이 높았다.

"어…… 없습니다."

"아 그래? 그렇지. 만약 있었다면 전입 올 때 내가 보고를 못 받았을 리가 없지. 그렇지? 음 혹시 그동안 섭섭했던 일들이 있었으면 다 털어내고…… 그동안 좋았던 기억도 많지 않았나? 그렇지?"

대대장은 알아들을 수도 없는 이상한 말들을 구차하게 나열한 뒤, 대대장실로 나를 직접 안내했다. 그곳에는 검은 정장에 올백을 한 인원이 두 명 있었는데, 그중 한 명은 흑인이었다. 대대장이 그들에게 말했다.

"이 친구가 양 일병입니다."

대대장이 그 둘의 눈치를 보며 나가지 않고 기다리자 흑인 옆에 있는 자가 이제 됐으니 잠시 자리를 비켜달라고 이야기했다. 대대장은 불안해하면서도 어쩔 수 없다는 듯 문을 닫고 나갔다. 40대 중후반으로 보이는 그 정장 아저씨는 양 일병에게 손짓을 하며 불렀다.

"그래 양 일병. 여기 편히 앉게. 휴가 복귀하자마자 조금 어안이 벙벙하겠지. 나는 국가안전기획부의 대외정보부 3실 전봉석 실장이다. 우리는 여러 군인들 중 일련의 심사를 거쳐 자네를 찾아냈고, 자네에게 어떤 제안을 하려고 왔네. 만약 이 제안을 받아들이기만 한다면 자네는 지금 즉시 전역할 수 있을 뿐만 아니라, 국가적 무역사업에 참여해서 막강한 권력과 부를 쥘 수 있다네."

"전…… 전역을 할 수 있다구요?"

즉시 전역을 시킬 수 있다는 제안을 듣자 그들이 얼마나 거대한 권력을 휘두르는 자들인지 알 수 있었다. 때문에 그 뒤의 조건들에 대해 불신하지도 않았다. 이상하게도 그 농담 같은 일들에 대해 나는 몹시 기쁘거나 흥분하거나 장난이 아닌가 의심하지 않았다. 지금까지 있었던 일련의 모든 일들이 마치 오늘의 이 순간을 위해 짜인 각본처럼 자연스럽게 받아들여졌다.

"그런데, 그 제안이라는 것이 뭡니까?"

"음…… 그건…… 여기 옆에 있는 스미스 요원이 설명해 줄 걸세."

"저…… 저기……! 저는 외국어를 할 줄 모릅니다."

"하하하하하하하!"

나의 이야기에 옆에 있던 흑인은 큰 소리로 웃었다. 그러고는 그는 나를 놀리듯이 말하기 시작했다. 그리고 그는 부정확하지만 분명 또박또박 천천히 한국말을 하기 시작했다.

"나는 한국말을 할 줄 아니까 너무 겁먹지 말아. 나는 CIA의 스미스 요원이라고 한다. 나의 제안은 매우 간단하고도 쉬운 일이야. 나는 너에게 아주 간단한 것들을 지원…… 하다. 그것은 모두 무료로 지원이 되지. 그 품목들은 손톱…… 손톱? 카키 같은 간단한 것부터 시작해서 용접기, 커터기와 같은 고급 인테리어 도구들까지 있다. 너는 지금 즉시 부대 위병소를 걸어 나가, 너의 가족이 운영하고 있는 정미소를 수입 잡화소로 간판을 바꾸기만 하면 되다. 이 사업은 성공할 수밖에 없다. 너는 늘릴 거다. 규모를. 규모를 늘리면 너는 단지 유통만 하면 안 돼. 그것들을 직접 생산하고 판매 공장을 차린다. 너무 걱정 안 한다. 그것은 우리의 지시대로 따르기만 하면 된다. 너는 앞으로 지시에 따른 여러 가지 서류에 도장만 찍는다. 아주 쉽다. 그러면 시간 지나고 한국 중공업 너의 손에 다 들어온다. 커다란 회사의 주인 된다."

"도…… 도대체 그런 것들을 저에게 제안하는 이유가 뭡니까? 나는 단지 이 모든 것들을 받기만 하면 됩니까?"

그의 이야기에 두 요원은 서로 마주보며 뜸을 들였다. 몇 분 뒤 안기부 요원이 이야기했다.

"이것은 비단 자네뿐만 아니라 자네의 국가와 지역의 안위를 위한 거대한 임무지. 자네가 성장시키게 될 그 기업의 영향력을 우리와 자네의 정부에게 협조해 주게. 그리고 한 가지가 더 있네."

"그게 무엇입니까?"

"우리는 자네가 앞으로 결혼해서 자식을 낳을 경우, 그의 성별을 불문하고 한국 정부의 대통령으로 만들려는 계획을 가지고 있네."

"……!"

"자네가 자식을 낳을 경우 정기적인 검사 몇 가지를 출산 직후 몇 가지 하게 될 텐데 복잡한 것은 아니고 매우 간단하거라네. 어떤가? 하겠나?"

"예…… 그럼요. 하겠습니다!"

나의 대답을 듣고 스미스 요원이라는 자가 말을 이었다.

"그렇다면 우리가 준비해 온 이 서류에 서명한다. 서명하기만 하면 당신 우리와 함께 '신세계의 질서'를 만드는 데 앞장설 수 있다."

내가 알아듣지도 못하는 기나긴 영어 서류들이 무엇을 의미하는지도 모르는 채, 서명을 했다. 그것이 나의 미래, 자식의 미래, 기업의 미래, 국가의 미래를 어떻게 바꿀지는 상상도 하지 못한 채 스미스 요원과 악수를 하며 들었던 단 한 가지의 생각.

'다행이다. 앞으로 우리 가족들은 살아나갈 수 있다.'

2

보이지 않는 손

1994년 7월 10일. 백악관 대통령의 집무실에 CIA 총국장 제임스 울시가 방문했다. 그는 그 전날까지 워싱턴 본부에서 16명의 한국 전문가들이 모여 긴급회의를 하고 있었다. 거기에는 동아시아 정치학 박사나 아시아 태평양 극동지부 해군 사령관 같은 거물급도 있었다. 그들은 약 이틀을 꼬박 밤새며 김일성의 사망에 대해 향후 한반도 통제와 나아가 동북아시아의 통제 전망에 대해 토론했던 것이다.

제임스 국장이 클린턴 대통령에게 보고하려 하는데, 옆에 비밀경호국 토마스 국장이 함께 있는 것을 보았다. 사사건건 CIA와 충돌하기에 달갑지 않은 인물이었다. 토마스를 살짝 흘겨보며 보고를 시작했다.

"향후 북한의 현 정권은 5년 내에 붕괴할 것이라는 전망이 80% 이상 지배적이었으며, 북한 붕괴 시 쿠데타 세력이 등장할 것이며, 남한에 선제공격을 가할 것이라는 것에 대부분 동의했습니다. 이에 대해 북한의 주요 미사일 기지와 군사시설들을 선제적으로 타격해야 한다는 데 의견을 모으고 있습니다. 신속한 조치가 필요합니다. 여기에서도 기선을 제압하지 못하면 제2의 한국전쟁과 같은 비극이 벌어질 수 있습니다." "제임스 국장. 나 또한 그 의견을 생각한 적이 있지만, 방금 비밀경호국으로부터 다른 의견을 들었습니다. 그것은 오히려 남한의 손실과 전쟁을 앞당겨 올 수 있을 것이며, 그것은 한반도에서 우리가 활용할 수 있는 가치를 스스로 훼손시키는 것이라고 말입니다. 게다가 며칠 전 나의 결정을 우려한 김 대통령이 직접 방문한 미국 대사관으로부터 연락이 왔습니다. 우리가 그러한 결정을 한다면 한미 양국의 외교 관계도 껄끄러워질 것입니다. 지금은 2차 세계대전의 시기가 아니니까 신중히 결정할 필요가 있다고 생각합니다."

"아니, 언제부터 비밀경호국이 군사전략과 대외 외교정책에 대한 보고서를 작성할 권한이 있었는지 궁금합니다!"

제임스 국장의 발언에 이번에는 토마스 국장이 발끈하며 대들었다.

"알다시피 북한은 세계 1위의 화생방 무기 보유국이며 테러국입니다. 화생방 테러에 관한 보고서 작성은 당연한 비밀 경호국의 관할이라고 할 수 있습니다. CIA야말로 정보 수집과 공작뿐만 아니라 전쟁 지휘권을 가지고 있었는지 저는 오늘 처음 알았습니다."

"우리의 노고를 알지도 못하면서 무례하군!"

"둘 다 그만하시오. 어쨌든 둘 다 일리가 있으나, 중요한 것은 무력 충돌은 최대한 자제한다는 원칙을 고수하겠습니다. 그러므로 선제타격은 없을 것이나 한반도를 담당하는 모든 미 공군과 해군은 워치콘

[23]을 최고 단계로 격상하고 데프콘[24]을 한 단계 격상하겠습니다."

사사건건 자신의 일에 시비를 건 일이 한두 번이 아니라는 것을 다시 상기하자, 제임스 울시는 울화통이 터졌다. 대통령 직무실을 나오자마자 제임스가 토마스에게 이야기했다

"이봐 토마스. 자네는 국내의 경제사범들과 대통령에 대한 조직테러만 담당해 본 주제에 뭘 안다고 전쟁에 대해서 떠드나! 이건 권력싸움 이전에 미국의 안보가 걸린 문제라고! 미국의 패권이 추락하면 당신이나 우리나 끝장이라는 걸 모르나?"

그리고 물론 '우리 조직의 계획에도 차질이 생기지!'라고 이야기하는 것은 간신히 이성의 통제를 받아 빼먹을 수 있었다. 사실 CIA의 회의 결과에서 김일성 사망 후 5년 내 현 정권이 붕괴할 것이라는 예측은 타당했으나, 그것에 대한 조치로 선제타격이 나온 것은 아니었다. 그것은 16인의 회의 결과 중에서도 가장 불가피하게 선택될 마지노선과 같은 것이었으며, 모든 도발, 전면전을 선제로 수행하는 것보다 남쪽 정부와 협조하여 남한 정부의 국토를 방위하는 데 최선을 다하고, 정권이 붕괴할 경우 신속히 대규모의 정치 망명자들과 난민들을 흡수하여 흡수통일을 대비해야 한다는 의견이 지배적이었던 것이다. 그것에 대한 보고서를 CIA는 밤을 새가며 조작한 것이다.

반드시 전쟁을 시작해야 미국과 FRB의 수익이 증대되며, 그 과정

23) 적국의 도발 징후를 탐색하기 위한 작전의 정도.

24) 적국의 무력 도발 정도를 탐색한 후, 그에 맞는 대응과 무장의 정도.

에서 클린턴 대통령의 정보 공개 사업[25]을 다시 한 번 교묘히 피해 가는 동시에 그동안 BICC에서 15년가량 벌였던 엄청난 비리 사업들을 신속히 폐기해야 했다. 지금은 '조직'의 비상사태였다. 이것이 들통났다간 정치권이 아니라 미국 시민들로부터 전역에 걸친 저항이 일어날 수 있으며, 조직의 오른팔인 CIA가 해체된다면 엄청난 타격을 받을 수 있다. 그렇다고 과거처럼 무작정 대통령을 암살했다가는, 민주당과 '비조직원' 대통령 출신들이 냄새를 맡고 창설한 안전장치, 즉 우리의 계파를 타지 않은 다른 정보기관들에 의해 추적을 당할 수 있었다. 비밀경호국 또한 그런 기관 중 하나였다. '조직'의 일이 진행될수록 그만큼 저항 세력들도 많아졌다. 그중에서는 암암리에 우리의 계획들을 실제로 많이 눈치챈 자들도 있었다. 물론 모두 정황 증거로 인한 추론의 결과였기에 힘을 갖진 못했다.

그러나 그들에게는 비상 상황이었다. 그리하여 조직은 폭로 세력을 완전히 입막음하는 노선을 수정하여 그들의 정보에 역정보를 주입하여 교묘히 왜곡시키는 일을 해온 것이다. 그런데 BICC 프로젝트는 이야기가 달랐다. '친미적 천재 육성 사업'이라고도 불리는 이 비밀 계획들은 차질이 생기기 시작했는데, 독일, 남아공, 이탈리아, 멕시코, 인도, 한국에 퍼뜨린 '씨앗'들 중, 인도, 남아공, 한국 등 제3세계[26]로 파생된 아이들의 사춘기 성장 이후 검사 결과들이 유독 반미적 성향을

25) CIA를 포함한 모든 정보기관의 정보 수집, 해석의 과정, 또한 결과물을 공개로 처리하라는 작중 클린턴의 정책.

26) 2차 세계대전 이후 식민지에서 독립한 국가들 또는 개발도상국, 미국과 유럽을 제외한 그 외 국가들 등 다양한 의미로 쓰인다.

띠기 시작한 것이다. 그러나 분명 뛰어난 능력을 가지고 있는 아이들이었다. 다른 이들에 비해 공간지각능력, 판단력, 추리력, 이해력, 주의력, 집중력 등이 3배 이상 뛰어나기에, 어른이 되면 사회적, 정치적 영향을 지닌 인물로 성장할 가능성이 너무나 높았다.

엎친 데 덮친 격으로 클린턴의 정보 공개 사업이 명확하게 CIA를 향해 날아왔다. 분명히 케네디 대통령이 창설한 비밀 경호국의 보고서를 인수인계 받은 것이 분명했다. 그들의 계획이 들통 나는 것은 시간 문제였고, CIA는 BICC 프로젝트에 파견한 모든 공작 인원들을 DO로 복귀시키는 동시에, 자료들을 비밀 장소에 무기한 보관한 뒤 진행을 보류하기로 했다. 그 과정에서 반미적 성향을 보이는 인도, 남아공, 한국의 '씨앗'들을 제거하여 마무리하기로 결정한 것이다.

그러나 그들 또한 쉽게 제거할 수는 없었던 것이 그것을 추진하기 위해 해당 정부와 부모로부터 협조받은 사항들이 너무 많았다. 그들이 제거된다면 당연히 미 정부를 의심하게 될 것이고, 그들은 비협조적으로 나올 것이 뻔했다. 이 사실들을 폭로했다가는 또 어떤 입막음 절차를 거쳐야 할지 모르기도 했다. 그래서 한반도의 씨앗을 없애는 것에는 전쟁이 가장 좋은 방법이었던 것이다. 전쟁 중 죽었다면 설령 심증이 있다고 해도 함부로 드러낼 수 없는 명분이 생기기 때문이다. 이것을 미국 정부도 모르게 해야 한다는 점이 참으로 고역이었다.

'도대체 대통령들은 누구 덕분에 미국이 이렇게 부강해질 수 있었는지도 모르고 무슨 잘난 척을 그렇게 하는 거야?'

제임스는 이런 생각을 하면서 워싱턴 본부의 국장실에서 직통 전화기의 비상 코드를 눌렀다. 그러자 일반 전화기는 오히려 수화음이 끊기고 갑자기 정면에 있던 벽면이 통째로 열려 12개의 화면이 튀어나왔다. 그곳에는 전직 CIA 국장, FRB 이사들, 육군성, 공군성 대장, 재무처 장관 등 주요 인사들이 나타났다.

[제임스. 비상상황이라니 무슨 일이오?]

"클린턴이 전쟁을 수행하지 않기로 결심했습니다."

[이런 젠장. 민주당 대통령들이란! 그나마 '조직'이 아닌 사람들이라고 해도 공화당 출신들은 말이 통하는데 꼭 민주당 출신들이 문제군.]

[그건 꼭 그렇지만은 않소. 공화당 출신들이 개인의 이익을 위해 움직일 때도 우리와 상충되지 않소?]

[쓸데없는 소리들은 그만하고 어서 대책을 마련해야겠군. 제임스. 어떻게 할 생각이오?]

"그들이 의심할 수 없는 방법으로 폐기하는 것에 대해 생각해보겠습니다."

[어떤 자원과 방법이 있습니까?]

"에릭스틴 박사는 이미 '제5연구실'의 실험 성과를 보유하고 있습니다. 그것은 우리가 한국의 씨앗인 양선목의 성장 진행을 비정상적으로 앞당겨서 불구로 만들 수 있다는 것을 의미합니다. 그리고 그것은 또한 전쟁을 수행하지 않는 인도, 남아공 또한 마찬가지로 처분할 수 있다는 것을 의미합니다."

[좋소. 그렇다면 DO로 아직 복귀하지 않은 스미스 요원에게 신속히 처리하라고 명령하고, 처리하는 즉시 복귀하라고 하시오. 꼬리를 밟

혔다간 우리도 무사하지 못할 것입니다. 케네디 대통령의 연설 이후로 역대급 위기라는 것을 명심하십시오.]

"알겠습니다. 그렇다면 우리 13인의 위원회에서 승인을 내린 것으로 알고 일을 진행하겠습니다."

[직통 승인이니 지체 없이 처리하시오.]

"이 일이야 당장 급한 일일 뿐이고, 정말 중요한 일이 있습니다. 클린턴은 앞으로 지속적으로 우리를 압박하고 반 전쟁 세력을 관료로 중용할 것 같습니다. 이것은 앞으로 우리의 일에 커다란 차질이 생길 것이므로, 그를 억제해야만 합니다."

[조금만 기다리시오. CIA가 아닌 우리의 직접적인 책략을 실행시키는 산하 조직이 있으니까. 우리는 현재 클린턴에게 불륜설을 안겨다 줄 '르윈스키 프로젝트'를 실행하고 있습니다. 그 점은 걱정 말고 클린턴이 눈치채기 전에 신속히 BICC 프로젝트를 은폐시키시오.]

1994년 9월 대한민국 서울. 2학기 개학식이 끝나고 양선목의 중학교 담임을 맡고 있는 김경미 교사는 그를 따로 불러내어 면담을 하는 중이었다.

"그러니까 선생님은…… 오늘 있었던 과학 시간이나 역사 시간의 일도 그렇고, 이곳 국제중학교의 수준으로도 너를 가르칠 만한 역량이 되지 않는 것 같다는 이야기야. 그건 네가 이상해서 그렇다는 게 절대 아니야. 단지 너는 다른 아이들보다 훨씬 재능이 뛰어나다는 이야기지. 그래서 선생님은 너에게 내일 부모님을 모셔오라고 하고 싶구나. 중학교를 조기 졸업하고 교장선생님 추천으로 고등학교에 입학하는 걸 권해보고 싶어서 그래. 물론 이건 본인의 의지가 중요한 일이기 때문에 먼저 너에게 말하는 거야."

선목은 고개를 숙인 채 듣다가 담임을 바라보았다.

"하지만…… 그럼 여기서 만난 친구들은 보지 못하는 거잖아요. 형들이랑 공부해요?"

담임 또한 마음이 편한 것은 아니었다. 조기 졸업자가 생긴다는 것은 학교 입장에서나, 본인의 공적을 따져보았을 때나 매우 기쁜 것이었으나, 마치 제자를 팔아넘기는 듯한 기분이 들었기 때문이다. 한 학년을 통째로 선목의 담임을 맡았던 그녀였기에 더욱 가슴이 아팠다. 재벌가의 자식임에도 겸손하고 온순한 성격, 넘치는 재능과 학구열들은 중학생밖에 안 된 그의 미래가 대한민국의 썩어빠진 사회를 구원해 줄 수 있을 것만 같은 희망을 주었기 때문이다. 실제로 그는 친구들과 친하게 지냈다. 자신이 이해한 모든 과목들을 친구들에게 알아듣기 쉽게 가르쳐주는 것을 마다하지 않았기 때문이다.

문제는 수업 시간과 선생님들과의 관계였다. 온순하지만 선생님들이 행하는 규제에 대해서는 원론적인 메타 윤리학과 인권을 들먹이며 조근조근 차분히 이야기하여 규제가 부당한 이유, 자신이 자유를 누려야 할 권리에 대해 마치 권리장전[27]을 하듯 읊조리는데 그를 당해낼 단속 교사나 학생주임이 없었다. 그 후폭풍은 고스란히 담임인 본인에게 다가왔다. 학생에 대한 특별한 주의를 요청한다는 책임 전가 식 화풀이였다.

그것까지는 본인이 제자를 사랑하는 마음으로 이해할 수 있었으나 수업 시간이 문제였다. 그가 던지는 심오한 내용의 질문들은 수업 시간 중 설명하려면 상당한 시간을 차지하는 것들이었으며, 완벽히 성장하지 못한 다른 아이들이 알아서는 오히려 교과목의 기초를 다지는 데 혼란만 가중될 것들이었다. 그렇다고 그것을 일일이 따로 교무실로 불러서 설명하려니 교사들의 시간을 그 아이 한 명 때문에 잡아먹게 되고 그것은 다른 행정 처리나 교육 연구를 방해하는 꼴이 되었다.

이것은 아까처럼 제자를 사랑하는 마음으로 이해하는 것과 차원이 다른 문제였다. 왜냐하면 김경미 교사는 '양선목을 사랑하는 만큼 다른 제자도 사랑하기 때문'이었다. 그것은 곧 양선목 때문에 다른 제자들이 학업에 피해를 볼 경우 양선목을 보호해줄 수 없다는 뜻이기도 했다. 이것이 그를 무리해서라도 조기 졸업 시키려는 이유였다. 확신하건대 선목은 중학교 2,3학년 과정을 거치지 않아도 충분히 고등학교의 교과 과정을 습득할 수 있을 것이다. 그럼에도 김경미 교사

27) 1689년 영국 명예혁명의 결과로 이루어낸 영국 국민의 권리와 의무를 제정한 의회제정법. 의회의 동의 없이 왕권에 의하여 이루어진 법률이나 그 집행 및 과세의 위법, 의회의 동의 없이 평화 시에 상비군의 징집 및 유지의 금지, 국민의 자유로운 청원권의 보장, 의원선거의 자유 보장, 의회에서의 언론 자유의 보장, 지나친 보석금이나 벌금 및 형벌刑罰의 금지 등이었다.

는 마음속에서 무언가가 울컥하기 시작했다. 논리가 정연한 조기 졸업의 이유에도 불구하고 자신의 행동이 정당한가에 대해서는 스스로 떳떳하게 확신하지 못했다. 그녀는 선목의 손을 붙잡고 억지 미소를 지으며 대답했다.

"선목아. 너는 여기에서 친구들과 노는 게 당장 즐거울지 몰라도, 그 친구들은 너 때문에 알게 모르게 성장이 늦어질 수가 있단다. 너는 똑똑하니까 무슨 말인지 알지? 선생님은 이렇게 생각해. 우리를 만들어주신 신은 사람들 각각 그 쓰임새를 나누어 주었다고. 그것을 우리가 알 수 있는 방법이 재능이라고 생각한단다. 선생님이 선목이의 재능을 보니까 선목이는 지금 여기에서 쓰일 사람이 아니라고 생각하는 거야. 분명히 신이 너를 만들어주신 어떤 이유가 있을 거야. 내일 부모님께 잘 말씀드리고 모시고 올 거지?"

"네, 선생님."

선목이 교무실에서 나간 뒤 경미는 깊은 한숨을 내쉬었다. 학습의 속도가 빠르다는 이유로 정규 교과 과목을 건너뛴다는 것은 제도교육이 정착된 사회에서 어떤 변수를 초래할지 모르는 일이었다. 그러나 그만큼 다른 아이들에게도 중학교 3학년 과정은 중요한 시기였다. 이것은 비단 그녀 개인의 결정뿐만이 아니라 개학을 하기 전 교장의 주관 하에 '양선목에 관한 특별회의'를 진행한 결정 사항이었다. 담임을 제외한 모든 교사가 만장일치로 조기 진급을 권유하기로 했다.

이러나저러나 이유가 어찌되었든 그녀의 마음 한구석에 회의감이 드는 것은 어쩔 수 없었고, 이상하게 수많은 제자들 중에 선목은 그녀에게 많은 비중을 차지했다. 이만한 수재를 본 적이 없어서 그랬을까. 아쉬운 마음을 스스로 달래고자, 선목의 하굣길을 함께하며 조금 더 이야기를 해 봐야겠다고 생각하며 서둘러 퇴근 준비를 하고 교무실을 나갔다.

한편 같은 시각 삼재그룹의 양 사장의 집무실에는 양 사장과 이 전무가 이야기 중이었다.

"사장님, 삼재건설의 담당 회계사와 경영이사들이 계속해서 조심스럽게 새어나가는 자금의 출처들을 저에게 묻고 있습니다. 곧 금감원에서 정기 감사를 할 때가 되기도 했고, 그 자금들 때문에 비축되어 있는 현금의 비율이 낮아지면, 기관에서 투자를 회피하게 될 겁니다. 조그마한 비율이 아닙니다. 벌써 출처를 알 수 없는 돈이 5%입니다. 손실된 이자에 대한 기회비용까지 고려하면 엄청난 경영 압박이 곧 들이닥칠 텐데, 더 이상 버틸 수가 없을 겁니다.

이 전무의 말에 양 사장은 괴로워하면서도 입을 열지 않았다.

"사장님, 저에게도 아무 말씀을 해주시지 않는다면, 정말 도와드릴 수가 없습니다."

"조금만…… 조금만 참아주게. 조만간 모든 걸 마무리하고 정리할 테니."

"알겠습니다. 하지만 한 달 뒤에 있을 주주총회야 그렇다 치고 3개월 뒤에 있을 금감원의 감사까지는 대비를 하셔야 합니다. 문민정부를 표방하는 YS가 어떤 카드를 들고 기업들을 압박할지 모릅니다."

"알겠네."

이 전무가 물러난 뒤, 양 사장은 등받이에 등을 기대었다. 답답한 마음은 그도 마찬가지였다. 그렇다고 주주들과 이 전무에게 자신의 기억들을 전부 설명할 수는 없는 노릇이었다. 그들은 보지 못했기 때문이다. 이 기업의 탄생 배경을, 그리고 자신의 아들을 향해 언제나 보이지 않는 곳에서 감시하는 자들의 눈초리를, 신생아일 때 정기적으로 그를 데려가던 스미스의 검은 손을. 기업이 성장하며 종종 부당해 보이는 경영의 지시나 정치에 대한 로비 등은 아무래도 상관없었다. 그러나 자신의 아이를 데리고 무슨 짓을 하고 있는지도 모르는 것은 견딜 수 없었다. 과거의 기억을 떠올리던 양 사장의 전화벨 소리가 울렸다. 2번 코드에 불이 들어오는 것을 본 그는 다급하게 수화기를 들었다.

"무슨 일인가?"

[우리의 정보와 예측이 적중했습니다. BICC는 14세의 정규 교육과정을 받는 시점에 선택을 결정하게 되어 있었습니다. 스미스가 접근합니다. 작전을 실행하겠습니다.]

"오 그래! 제발…… 제발 무사히 실행해 주게!"

"이…… 이게…… 무슨……!"

교문을 나서 선목이 하교하는 골목길로 접어들어 가자마자 보인 광경은 웬 덩치 큰 미국인이 기절한 선목의 목에 주사기를 갖다 대는 것이었다. 경미는 황급히 소리를 지르며 선목에게 다가가 그를 끌어 안았다.

"이봐요! 이게 뭐하는 짓이에요! 당신 뭐야! 경찰을 부를 테니까 당장 물러서세요."

스미스는 그녀를 보며 의아한 듯 고개를 까딱였다.

"What the……? 당신은 누군데 선목을 보호하는 겁니까?"

"나…… 나는 양선목의 담임선생님이에요."

"hmm. I didn't have scene this situation when I live my hometown. anyway……."

스미스는 작은 목소리로 혼잣말을 하다가 경미를 바라보고 이야기 했다.

"당신이 양선목과 어떤 관계이든 이 일은 나와 나의 조직, 그리고 나의 신에 관한 일이다. 사람들을 이롭게 하는 일이니 오해하지 말고 비켜주십시오. 무관한 사람을 다치게 하고 싶진 않습니다."

"무슨 말을 하는지 모르겠지만, 저는 절대 비키지 않을 거예요. 경찰을 부르기 전에 어서 물러나세요!"

입에서 나오는 이야기와 다르게 경미의 심장은 빠르게 뛰고 있었다. 온몸이 공포로 얼룩져 있었고, 본인이 무슨 말과 행동을 하는지도 모르고 있었다.

"당신은 내가 무섭지 않습니까? 이 일은 너무나 크고 원대하기 때문에 나를 방해한다면 어쩔 수 없이 당신도 처리할 수밖에 없습니다. 이 일은 경찰이 문제가 아니라 미국을 포함하여 국가의 정부 따위를 뛰어넘는 사안입니다."

"무서워요. 하지만 그 사안이 얼마나 중요한지 몰라도, 당장 그게 내 제자를 위험에 빠지게 하는 것이라면 나에겐 지금 이 친구를 보호하는 것이 훨씬 중요하다는 건 확실해요."

"Hey Professor. 한 사람의 의지가 세상을 바꿀 수 있을 만큼 만만한 곳이 아닙니다."

"이봐. 언제부터 CIA의 대한민국 활동이 정부의 승인을 받지 않고 이루어지고 있지?"

경미와 스미스가 동시에 놀라 소리가 난 쪽을 쳐다보니 마치 스미스처럼 옷차림을 하고 선글라스를 낀 사내가 다가오고 있었다.

"당신은 누구입니까?"

남자는 스미스의 물음에 신경 쓰지 않고 신속하게 다가와 경미에게 선목을 데리고 자리를 피하라고 말했다.

"누구 마음대로 자리를 피해. 말했지만 그건 한 사람의 의지로 피할 수 있는 문제가 아니다!"

스미스가 품에서 헌트나이프를 꺼냈다. 이 자리에 있는 모두를 죽여서라도 선목에게 아까 전의 그 주사를 놓을 생각인 듯했다. 그러나 의문의 남자는 전혀 당황하는 기색 없이 대답했다.

"한 사람의 의지로는 피할 수 없겠지. 그러나 우리는 오랜 시간 준비했거든."

그의 말이 끝나자마자 뒤에서 이상한 기척을 느낀 스미스가 뒤를 돌아보자, 그곳엔 다섯 명의 인원들이 나타났다. 그런데 스미스는 전혀 동요하는 기색 없이 비웃으며 다시 의문의 사나이를 쳐다보았다.

"후훗. 지금 저 인원들로 나를…… 응?"

다시 앞을 바라보니 수십 명의 인원들이 그를 향해 다가오고 있었다. 그리고 의문의 사나이는 품에서 총을 꺼냈다.

"아, 물론 진짜 총알은 없어. 그건 불법이니까. 대신 공기총으로 개조한 시위 진압용 고무탄이 들어 있지. 자 어때. 이 정도면 우리도 해볼 만한가?"

경미는 그 틈에 선목을 데리고 자리를 피했다. 스미스의 얼굴이 일그러졌다.

"뭐 하는 사람들인가? 내가 누군지 알고 이러는 건가?"

"누군지 알지. CIA의 스미스 요원이 아니신가?"

"내가 누군지 알고 이런 짓을 했다면, 그건 더욱 용서받지 못할 일이군. 조심해라. 자네들의 정체를 알아내는 순간, 무사하지 못할 테니."

"우리들은 정체를 숨긴다고 한 적 없다. 양 사장님께서 요원을 보고 싶어 하는데 어떻게 하겠나? 직접 할 얘기가 있다고 하시는군."

그랬다. 양 사장은 1년 전부터 사내의 전산망을 점검하고 네트워크 시스템을 개선한다는 명목의 정보지원처를 신설했다. 그러나 그 뒤에는 CIA 요원 스미스를 역추적하는 '정보기관'이었던 것이다. 때문에 막대한 자금이 필요했고, 그것은 회계장부에 공개적으로 기록될 수 없는 것이 많았다. 그것을 작년까지는 교묘히 영업 실적과 매출을 줄여서 기록할 수 있었지만, 액수가 누적될수록 그러기가 힘들어지고,

조금씩 구멍이 발생한 것이다.

스미스는 그들과 함께 양 사장의 집무실에 들어갔다. 스미스와 양 사장은 서로를 오래 바라보았다.

"스미스. 정말 오랜만이군요. 그 오래전의 결정 뒤에는 한 번도 뵙질 못했으니까요. 나는 그때 했던 나의 서명이 이런 의미를 가지고 오리라고는 상상도 하지 못했었지요."

"마치 그 서명이 후회할 일이었던 것처럼 말씀하시는군요."

"아니! 아니지요! 만약 나를 그때 당시로 다시 돌아가게 한다고 해도 나는 망설임 없이 서명을 할 겁니다. 이렇게 좋은 것들을 주셨는데요! 어디 가당키나 합니까? 텅텅 빈 정미소를 이렇게 쌀 가득한 곳간으로 만들어주셨는데. 그런데 말입니다. 그런데 계산을 좀 해보니까 나에게 준 것보다 더 큰 이익들을 많이 챙겨 가셨더군요. 예를 들면 미국 대통령의 당선이라던가……."

"그 입을 조심하시는 것을 권해드리고 싶군요."

"아니면 내 아들을 이용한 생체 실험의 결과라던가."

"허허허허허. 생체 실험이라니 무슨 말씀이십니까."

"발뺌하셔도 소용없습니다. 나는 언제나 내 아들의 신변에 허점이 생기는 것을 수없이 봐 오며 당신과 했던 계약 내용들을 상기했습니다. 그리고 나는 지금까지 BICC 프로젝트에 대해 조사하기 시작했고, 그 모든 전말을 알 수 있었지요. 유감스럽게도 당신이 이제 그것을 폐기하려 한다는 사실도 포함해서 말입니다. 당신이 아까 주사기에 주입하려 했던 약물은 제5실험실에서 개발한 BIG5라는 것도 알고 있습니다."

"글쎄 생체 실험이라니 무슨 말인지 모르겠단 말입니다. 양 사장. 생체 실험이란 의미는 살아 있는 신체기관을 이용한 실험이란 뜻 아닙니까? 그런데 우리의 실험 대상들이 살아 있다고나 볼 수 있는 것입니까? 만약 정말 생체 실험이라면 그것은 우리의 신들 또한 용납하지 않았을 테지요."

"그…… 그게 무슨 말이오! 엄연히 살아 있는 인간이고 내 아들이오!"

"BICC에 대해서 잘 안다면 이미 당신과 와이프의 자연적인 수정과 유전자를 가진 아이가 아니라는 것쯤은 잘 알 텐데요."

"이봐요. 그 아이의 유전자가 어떻든 간에 엄연히 살아 숨 쉬며 생각하고 생에 대한 의지가 있는 인간이자, 나에 의해 15년간 길러진 아이요. 그렇다면 그건 누가 뭐래도 나의 아들이야. 그게 실험이든, 입양이든 그 무엇이 되었든 말입니다."

"Hey Mr. Yang. 그런 기준은 한낱 인간인 당신이 판단할 게 아니야. 우리의 신이 판단해 주시는 거지."

"그렇다면 당신은 당신의 신이 어떤 판단을 하는지 어떻게 알 수 있다는 거지? 당신도 인간에 불과하면서 말이야."

양 사장의 이야기에 스미스는 매우 놀라는 눈치였다. 그러다가 무엇이 그리 재밌는지 크게 웃고는 대답했다.

"하하하하하하하! 자리가 사람을 만든다는 동양의 소문이 사실인가 보군. 별 볼일 없던 노역자의 아들이 비판적인 사고를 할 줄 알게 되다니. 그러나 그 토론은 여기서 하자면 너무 길어. 아니. 하루 종일, 아니, 그 논쟁은 평생에 걸쳐, 우리 같은 선의 진영과 당신과 같이 의문을 품은 악의 진영이 싸우고 있지. 간단히 얘기해 주자면, 그것은 그렇게 믿으면 그런 것이고, 아니면 아닌 것이라 결론은 나지 않고 이 세계는 영원히 그것을 가지고 싸울 것이지."

"자네의 말은 아무래도 상관이 없어. 나는 자네가 비단 CIA의 소속이라는 것이 전부가 아니라는 것을 알고 있다. 그리고 너희들의 '조직'으로서 이 미국에서 정부도 모르는 무언가 미심쩍은 일들을 하고 있다는 것까지. 이 일들을 현재 미국의 대통령인 클린턴과 우리나라 정부가 알게 된다면 당신들도 좋을 일이 없을 테니, 협상을 하는 것이 어떤가? 나는 여기에서 지금까지 당신을 추적해 왔던 모든 활동을 포기하고 이 일들에 대해 입을 다물 테니까. 당신과 당신의 그 조직들은 더 이상 우리 기업에 간섭하지 않고, 내 아들을 건드리지 않는 것으로. 혹시 그동안의 기여에 대해 금전적인 대가를 원한다면 그것은 얼마든지 마련해 주겠다."

"한국인들은 민족주의적 성향이 확실히 강하군. 우리가 하는 일에 협조를 해 주는 것이 매국노처럼 느껴졌나? 죄책감을 느꼈어? 멀리 볼 줄 모르는 자들에게는 확실히 그렇게 보일지 모르지. 그러나 우리는 국가, 종교, 사상, 민족을 뛰어넘어 진정한 평화를 구축하는 진실된 사업을 하는 자들이지. 우리에게 협조하는 것이 진정으로 한국과 너의 가족들을 위해 좋다는 것을 알면 좋을 텐데 말이야. 짐승은 영원히 사람의 말을 못 알아듣는 법이지. 협상 따윈 없다. 조심하면서 살아야 할 거야. 신께서 우리가 하는 일들을 좋아하신다."

스미스는 그 말을 끝으로 퇴장하려는데, 그와 함께 온 요원들이 스미스를 가로막았다. 그들 사이에 긴장감이 돌았고, 그들 중 리더로 보이는 요원이 사장을 쳐다보았다. 스미스는 주위를 둘러보며 이야기했다.

"내가 너희들을 당해내지 못할 것 같아서 순순히 씨앗을 포기하고 여기까지 끌려온 줄 아나? 많은 사람들이 있으면 시간이 걸리고, 거기엔 변수가 생길 여지가 있기 때문에 온 거다. 후회할 일을 만들지 마라."

요원들이 그를 경계하며 품 안에 있던 총을 꺼내어 조준했다. 리더는 양 사장의 얼굴을 계속해서 쳐다보았고, 스미스는 태연하게 가만히 있었다. 그러나 여차하면 무슨 일이라도 벌릴 것 같은 자세였다. 양 사장은 리더에게 고개를 저었다. 그러자 리더는 스미스에게 길을 비켜 주었고, 스미스는 회심의 미소를 지으며 퇴장했다. 양 사장은 리더 요원에게 다가가 이야기했다

"이게 끝이 아닐 거라고 생각하네. 앞으로 선목이는 집에서 모든 교육을 시킬 예정이야. 교육 중일 때를 제외하고 선목이가 외출하는 모든 순간 자네들이 수고스럽겠지만 주시해 주게."

"알겠습니다. 걱정하지 마십시오."

"그래. 이만 물러가서 일들 보게."

"예. 저희만 믿고 안심하고 계십……."

[투투투투투투!]

"음? 이게 무슨 소리지? 으헉!"

삼재그룹 본사의 건물 최상층에 위치한 양 사장의 집무실 창밖에는 헬기, 그것도 수송기가 아닌 AH64C[28]였다. 헬기에서 기관총이 난사되었고, 그것은 방탄으로 이루어진 집무실의 창을 무참히 박살내는 데 충분했다.

[챙그랑!]

유리창이 설탕처럼 잘게 부숴지자마자 연막탄이 발사되었고, 건물의 옥상에서는 대기하고 있던 '조직'의 요원들이 신속하게 연막이 쳐진 사무실 안으로 레펠 침투하였다. 방탄복으로 무장한 조직은 M16과 적외선 조준경, 야시경을 이용해 신속하게 양 사장의 요원들을 사살하였다. 지금 있는 상황이 꿈인 것만 같았던 양 사장의 명치에 주먹이 꽂히고서야 그게 꿈이 아님을 실감했다.

[퍽!]

[크억!]

"사냥을 하려고 개를 키웠더니 주인을 물면 안 되지. 앞으로 이딴 사업을 했다가는 여기에서 끝나지 않을 겁니다. 장난을 쳐도 정도껏 치셨어야지. 코브라 본부. 여기는 코브라 알파. 상황 종료했다. 씨앗은 보이지 않는다. 반복한다. 씨앗은 보이지 않는다."

같은 시각 이 전무는 보고를 마치고 건물을 내려가던 중 헬기와 총소리가 난 것을 듣고 무슨 일인가 하여 황급히 사장의 집무실에 가보기 위해 발걸음을 돌렸다. 그러나 가는 길에 몇몇 조직의 요원들이

28) 전쟁 시 공격 수행 능력을 갖춘 공격형 아파치 헬기.

그를 가로막았다.

"이…… 이게 무슨? 당신들은 누구요?"

"이태섭 전무! 당신은 당신의 이모부가 이 회사를 어떻게 만들었는지 알고 있소?"

"그…… 그게 무슨 말입니까?"

"당신은 똑똑한 친구잖아요. 내가 당신에게 처음부터 끝까지 이 기업의 모든 것을 설명해 드리리다. 내가 이러는 이유는…… 이제 곧 이 회사의 주인을 당신으로 만들려는 계획을 가지고 있기 때문입니다."

"도대체 당신들 뭐야? 이모부를 어떻게 한 거야!"

"무슨 생각을 하는 겁니까? 우리는 양 사장의 신변을 위협하지 않습니다. 우리 조직을 그렇게 야만스럽게 생각하다니요. 이태섭 전무님, 이 기업이 어느 날 망한 정미소를 운영하시던 양 사장의 아버지로부터 뚝딱 하고 만들어진 게 아닐 거란 건 짐작하고 계실 것입니다. 그 시작이 바로 우리였고, 양 사장은 이제 우리의 말을 듣지 않기로 결정한 것 같더군요. 그래서 우리는 앞으로 당신이 이곳의 주인이 될 수 있도록 도와주는 계약을 하고 싶은데 어떠십니까? 저의 이야기를 계속 들으시겠습니까?"

"……!"

이 전무는 쉽게 대답할 수 없었다. 분명한 것은 이 회사에 위기가 다가오고 있다는 것, 그리고 스미스의 말대로 이 회사에는 막대한 비밀이 숨겨있을 것이라는 것 정도였다.

한편 같은 시각 경미의 집. 잠들어 있는 건지 기절해 있는 건지 알 수 없는 선목을 본인의 방에 뉘어둔 경미는 불안에 떨고 있었다. 병원에 데려가고 싶었지만, 그들이 이야기하는 것으로 봐선 경찰들이 보호할 수 없는 범주에 있는 자들인 듯했다. 그나마 다행인 것은 맥박도 정상이었고, 숨도 쉬고 있다는 것이었다.

[띵동!]

초인종 소리에 너무 놀라 반사적으로 휙 뒤를 돌아보았다. 심장박동 수가 두 배는 빨라진 듯했다.

'그놈들이면 어쩌지? 없는 척해야 하나?'

그녀는 살금살금 다가가 현관문의 렌즈에 눈을 가져다 대었다. 순간 검은 정장을 입은 요원과 눈이 불쑥 마주치고 말았다.

"흐아아악!"

[쿵쿵쿵쿵쿵!]

경미는 놀라 뒤로 넘어졌고, 바깥에 있던 사람은 현관문을 미친 듯이 두드렸다. 경미는 어찌해야 좋을지 몰라 안절부절못하다가, 경찰이라도 불러야겠다고 생각하여 수화기를 들었다. 그런데 현관문 건너편에서 들려온 목소리를 듣고는 잠시 망설이게 되었다.

"경찰을 부르시면 안 됩니다. 모두 한패라고요! 나는 당신이 생각하는 그런 사람이 아니에요! 나는 양선목을 돕기 위해 온 사람입니다."

"누…… 누구신데 그러시는 거죠?"

"이러고 있을 시간이 없습니다. 양선목의 몸에는 추적 장치가 심어져 있다고요! 그들은 그것을 이용해서 그 친구를 찾아내고, 폐기 처분할 겁니다. 양선목은 처음부터 그들의 실험 대상이었던 겁니다."

"으…… 무…… 무슨 말씀을 하시는지 모르겠어요."

"우선 빨리 이 문을 좀 열어주시죠. 자세한 설명을 안에서 다 해드리겠습니다. 제발, 제발 의심을 거두시고요! 계속 거기 있다간 일을 망치게 된단 말입니다!"

"아…… 알겠어요. 하지만 조금이라도 수상한 짓을 하면 경찰을 부르겠어요."

그녀는 현관문을 열어 그 남자를 보았다. 우선 외국인이 아니라는 것에 신뢰가 갔다. 남자는 안으로 다급하게 들어왔다.

"양선목 군은 무사합니까? 그는 우리들에게 아주 중요한 존재입니다. 반드시 살려야 합니다."

"네. 하지만 기절해 있는 것 같아요."

"자세한 설명을 할 시간이 없습니다. 적들은 양선목을 찾아서 BIG5를 주입하려고 할 겁니다. 그랬다간 선목은 이 세상에서 정상적으로 살아갈 수 없는 미친 사람이 되어 버릴 겁니다."

"그…… 그럼 어떻게 하죠?"

"추적 장치부터 제거해야 합니다. 우리는 양선목 군을 추적할 수 없는 비밀 방공호에 데려가서 피부에 이식되어 있는 GPS를 제거하는 수술을 할 겁니다."

"그럼 선목이는…… 선목이는 무사할 수 있는 건가요?"

"추적 장치만 제거해줄 수 있을 뿐…… 우리도 무력으로 그들에게 대항해서 보호해 줄 수는 없습니다. 그 이후에는 삼재그룹의 재량으로 알아서 양선목 군을 잘 은닉시켜주길 바랄 수밖에요."

"도대체 무슨 일이 일어난 건지 모르겠어요."

"진정하세요, 선생님. 시간이 없으니 어서 양선목 군을……."경미는 선목을 눕혀 놓은 자신의 방으로 남자를 안내했다. 남자는 선목을 들쳐 안은 뒤, 경미에게 인사를 했다.

"본인의 일도 아닌데 선목이를 보호해 주셔서 감사합니다."

"담임선생으로 당연히 해야 할 일일 뿐인데요 뭐."

"부디, 그 마음을 교직 생활 중에 바꾸지 마시기 바랍니다."

남자는 여자의 집에서 나와 자신의 차 뒤에 선목을 눕힌 뒤 크게 한숨을 쉬었다. 그리고는 슈트의 배지처럼 보이는 무전기에 교신을 했다.

"여기는 코브라 베타. '씨앗'을 수거했다."

[수고했다, 베타. 당장 liquid를 주입하도록!]

"입감했다. liquid 주입하는 즉시 본부를 거치지 않고 베타는 철수 및 잠적하겠다."

[푸슉!]

그렇게 '베타'는 주머니 안에 있던 주사기를 꺼내어 선목에게 주입시키려는 순간 뒤에서 심장을 관통한 총알을 맞고 그대로 쓰러져 버렸다. 뒤에서 소음기 권총으로 베타를 사살한 나카타는 신속하고 자연스럽게 그를 부축하는 척 조수석에 태운 뒤, 한강으로 차를 몰았다. 그곳에서 베타의 시체를 들쳐 멘 뒤, 강에 빠뜨리고는 선목의 목에 조심스레 주사를 놓았다. 그것은 'BIG5'라고 불리던 용액처럼 투명하지 않고 연한 연두색을 띠고 있었다. 그리고는 선목을 한강변의

벤치에 눕히며, 담배를 한 대 물고는 일본어로 중얼거렸다.

"우리의 기술을 한국 국민에게 쓰는 날이 오다니…… 거참. 일단 우리가 해 줄 수 있는 일은 이것밖에 없다. 우리도 그들에게 대항할 힘이 부족하니까. 살아남아라. 강하게 살아남아야 한다. 양선목. 너는 우리의 카드 중 유일한 조커다."

나카타는 담배를 다 피우고 꽁초를 한강에 던진 뒤 유유히 사라졌다. 그렇게 몇 시간 뒤, 양선목은 깨어났는데, 그의 주위에는 수많은 '조직' 요원들이 무장한 상태로 그를 경계하며 다가오고 있었고, 두려움에 떠는 선목을 붙잡아 강제로 BIG5를 투여하고는 무전을 했다.

"여기는 코브라 찰리. 임무 최종 성공. 최종 성공. 씨앗은 폐기 처분되었다. 정체불명의 타 세력은 발견되지 않는다. 베타는 사살당한 것으로 보인다. 코브라 본부를 거치지 않고 본토로 직접 복귀하겠다. 이상!"

BIG5를 투여한 선목의 몸에 이상 작용이 일어나며 발작을 일으켰다.

"커…… 크읔! 살려주!"

이 세상의 모든 것이 느리게 보이고, 자신이 그동안 살아온 15년간 겪은 모든 경험과 관점이 재해석되기 시작했다. 심지어는 지금 보이는 장면들에서도 수천만 가지의 변수와 보이지 않던 에너지의 흐름들이 보이기 시작했다. 그것은 일반인으로서는 감당하기 힘든 빅 데이터였다. 심지어 전부 성장하지 않은 청소년기라면 그 부작용이 훨씬 심할 것이었다. 대한민국 굴지의 기업 삼재그룹의 자식이 죽는다면 냄새를 맡은 여러 기관에서 귀찮게 굴 터이니, 차라리 그를 더 똑똑하게 만들어서 미친 사람을 만드는 것이 조직의 폐기 단계였던 것이다.

발작이 끝나고 선목이 일어났다. 그에게 가장 먼저 보인 것은 한강 물이었다. 한강 물이 넘실대는 그곳의 흐름, 10.3m가 조금 안 되는 수위. 그동안 무심코 넘겼던 뉴스의 일기예보와 수위들을 기억하고 종합해 보건대 내년 8월에 홍수로 인한 한강의 범람이 예상된다. 만약 범람하지 않는다면 그것은 가뭄을 동반한 10월의 흉년을 예상한다. 그리고 지금 자전거를 타고 자신의 옆을 지나간 자. 정상적이고 건강한 것처럼 보이지만 등이 굽고, 페달을 밟으며 생기는 몸의 진동이 비대칭으로 기울었다. 그것은 골반이 틀어졌다는 것을 의미했으며, 허리에 디스크가 있다는 것을 의미했다. 자신이 위치한 한강을 통과하는 성수대교. 대교를 지지하는 받침의 미세한 균열, 현재 지나가는 150여 대의 차량에 의해 흔들리는 진폭을 보았을 때 그것은 조만간 붕괴할 것, 구체적으로는 한 달 내에 그러한 일이 일어날 것을 알 수 있었다!

"도대체…… 무슨 일이 있었던 거지? 나는 왜 여기 서 있는 거지?"

그랬다. 그는 미치지 않았다. 다만 예전과는 비교도 안 될 정도로 명확하게 사고가 확장되었고, 이성이 극한으로 발달했을 뿐이었다. 모든 것이 아름다웠다. 자신이 밟고 있는 시멘트도, 그 옆에 자라나는 민들레와 억새꽃마저도, 자신이 방금 예측한 그 비극마저도. 자신에게 불어오는 차가운 대륙고기압과 서해의 북서풍마저도 전부 다 자신과 연결되어 있음을 느꼈다. 말 그대로 그는 사물을 통해 세상의 이치를 그대로 들여다 볼 수 있었다.

선목은 무엇인가 홀린 듯 자신의 위치를 파악한 뒤, 집으로 걸어가기 시작했다. 대중교통이나 택시를 이용할 수도 있었지만, 그저 걸어가 보고 싶었다. 꽤나 먼 거리임에도 불구하고 어떤 방향으로 가는지, 자신의 길이 어디로 통하는 길인지 파악할 수 있었다. 걸어오면서 보이는 모든 것들의 과거와 미래를 예측하거나, 평소 보지 못했던 사물의 성질을 보는 것도 신기했다. 그렇게 하염없이 걷다 보니 저녁이 다 되어 청담동에 있는 집에 도착하였다.

그곳에는 선목의 부모가 어쩐 일인지 모두 계셨는데, 초인종을 누르자 단번에 뛰어나와 안고 우셨다. 지금까지 걸어오며 보았던 모든 것이 신기해서 부모님께 읊조리기 시작했다.

"엄마, 사람들이 허리가 다 조금씩 휘었어. 바른 자세를 유지해야 하는데 그치? 내년엔 홍수가 날 거야. 아니면 가뭄이 들거나. 홍수가 나면 농작물 가격이 치솟을 거야. 그치? 근데 그것보다 성수대교가 곧 붕괴할 거야. 거기는 운전을 하면 안 돼. 거기서 운전했다가는 언제 죽을지 몰라!"

"으흐흐흑. 얘가 무슨 소리를 하는 거예요, 여보! 도대체 회사에서 무슨 일이 있었던 거냐구요!"

양 사장의 부인은 남편에게 울며 소리를 질렀고, 양 사장은 그저 눈물을 흘리며 선목의 어깨에 손을 짚을 뿐이었다. 그리고 그 광경을 건너편의 높은 빌딩 사무실에서 지켜보던 스미스는 무전기를 작동시켰다. 그것은 그동안 다른 요원들이 소지하던 작은 무전기와는 달랐다. 크기는 일반 라디오만 했으며, 여러 가지 동작 버튼이 복잡하게 얽혀 있었으며 수화기가 따로 달려 있었다. 수화기를 열고 입을 열었다.

"블랙 이글. 여기는 코브라 본부. 씨앗이 성공적으로 폐기되었음을 최종 보고한다. 그리고 한국의 말뚝을 담당할 새로운 인물을 포섭했다."

[수고했다. 즉시 귀국하여 BICC와 관련된 모든 활동을 보류한다. 앞으로는 말뚝의 교체에만 신경을 쓸 것이다.]

1997년 12월 1일. IMF 총재 미셸 캉드쉬는 클린턴의 집무실에 방문했다. 클린턴 또한 그의 방문을 반가워하며 악수했다.

"어서 오십시오, 총재."

"반갑습니다, 대통령."

"아시다시피 우리는 최근 일본의 경제 급성장을 제어할 만한 다른 수단이 없다는 것을 알게 되었습니다. 그러나 그들의 사상은 매우 위험합니다. 그들의 경제력이 미국을 압도하게 되는 날, 어떤 새로운 질서를 들고 세계를 바꾸려 할지 모릅니다. 미국이 정의의 수호자라는 이야기가 아닙니다. 변화 그 자체가 이 세계에 몰고 올 혼란을 방지하자는 것이지요. 그러나 우리의 플라자 합의[29]는 실패했고 여기에 이

29) 미국 달러의 강세를 완화하려는 목적으로 1985년 미국, 영국, 독일, 프랑스, 일본의 재무장관이 맺은 합의. 그러나 작중에는 일본의 엔화를 폭등시켜 성장을 저지하려는 계획으로 묘사하고 있음.

르렀습니다. 이런 시점에 총재의 제안은 매우 유익한 것이라고 판단합니다."

"잘 알고 있습니다. 우리 또한 자금과 자원의 확보가 절실한 시점이므로 특단의 조치를 취할 수밖에 없었지요."

"알겠습니다. 그러나 모라토리움[30]을 선언해서는 곤란합니다. 한반도가 세계정세에 얼마나 중요한 위치인지 잘 알고 있으리라 생각합니다."

"이 일에 대비하여 우리는 약 300억 달러의 응급 구제금융 자금을 마련해 놓았습니다."

"이 일로 일본을 비롯한 동아시아 국가들의 고정 환율과, 폐쇄형 시장정책을 개방시킬 수 있는 계기가 되겠군요."

IMF는 자본시장을 세계로 확장하기 위해 동아시아를 개척하기로 결정했고, 미국에 기관들의 동아시아에 대한 투자, 특히 한국 기업에 들어가 있는 자금을 전부 회수해달라는 요청을 한 것이다. 만약 그들이 이러한 금융 공격을 버텨내지 못할 경우, IMF가 개입하여 공기업들을 비롯한 많은 기업의 자본 유입이 쉬워질 수 있기 때문이다. 또한 이것은 곧 미국에게 북한 정권이 붕괴하지 않아도 한국에 대한 통제권을 강화시킬 수 있으며, 일본을 견제할 수 있는 좋은 수단이었다.

"좋습니다. 그럼 내일 모레 저는 한국에서 협상을 타결하고 있겠군요. 내일 작전이 성공적으로 수행되길 바랍니다."

총재는 웃으며 클린턴과 작별 인사를 하고는, 그의 전용 헬기를 타

---

30) 국가가 더 이상 채무국으로서 채무를 반환하는 의무를 이행하지 않겠다고 파산을 선언하는 것.

고 미국의 어딘가로 향했다. 1시간 정도 지난 뒤, 어느 호밀밭에 착륙한 그는 주위의 눈치를 보다가 눈 깜짝할 새에 사라져 버렸다. 총재가 걸어가는 곳은 어딘가 익숙한 장소였다. 내부 인테리어는 많이 바뀌었지만 구조는 거의 바뀌지 않은 이곳은 바로 예전 루즈벨트가 FRB 7인의 이사를 만나러 가던 회의장이었다. 그곳에는 인물만 바뀌어 있을 뿐 지위는 동일한 7인의 인물이 어둠 속에서 모습을 드러냈다.

"어서 오십시오, 총재. 실제로 뵙는 건 처음이군요."

그러나 총재는 얼굴을 찌푸리며 록펠러 주니어 2세의 악수에 응하지 않았다.

"친한 척하지 마시오. 비록 협조 관계이긴 하지만 우리 클럽의 목적과 당신네 조직의 목적은 엄연히 다르니까. 나는 다만 이번 일에 대해서는 클린턴과 잘 협조하여 일을 끝마쳤다는 것을 이야기하러 왔습니다. 또한 경고하건대, 당신네들의 세계 통합 프로젝트에 우리 유럽을 끌어들이지 마시오. 요즘 하는 일들이 어떤 것들인지 잘 알고 있습니다. 더 이상 유럽에서 일을 진행시켰다가는 우리 클럽 또한 미국에 어떤 타격을 가할지 장담할 수 없습니다. 이건 협박이 아니라 서로를 존중하여 화합을 이끌어내자는 제안이라고 받아주시오."

"아니. 그게 무슨 말씀이시오? 결국 당신의 클럽도 우리의 조직에 언젠가 융화될 것이고, 유럽 또한 이 세계의 일원으로, 신세계의 질서에 따라야지요."

"흥! 우리 클럽으로부터 파생된 조직과 국가인 주제에 지금 잠깐 미국이 패권을 잡았다고 해서 우쭐하지 마시오. 오늘의 일에 대해서는 서로 이익을 본 날이니 여기까지 하겠소. 부디 한반도의 영향력을 성공적으로 행사할 수 있길 바라며 나는 이만 가 보겠습니다."

미셸이 퇴장하자 7인의 이사는 서로 당황하며 쳐다보았다.

"음, 저들의 클럽은 우리와 완전히 뜻을 같이하는 줄 알았는데요."

"그러게 말입니다. 최근 보이는 노선을 보면 그것도 아닌 것 같습니다."

"역시 우리의 계획은 멀고도 험난하군요."

"인류의 사랑과 평화를 위한 계획인데 쉬울 리가 없지요. 저 문제는 당장 우리가 생각할 만한 일이 아니오. 저들의 클럽이 만만한 세력도 아니고. 어쨌든 클린턴이 동남아시아를 이용해서 일본 경제에 타격을 실행하는 이때 우리는 삼재그룹의 경영진을 신속히 교체해야 합니다."

1997년 12월 2일 1PM. 한국 삼재그룹 본사. 양 사장은 집에서 공부하던 선목을 데리고 회사 구경을 시켜주고 있었다.

"이곳이 네가 앞으로 이끌어 나갈 회사다. 잘 기억해둬라. 얼마 남지 않았으니."

'부디 너의 그 현명함으로 아버지처럼 되지 않길 바란다.'

아들을 데리고 재무부서에 데려오는 순간, 마침 그곳에 있던 현명한 상무[31]가 양 사장에게 다가갔다. 그는 고종사촌 여동생의 남편이었는데, 출중한 능력으로 사법고시와 공인회계사 시험을 동시에 패스한 수재였기에, 양 사장이 중용한 자였다. 그리하여 현명한 상무는 법무부와 재무부를 아우르는 부서장을 담당하고 있었다.

31) 회사의 임원으로서 전무처럼 경영 전반을 아우르는 자가 아니라 하나의 일상적인 업무를 담당하는 자.

"사장님, 여기 계셨군요. 한참 찾았습니다!"

"무슨 일이야, 매제?"

"그게 저…… 제 방에서 이야기하시지요."

양 사장은 현 상무에게 급하게 이끌려가며 선목을 바라보고 이야기했다.

"선목아, 잠깐 삼촌이랑 얘기하고 올 테니까, 거기서 좀 기다려라."

현 상무는 자신의 집무실에서 문을 닫고 양 사장에게 이야기했다.

"사장님. 외국 기관들이 오늘 개장하자마자 증권을 대폭 매각하고 채권을 회수하기 시작했습니다."

"아니, 그거야 지금 동남아시아의 신생 기업들의 신용도가 낮아지고 환율이 낮아져서 여파가 미치고 있는 것 아닌가?"

"예. 국내의 모든 기업들이 그렇긴 합니다만, 이 자료를 보시면 무언가 이상합니다. 유독 우리 기관에 대해서만 집중적으로 매각을 하는 느낌이 납니다. 그리고 그것이 더 이상한 것은, 그들이 매각하여 주식 가격이 하락하면 그것만 전문적으로 사들이는 유령 회사가 있다는 점입니다. 뒷조사를 해봐도 활동을 한 적이 없고, 회사의 설립도 최근입니다. 의심의 여지가 있습니다."

"그럼 일단 회사의 자금으로 시장의 주식을 회수하게. 그렇게 한다면 주식의 하락도 방지할 수 있고, 경영권도 방어할 수 있지 않은가?"

"그러니까 그것도 조금 이상합니다. 항상 어음으로 지급했던 모든 공사대금의 수주를 이 타이밍에 현금으로 지급해서, 현재 당좌비율이 0.5%에 불과합니다! 누가 이것을 지시했습니까? 알아내야 합니다."

"이…… 이런 말도 안 되는 일이 있나! 그걸 누가 지시했다는 거야?"

"그건 중요한 게 아닙니다. 당장 회사의 경영권을 방어해야 합니다. 우선 저에게 재무에 관한 모든 우선 조치를 가능하게 하는 위임장을 써주시지요. 대응반을 마련하겠습니다."

한편 회계부서에 꽂혀 있던 회계장부들을 유심히 지켜보던 선목은 이내 그 숫자와 항목들이 무엇을 의미하는지 눈치챘다. 몇 번 대차대조표[32]를 보던 선목은 익숙해졌는지, 손익계산서[33]를 들여다보았다. 그리고 그에게는 그 숫자들이 마치 회사 내의 어떤 세력들에 대한 활동으로 재현되었다. 어떤 음모를 가진 세력들이 경영권을 전복하기 위해 현금을 부당하게 빼돌리고 있었다. 부당한 주주 이익 배당률과 특정 하청 건설사에 대한 입찰 수주, 특정 기업들에 대한 과도한 투자, 채무에 대한 과도한 이자 지급 등 그 방법은 다양했다. 선목은 다시 주위를 다급하게 둘러보다가 증권 전담 팀의 자료들을 둘러보기 시작했다. 삼재 그룹과 관련된 모든 기업들에 관한 매매 기록들이었다. 삼재 그룹에서 비정상적으로 과도하게 투자한 특정 기업들이 눈에 띄었다. 그리고 그들은 역으로 모든 현금을 총동원하여 삼재건설의 주식에 대해 매입과 매각을 반복하며 투기를 하고 있었다.

선목은 빠르게 컴퓨터 자리에 앉더니, 윈도우 창을 DOS[34]로 전

32) 회계 장부로서 회사의 모든 현금 흐름을 기재하는 기본적인 재무상태표.

33) 회계연도의 비용과 수익을 대비하며 영업 성적과 순이익을 계산하는 재무제표.

34) Disk Operating System의 약자로 윈도우 소프트 운영체제가 없던 시절 컴퓨터 시스템을 제어하고 관리하는 소프트웨어 운영체제. 윈도우는 사용자가 편리하게 사용할 수 있는 그래픽 기반으로 이루어졌다면, 도스는 관리자들의 폭넓은 시스템 사용을 보장하는 대신 워드 기반으로 이루어져 어느 정도 학습이 필요하다.

환시켜 C언어를 입력하기 시작했다. 특정 서버에 접속하자, 그가 만들어낸 해킹 사이트의 창이 떴다. 빠르게 'Who am I'를 패스워드로 입력하고 경찰청의 인적 데이터를 다운받은 뒤, IP[35]추적을 방해하는 리버스 패스워드를 도처에 깔아두고, 금세 자신의 해킹 사이트를 빠져나왔다. 그리고 다시금 인적 데이터에 접속하여 회사 대표자들의 인적 사항을 추출하고, 그들의 중요한 데이터를 숫자 0과 1로 변환시키는 명령어를 입력했다. 예를 들어 삼재그룹과 관련이 없으면 0, 관련이 있으면 1, 이런 식이었다. 그는 그것을 바탕으로 회귀분석[36]을 시작했다. 그러자 그들 모두와 가장 가까운 접점에 있는 중심자가 나타났다.

"이중엽? 경상남도 칠곡면 출신…… 찾았다. 회사 내부에서 누가 사주를 했나 볼까?"

그는 다시 자신의 해킹 사이트를 경유하여 금융감독원에 침투하여 최근 은행의 계좌거래 내역 정보를 다운 받은 뒤, 이중엽과 관련된 계좌 거래를 한 모든 이들의 명단을 축출해 내고, 그것을 삼재그룹에 종사하는 모든 인적 대상자들과 비교해 보았다. 그러자 나타난 단 한 명. 그것을 본 순간 양선목은 너무 놀라 입을 다물 수 없었다. 주변에 누가 없는지, 다시 살펴본 뒤, 그는 신속하게 다시 그들 사이의 인적 사항을 공분산[37]으로 더 정밀하게 계산했다. 이중엽. 그는 계좌에

35) 인터넷에 연결되어 있는 클라이언트 컴퓨터들의 고유 주소.

36) 다양한 변수 간의 상관관계를 알아내기 위한 통계 계산.

37) 두 변수 간의 상관관계를 분산을 통해 알아내는 통계 계산.

서 알려주는 것처럼 이태섭 전무와 밀접한 관계인 사촌지간이었다.

"이게 누구야? 선목이 아니냐?"

"으헉!"

소스라치게 놀라며 책상에서 벌떡 일어나 넘어질 것처럼 뒤로 물러섰다. 이태섭 전무가 선량한 미소를 지으며 선목을 바라보고 있었다. 그러나 선목은 그의 눈동자, 손짓을 보고 그의 생각을 읽을 수 있었다.

'뭐지 이 녀석? 지금 뭘 본 거지? 컴퓨터 책상에서 뭘 한 거야? 왜 이렇게 놀라지? 설마 내 계획을 어디선가 알아챈 건 아니겠지?'

얼마간 정적이 흐르다가 무언가 이상하다는 것을 확실히 느낀 태섭이 선목을 향하고 있던 모니터를 주시했다. 선목은 가슴속으로 뜨끔했다. 그곳에는 이중엽과 이태섭사이의 상관관계가 매치되어 있는 화면이 떠 있었기 때문이다. 그것을 태섭이 알게 해선 무슨 일이 발생할지 몰랐다. 태섭이 그곳을 향해 걸어갔다.

"여기서 뭘 하고 있었던……."

"안녕하셨어요, 형님! 되게 오랜만이네요. 잘 지내셨어요?"

"응? 음…… 그래. 그런데 너는 여기 어쩐 일이냐?"

"아버지께서 회사 구경시켜 주신다고…… 그런데 직원분이 나오셔서 급하게 아버지를 데려가셨어요. 지금 저기 계세요."

"그래, 그렇구나. 그런데 넌 이걸로 뭘 하고 있었던 게냐?"

"아…… 아무것도 안 했어요! 그냥 회사 컴퓨터로는 무슨 일을 하나 살펴보고 싶어서……."

"이 녀석이. 네가 본다고 알겠냐? 하하하. 그럼 내가 간단한 것들에 대해 아버지 안 계시는 동안 설명해 주마."

태섭이 모니터를 향해 한 발짝 다가오는 순간, 선목 또한 다급하게 한 발짝 다가가며 그에게 소리쳤다

"아니요! 아니…… 이미 아버지께서 다 가르쳐 주셨어요. 하하하."

태섭의 눈은 의심으로 가득 찼다. 그것은 노골적이어서 선목에게도 충분히 느껴졌다. 태섭이 다시 한 발짝 모니터를 향해 걸어갔고, 선목도 마찬가지였다. 식은땀이 흐르고 목에 침이 고였다. 그러나 삼켰다가는 목젖이 움직여 긴장하고 있다는 티가 날까 봐 참고 있었다.

"뭘 하고 있었던 거야? 모니터를 돌려서 나한테 보여줘 봐."

"형님…… 그게…… 좀……."

"어서 보여 달라니까?"

태섭이 답답함을 느끼고 모니터를 향해 뚜벅뚜벅 걸어오기 시작하여, 선목이 있는 곳까지 오자마자 선목이 황급히 다가가 모니터의 전원을 꺼버렸다. 태섭이 화가 난 듯 선목을 바라보았다.

'이제 끝이다!'

태섭이 모니터를 켜기만 하면 어떤 상황인지 모두 알 수 있을 터였다. 태섭은 모니터와 선목을 번갈아 바라보았다.

"양선목. 너…… 너 설마…… 진짜냐?"

"혀…… 형님…… 어떻게 하실 생각이신 거죠?"

모든 것을 포기하고 선목은 태섭에게 당당하게 나가기로 했다.

"허허. 뭐가 그렇게 당당해? 넌 이 일을 알았으면 좋겠냐?"

"형님, 어차피 알게 될 일이잖아요."

순간 태섭은 무언가 고민을 하더니, 비릿한 미소로 선목을 보았다.

"너 하기에 따라 달라질 수 있지."

선목을 이 일에 끌어들이려고 하는 건가? 선목은 그의 말에 놀랐다. 자신을 이용한다는 이야기는 자신이 이용 가치가 있다고 판단해야 한다는 이야기다. 그러나 자신이 세상의 이치를 파악하는 능력이 있다는 사실은 부모님조차 모르는 상황이다. 그것을 드러냈다가는 본능적으로 어렸을 때 자신을 찾아왔던 무서운 사람들이 또 올 것이라 생각했던 것이다. 그래서 그는 집 안에서 받는 가정교육 시간에도 필요 이상의 능력을 드러내지 않았다. 그러나 그는 이미 기초적인 공학, 인문학, 물리학을 마스터한 상태였다. 하긴 이태섭이 회사를 노리고 있는 상태였다면 이미 자신의 능력마저 캐치하고 있는 것은 이상한 일이 아니었다.

"선목아."

태섭은 갑자기 선목에게 어깨동무를 하며 친한 척을 하기 시작했다.

"그래. 처음에는 호기심으로 시작했겠지."

[꿀꺽!]

태섭이 너무나 두려워져서 결국 침을 삼키고 말았다.

"그럴 수 있어. 나는 이해한다. 그런데 말이다. 너무 자주 그런 것에 빠지면 좋지 않은 방향으로 네가 성장할 수가 있어."

'응? 이건 무슨 소리지?'

순간 영문 모를 소리를 하다가, 선목이 안도하게 되는 결정적인 발언을 태섭이 후속으로 날렸다.

"요즘은 컴퓨터랑 인터넷이 발달해서 야동 보기가 쉬워졌지. 하하하! 그래도 회사 안에서는 너무한 것 아니냐? 집에서도 너무 자주 보지 마, 인마. 앞으로 자제한다고 약속하면 부모님께는 말하지 않으마."

"휴우……."

선목은 자신도 모르게 한숨을 쉬었다. 그 순간 현 상무의 집무실에서 양 사장과 현 상무가 나왔다.

"아, 사장님. 현 상무. 여기 계셨군요."

"그래. 현 상무랑 긴급하게 의논할 일이 있어서."

"의논이요?"

"네. 이 전무님. 회사의 자금 사정이 위태로워서요. 혹시 이 전무님도 현재 상황을 아십니까?"

'현 상무 이 자식! 잘도 눈치챘군.'

이번에는 태섭이 긴장했다. 그러나 이 모든 일의 근원이 자신이라는 사실은 절대 모를 터였다. 자신과 상관없어 보이는 그림자 기업과 그 탄약을 발사시켜 주는 8개의 유령기업으로 위장한 상태이기 때문에 절대 알 수 없었다. 게다가 금융권과 공권력은 자신의 편이었다.

"글쎄 난…… 재무 지식에 대해서는 잘 몰라서. 의사결정 전반적인 정보에만 알지 뭐."

"음, 그렇군요. 알겠습니다. 그런데 여기에서 뭐 하십니까?"

"아, 지나가다가 선목이가 보이길래 반가워서 인사나 하려고 그랬지. 나는 이만 가 봐야겠군. 선목아. 집에 한번 놀러갈게."

"네, 형님. 안녕히 가세요."

태섭이 무언가에 쫓기듯 황급히 빠져나간 뒤, 선목은 그제야 긴장이 풀렸다. 그러나 얼굴이 창백해져 아버지를 향해 미친 듯이 외쳤다.

"아버지, 태섭이 형이 이 회사를 먹으려고 해요. 내일까지 막아야 해요. 아니, 오늘 폐장[38]되기 전까지 막지 못하면 내일은 넘어갈 거예요."

"선목아, 그게 도대체 무슨 말이냐? 얘가 또 이런다. 현 상무, 이 아이 말은 무시하게. 가끔 병이 좀 나서 혼잣말을 해. 이 전무는 그럴 일이 없다는 거 잘 알잖나?"

"아, 네…… 이 전무가 그럴 리가 없죠."

한편 태섭은 재무부서를 빠져나와 복도를 걸으며 이상한 기분을 떨칠 수가 없었다. 거사를 하루 앞두어 지나치게 예민해진 탓이라고 생각했으나, 선목의 행동은 수상한 것이 한두 가지가 아니었다. 처음에는 양 사장이 재무실에 들어가는 것을 보고, 혹여 현 상무와 무슨 중요한 얘기를 나누는 것이 아닌가 싶어 몰래 뒤따라간 것이다. 역시 현 상무는 똑똑하여 무언가 낌새를 알아챈 것이 분명했다. 양 사장을 황급히 자신의 집무실로 데려갔는데, 이후에 더 이상한 것은 양선목이었다.

선목은 마치 그곳에 있는 재무 자료들을 정말 해석할 수 있는 양

38) 모든 증권 거래를 중지하는 15시를 의미하는 용어.

심각한 표정으로 들여다보더니, 컴퓨터로 무언가를 하기 시작했다. 컴퓨터에 대해 모르는 사람이지만, 마우스보다 키보드를 활용하여 무언가를 했다는 자체로 의심이 갔다. 그리고 자신이 들어가자 필요 이상으로 놀랐던 그 모습. 예전에 스미스 요원이 했던 말이 불현듯 생각났다.

[그럼 3년쯤 뒤에 다시 뵙겠습니다. 그리고 혹시 몰라서 하는 말인데, 그럴 일은 없겠지만 양선목 군이 다른 이들과 다른 어떤 특이한 모습을 보여줄 때가 있을 겁니다. 그것이 어떤 뛰어난 재능이라면 반드시 이 번호로 연락을 주십시오. 아주 적은 확률이긴 하지만 말입니다.]

태섭은 방향을 꺾어 빠른 걸음으로 정보지원처에 가기 시작했다. 정보지원처는 3년 전 양 사장이 만들었던 직속 정보기관이었으나, CIA에 무력 진압 당한 뒤 컴퓨터와 네트워크 기자재들을 담당하는 지원부서로 전락한 곳이었다.

"이 전무님, 어쩐 일이십니까?"

"어…… 혹시 재무부서 3번 컴퓨터로 뭘 했는지 기록을 좀 볼 수 있나? 오래 전 건 필요 없고 방금 전 이용 기록만 화면에 띄우면 돼."

"그거야 간단합니다. 보자. 어? 이게 뭐지? 이겁니다."

태섭은 그가 보여준 모니터를 주시하다가 얼굴이 굳어졌다. 그리고 그는 지원처의 직원에게 무서운 표정으로 이야기했다.

"혹시 누가 여기에 내가 왔냐고 물어본다면, 자네는 입을 닫는 게 신상에 좋을 거야. 설마 다른 전무나 사장이 오더라도 말이야. 내가 하는 말이 무슨 말인지 알았지?"

"네…… 네! 알겠습니다."

1997년 12월 2일 2PM. 이 전무는 급하게 회사의 지하로 내려갔다. 온갖 파이프로 가득 찬 보일러 관리실을 지나, 의문의 철문을 여니, 그곳엔 넓은 공간이 나타났다. 그 공간에는 수십 명의 사람들이 각각의 책상에 오밀조밀 모여 앉아 컴퓨터를 하고 있었는데, PC방을 방불케 했다. 그곳의 맨 앞에는 무언가 작전을 지시하는 듯한 여러 가지 알고리즘을 적혀있는 칠판과 이중엽이 담배를 피우며 서 있었다. 태섭은 중엽을 향해 다가간 뒤 급하게 이야기했다.

"상대가 눈치를 챈 것 같다."

"어떻게?"

"내 사촌동생 중에 양선목이란 놈이 있는데, 보통 놈이 아니야. 어떻게 알았는지 이 회사의 사정과 너와 나의 관계를 다 파악했어!"

"뭐고. 그 이상한 혼잣말 하는 아 말이가? 어린 노무 새끼?"

"그 자식이 평소에 이상해 보였던 이유는 평범한 사람이 이해할 수 없을 만큼 똑똑한 놈이었기 때문이야."

"우째 할끼가?"

"어쩌긴. 이제 우리를 전면에 드러내서라도 닥치는 대로 공격해. 이제 매각은 없다. 전부 다 인수해!"

힘없이 회사를 나와 혼자 집에 돌아가기 위해 걸어가던 선목의 뒤에서 현명한 상무가 헐레벌떡 쫓아왔다. 선목은 놀라 현명한 상무를 바라보았다. 현 상무는 다짜고짜 선목의 손목을 잡고 자신의 차에 태워 어디론가 가기 시작했다.

"어디로 가시는 거죠?"

"삼재증권 본부로 간다. 아무래도 네가 필요할 것 같구나."

"그게 무슨 말씀이세요?"

"나는 네가 그냥 미친 사람이라고 생각하지 않는다. 아까 전 네가 하는 말을 듣고 내 감을 확신할 수 있었지. 하지만 회사 사람들은 나를 신뢰한다. 네가 나에게 머리를 빌려주고 나는 행동으로 옮기는 거야. 좋은 거래지?"

"뭘 믿고 이러시는 거예요? 절 한 번도 보신 적이 없잖아요."

"하나만 물어보자. 너는 삼재그룹의 경영권이 얼마나 유지될 거라고 생각하니?"

"이제 다 끝났어요. 오늘 폐장되면 경영권은 넘어갈 거예요. 그뿐만 아니라 내일을 기점으로 우리나라의 경제는 침체될 거구요. 제 말을 믿지 않으실 테지만요."

"아니! 믿는다! 사장님께는 걱정하실까 봐 말씀드리지 않았지만, 나는 그 사실을 일주일 넘게 재무자료를 분석한 다음에야 알 수 있었다. 그런 것은 때려 맞춘다고 나올 수 있는 헛소리가 아니야. 그리고 무엇보다 어차피 이제 한 시간 남은 상황에서 내가 붙잡을 거라곤 너밖에 없다. 부디 나에게 해결책을 다오."

"그럼, 우선 이렇게 하세요."

선목은 현 상무에게 무언가를 길게 말하기 시작했고, 현명한 상무는 운전 중 고개를 끄덕이며, 궁금한 것이 있으면 다시 선목에게 물어보기도 하며 삼재증권으로 향했다.

삼재증권의 거래장에는 많은 사람들이 북적이고 있었다. 그 불쌍한 사람들은 삼재그룹이 공개한 수많은 거짓 정보를 믿고, 삼재그룹, 그리고 그들과 관련된 협력 기업들이 언제나 건재하다고 믿고 투자하는 개미들이었다. 100만 원을 잃으면 200만 원을 투자하도록 권유하고, 300만 원을 잃으면 600만 원을 투자하도록 권유하여 어느 날 한 순간 800만 원이 되어 있으면 이거 보라고, 내가 100만 원으로 800만 원을 만들었노라 착각하며 그것이 내일 코스닥이 붕괴되어 휴지 조각이 되어있을 것이라곤 생각도 못 하고 좋아하는 개미들이었다. 현명한 상무는 그들을 무심하게 지나, 증권 본부 회의장으로 향했다. 그곳에는 현 상무를 위시한 많은 경영진들이 모여 있었다.

"현 상무. 이태섭이 본색을 드러내고 그의 명의로 회사의 지분을 싹쓸이하고 있네! 그자가 이럴 줄은 몰랐어. 어찌하면 좋겠나?"

"알고 있습니다. 그러나 아직 뿌리가 교체되진 않았습니다. 그는 이제 모습을 드러냈을 뿐이고, 내일이 되어서야 전면에 나서서 그 실질적인 힘을 인계받을 것입니다. 저는 이 모든 일을 움직이고 있었던 배후의 기업을 파악했습니다. 당장 우리가 할 수 있는 일은 그 기업을 공격하여 인수하는 것뿐입니다. 그곳은 바로 최영훈이란 자가 경영하는 부정 리테일입니다. 현재 남아 있는 회사의 현금을 전부 끌어 모으고, 우리가 투자하고 있던 주요 기업들의 지분을 포기하겠습니다. 어차피 내일이면 모두 휴지 조각이 될 것들입니다. 팔아넘길 수 있는 것들은 모두 팔아넘기십시오. 바깥에 있는 거래장의 사람들이 아무것도 모르고 사들일 것입니다. 그렇게 확보한 현금으로 이 모든 일의 핵심 기업인 부정 리테일의 지분을 사들이십시오. 그들은 자본금의 규모가 그리 크지 않으니, 쉽게 장악할 수 있을 겁니다."

1997년 12월 2일 14:30. 이태섭의 지하 사무실에서 이중엽이 무언가 의아한 표정을 지었다.

"이거 바라. 네 지분이 와 자꾸 낮아지노?"

"뭐라고? 그게 무슨 말이야. 이제 30분만 더 작업 치면 15%를 넘을 수 있는 거 아니었어?"

"뭐꼬. 최영훈이가 자기네 회사로 현금을 돌리고 있다카이. 야가 와 이라지?"

"뭐라고? 뭔 소리야 그게! 전화해서 알아봐!"

중엽은 최영훈이라는 자에게 전화를 걸었다. 그는 자신이 운영하는 조직의 동업자로서, 부정 리테일이라는 무역, 물류회사를 운영하고 있었고, 그 회사에 자금을 유입하여 아홉 개의 유령회사를 만들고 그것을 통해 삼재그룹의 지분을 사들이고 있었던 것이다. 그러나 현재 이 모든 일을 가능케 했던 부정 리테일에서 지분을 다시금 팔아들이고 자신의 회사의 지분을 사들이기 시작했던 것이다.

"영훈이 니 지금 뭐하는 기고? 뭐라꼬? 그게 참말이가! 알았다!"

중엽은 다급하게 전화를 끊고 당황하며 태섭에게 이야기했다.

"지금 요기 삼재그룹이 부정 유통 지분을 사들이고 있단다."

"이런 제기랄! 양선목 이 새끼 진짜 보통 놈이 아니잖아!"

"내는 아직도 네 말이 믿기지가 않는다. 이거 다 현명한이가 한 일 아이가?"

"네가 그 자식이 실행했던 컴퓨터 화면을 못 봐서 그래. 어쨌든 그게 중요한 게 아니잖아. 이미 내가 표면에 나오기 시작했어. 끝을 내야 한다고. 30분 남았는데 이게 무슨 꼴이야!"

"빨리 자금을 회수해서 일단 부정 유통을 지키는 기 중요하다. 더 공격해 봐야, 부정 유통이 먹히는 게 더 빠르다. 판단 잘해래이. 우리 다 같이 죽는 기야."

"이런 제기랄! 지금 끝내지 못하면…… 끝장이란 말이다!"

"부정 유통을 방어하지 못해도 끝이다. 우선 오늘을 넘겨야 한다."

"젠장 맞을. 도대체 이게 어떻게 된 겁니까?"

이태섭은 아무도 없는 것 같은 뒤를 돌아보며 미친놈처럼 외쳤다. 그러자 지하의 어두운 구석에서 어떤 목소리가 들렸다.

"너무 걱정하지 마십시오. 지금 실행하고 있는 이 모든 것은 계획의 일부일 뿐입니다. 여러분들의 일은 역사에 극히 미미한 일일 뿐이니 우선은 부정 유통에 대한 공격을 막아주십시오."

암흑에서 모습을 드러내며 이빨을 보이고 웃는 자는 스미스 요원이었다.

1997년 12월 2일 14:50. 삼재증권의 경영권 방어 비상대책 위원 중 한명의 얼굴에 화색이 돌더니 소리를 질렀다.

"현 상무님. 지분을 인수하던 8개 기업이 매각으로 돌아섰습니다. 그리고 부정 유통의 지분을 공시가격으로 사들이고 있습니다."

"아! 다행이구나! 양 사장님이 인재를 낳으셨구나."

"네? 그게 무슨……?"

"아…… 아니야! 우선 오늘을 넘겼으니 내일은 개장하자마자 각각의 자회사의 지분을 10%씩 매각하고, 특히 새로 만든 삼재에너지는 현금을 전부 회수해서 전부 매각하도록 해. 그걸로 채권의 회수에 대응하고 그룹의 지분을 사들이도록."

현 상무는 기쁨의 표정을 감추지 못하고 대회의장을 빠져나와 거래장에 앉아 있던 선목을 붙잡고 이야기했다.

"이겼다! 네 덕분에 이겼어!"

"아니에요. 아저씨가 저를 믿어주신 덕분에 이긴 거죠. 지식은 그 자체로는 힘을 발휘하지 못해요. 권력과 결합되었을 때 실체가 생기니까요."

"아니다. 내가 아무리 사람들을 움직일 수 있는 힘과 돈이 있다 한들, 그것을 바르게 운용하는 방법을 알지 못하면, 그것은 거짓말처럼 날아가 버린단다. 날 믿어라. 앞으로 너와 내가 믿으면, 이 회사의 미래는 어둡지 않을 거라고 장담한다."

그러나 선목은 기쁜 내색 없이 거래장의 주가 현황 모니터[39]를 보며 무심하게 이야기했다.

"경영권의 방어는 그렇다 쳐도, 앞으로 사촌형님과 집안 사이에 피바람이 몰아치겠네요. 그리고 아마 내일…… 내일 한국의 전체 경제가 붕괴할 거예요. 거품을 많이 넣어서 성수대교가 붕괴했던 것처럼요."

"그게 무슨 말이냐?"

"외국 기관들이 투자를 급속하게 회수하기 시작했어요. 일괄적이고 조직적인 움직임. 저건 기업 가치를 평가하고 계산해서 판단하는 게 아니에요. 무조건적이에요. 한국의 경제에 타격을 가하겠다는 명확한 의도를 가지고 있어요. 그리고 현재 우리나라의 외화, 금 보유량은 턱없이 부족해요. 저길 보세요. 환율이 급격하게 상승하고 있어요."

현 상무가 선목의 말을 주의 깊게 들으며 모니터를 함께 주시하고 있었는데, 장이 종료되었다는 알림이 떴다. 동시에 모든 모니터 화면은 변동되지 않고 정지되었다. 시계를 보니 15시를 가리키고 있었다. 그렇게 1997년 12월 2일의 3시가 지나가고 1997년 12월 3일 오전 9시를 기다리고 있었다.

1997년 12월 3일 AM 08:30. 현명한 상무는 삼재증권으로 곧바로 출근하기 위해 자가용에 올라탔다. 그런데 그 순간 어디서 튀어나왔는지도 모르게 누군가가 보닛에 올라가 쇠파이프로 자가용의 앞 유리

---

39) 1990년대에는 증권사 내에 오프라인으로 거래하는 서비스를 이용하기 위해 몰려온 사람들이 있었다. 때문에 그들이 주요하게 투자하는 기업의 증권 현황을 표시하는 거대한 모니터가 있었다.

창을 강하게 후려쳤다. 점점 많은 사람들이 달려들어 순식간에 유리창을 깨뜨리고는 달려들어 현명한 상무를 끌고 갔다.

"뭐야, 이 새끼들! 내가 누군지 알고 이러는 거야!"

그는 반항을 했지만 워낙 많은 인원들이 그를 끌어내었기 때문에 그들로부터 빠져나올 수가 없었다. 그래서 소리를 질러 주변에 도움을 요청하려는 사이에 누군가가 복면을 덮어씌워 얼굴을 안 보이게 하고는 머리를 파이프로 가격했다. 그들은 그렇게 기절시킨 현 상무를 승합차에 태운 뒤, 신속하게 자리를 빠져나갔다.

같은 시각 양 사장은 선목을 포함한 가족들에게 인사를 하고, 전화를 하며 삼재건설을 향해 가고 있었다. 그런데 기사가 어디에선가 차를 멈추더니, 누가 신속하게 올라타는 게 아닌가!

"아니 이게 뭐하는…… 으헉!"

차량에 탑승한 자는 바로 스미스 요원이었다. 그가 기사에게 손짓하자 기사는 신속히 차량을 출발시켰다. 스미스 요원의 품에는 총이 들려 있었기에 반항할 생각조차 하지 못했다.

또한 같은 시각 선목이 아버지를 배웅하고 얼마 뒤, 초인종이 울렸다. 다시 나가 대문 밖을 바라보니, 이중엽이 서 있었다. 선목은 모르는 자가 서 있기에 경계하며 물었다.

"누구…… 세요?"

"네. 현명한 상무님이 불러서 왔는데요. 오늘 일을 좀 도와달라고 하셔서……."

'어디서 많이 본 얼굴인데?'

선목의 능력은 이해력이었지, 암기력이 아니었기에 그가 바로 재무 부서의 컴퓨터에서 봤던 그 사나이라는 것을 눈치채지 못했다. 주위의 눈치를 보며 아무도 없다는 것을 눈치채고 고개를 끄덕이며 문을 열었다.

"알겠어요."

1997년 12월 3일 9AM. 삼재증권에 모여 있던 비대위원들은 모두 우왕좌왕했다. 현명한 상무도 출근을 하지 않았고, 양 사장도 없는 상태에서 부정 유통이 다시 공격으로 치고 들어왔기 때문이다. 그러나 그들은 지휘에 관한 결정권자가 없었다. 문제는 그뿐만이 아니었다. 기미를 보이던 외국기관들이 동시에 삼재그룹의 투자를 썰물처럼 빼버리니, 거품은 붕괴되었고, 삼재그룹과 관련된 협력사마저 줄줄이 붕괴되기 시작했다. 그것은 9시 개장이 시작된 이후에 10분 만에 시작된 현상이었으니, 앞으로 대한민국은 악몽이 될 터였다. 그들의 힘으로는 어떤 것도 할 수 없었고, 결국 한 시간 뒤에, 경영 이사들을 소집하는 긴급 이사회를 결성했다. 이태섭 전무는 회의장 앞에 서서 이야기했다.

"여러분. 한국의 국가 신용 등급은 격하되었고, 채무를 감당할 외화는 바닥났습니다. 기업들은 어음 대금을 지급하지 못하고 있고, 주식 투자의 거품을 위시하여 방만한 경영을 하며, 비효율적인 인력 체제를 구축해 놓고선, 이런 중요한 순간에 사장님은 사라지셨습니다. 나는 이 회사 경영이사로서, 동시에 최대의 주주 위임을 받은 자로서, 오늘 오후 1시를 기해 중대하고 긴급한 사항에 대한 임시 주총을 열어, 경영권을 위임받을 것입니다. 또한 그 사이에 모든 책임을 지고, 사장의 대리로서 경영 결정권을 수행할 것입니다. 이의 있으십니까?"

아무도 그 어떤 대답도 하지 않았다. 이미 대한민국은 뒤집혀 있었고, 이사들은 권력의 흐름이 바뀌고 있음을 직감하고 있었다.

1997년 12월 3일 11AM. 현명한 상무는 청량리 어느 반 지하 창고에 갇혀 있었다. 복면을 씌워 데리고 온 상태였지만, 여자들의 웃음소리가 많이 났던 것으로 보아, 역사 근처의 사창가인 듯했다.

그는 우선 자신의 손목과 발목에 동시에 묶여 있는 밧줄을 풀고자 했다. 주위를 둘러보았으나 날카로운 물건은 보이지 않았다. 자신이 누워 있는 소파, 나무로 된 오래된 책상, 밧줄이 풀리면 점프해서 닿을 수 있을 만한 조그마한 새시 창문. 아마 이곳은 창녀들을 가두기 위해 사용됐던 곳인 듯했다. 어쨌든 지금은 그녀들의 인권에 대해 회상하고 있을 시간이 없었다. 그는 나무로 된 책상의 모서리를 주시했다.

기다시피 해서 그곳에 다가갔지만, 손과 발이 함께 묶여 있어 모서리에 닿을 수가 없었다. 그러나 그는 그것을 대체할 만한 목재 책상의 갈라진 부분을 보았다. 그는 그곳에 밧줄을 대고 몇십 분을 비벼보았다. 그러나 밧줄은 워낙 두껍고 튼튼해서 끊어질 기미를 보이지 않았다. 그런데 그것이 그에게 좋은 생각을 만들어줬다.

'굵고 튼튼한 줄이라면, 꼭 손가락으로 미세하게 풀지 않아도 된다!'

그는 책상 바닥 부분의 모서리를 통해 매듭을 터치하기 시작했다. 힘을 주니 무언가가 꿈틀했다. 이건 될 일이다 싶어 그때부터 미친 듯이 매듭을 책상에 대고 이리저리 몸을 뒤틀기 시작했다. 한 시간 정도가 지나고 매듭이 하나 풀리고, 발과 손이 느슨해짐을 느꼈다. 게다가 발로 밧줄을 밟을 수도 있었다.

손과 발을 한꺼번에 묶는 방법은 사람의 움직임을 봉쇄하는 데 효과적이었지만, 느슨해지는 순간 빼기는 한쪽을 묶는 것보다 쉬웠다. 밧줄을 풀어버리자마자 새시 창문을 향해 달려가 매달리니 그것이 알루미늄임을 알 수 있었다. 세차게 몇 번 흔들어 새시를 빼낸 뒤, 개구멍 크기만 한 유리창을 열었다. 그러나 미닫이인 유리창은 그 반만 한 공간밖에 제공해주지 않았다. 급한 마음에 주먹으로 유리창을 깨뜨려 버렸다. 주먹에 피가 났지만 신경 쓸 틈이 없었다. 엉금엉금 유리창을 매달린 상태에서 통과하며, 유리 파편이 얼굴에 할퀴며, 얼굴 또한 피범벅이 되었다. 그는 그렇게 감금된 곳을 빠져나와 주위의 눈치를 보며 감시자가 없다는 사실을 알고 달리기 시작했다. 청량리 역사 근처에 세워져 있는 택시를 급하게 잡았다.

1997년 12월 3일 1PM. 현명한 상무는 삼재건설 사장실에서 급하게 양 사장을 찾았지만 비서로부터 자리에 없다는 이야기만 전해 듣고는 전화를 했다. 그러나 그는 전화를 받지 않았다. 급한 대로 재무부서에 가니 부서장이 걱정하며 다가왔다.

"오전부터 사장님도 안계시고. 도대체 무슨 일이십니까? 지금 임시 주총을 열었습니다."

"뭐라고? 임시 주총이라니! 누가!"

"이태섭 전무님입니다."

"이런…… 망할 자식! 어디에 있어!"

"그룹 대회의장에 계십니다. 방금 개최했습니다."

현명한 상무는 급하게 그룹 대회의장의 문을 열어젖혔다. 그곳은 임시 주총의 성격상 매우 긴급하고 소박하게 진행되고 있었다.

"지금 주총에서 결정된 모든 행사는 무효입니다! 제가 바로 양 사장님의 지분 결정에 대한 위임장을 가지고 있습니다!"

현명한 상무에 외침에 주주들은 술렁이기 시작했다. 그런데 그곳에서 있던 이태섭이 여유로운 표정을 지으며 그를 향해 다가왔다.

"도대체 양 사장님이 가지고 계신 지분이 총 몇 %이길래 지금까지 결정해 온 모든 것을 기각한단 말인가?"

"자회사 지분 5%, HW기업의 우호적인 위임 지분 5%, 그리고 내가 가진 2%의 지분 총 12%입니다. 이 정도면……!"

"아니…… 무언가 착각하고 계시는구만."

그 순간 대회의장의 문을 벌컥 열고 통합파의 조직원들이 회장을 장악하기 시작했다. 또한 같이 등장한 수많은 외국인들이 이태섭의 뒤에 섰다.

"반갑게 인사들 하시게. 삼재그룹의 지분을 행사하기 위해 JP모건의 헨리 이사, 스탠다드 오일의 갤러 상무, 아메리칸 익스프레스의 존 사원이야. 또한 정부 기관에서 투자한 지분까지 합쳐서 위임한 우리의 지분을 볼까……? 기가 막히게 딱 50%가 됐네? 국가 신용도 하락과 협력사 연쇄 부도에 관한 긴급한 사항에 대해 모인 임시 주총이니, 정기 주총과 효력이 같다……. 똑똑한 상무니까 회사의 내규와

상법을 모르시는 건 아니겠지. 오늘부로 내가! 내가 삼재그룹을 경영권을 인수하고, 회사의 모든 부조리를 정상화시키겠다! 이의 있는 사람 있습니까!"

이태섭이 큰 소리로 외치는 동시에 통합파 조직원들이 주주들을 무섭게 째려보았다. 그들은 모두들 눈치를 봤다. 조직원 때문도 있지만, 이미 지분이 50%를 넘었으니 어찌해 볼 도리가 없었다.

삼재그룹의 경영권이 넘어간 1997년 12월 3일 3PM. IMF미셸 캉드쉬는 한국 김포공항에 입국했다. 그가 걸을 때마다 펄럭이는 롱 코트에 맞춰 한국의 기업들 또한 흔들리는 듯했다. 그는 한국 정부에서 파견한 리무진을 타고 정부청사에 도착하여, 경제부차관인 강만수를 만났다. 차를 한잔 하다가 강만수가 이야기했다.

"그…… 아시다시피 100억 달러로는 부족합니다. 지금 국가는 거의 모라토리움을 선언하기 직전인 비상사태에 돌입했습니다."

그의 이야기에 미셸은 난색을 표하더니, 한참 동안 대답을 하지 않고 차를 홀짝일 뿐이었다. 그렇게 강 차관은 미셸 총재에게 제발 부탁한다는 표정으로 뚫어지게 쳐다보았다. 미셸은 차를 3분의 2쯤 마시더니 얼굴을 찌푸리며 이야기했다.

"뭐 어쩔 수 없지요. 모라토리움만큼은 막아야 하니. 그렇다면 210억 달러[40]를 투입하겠습니다."

"아! 정말 감사합니다! 감사합니다!"

"대신…… 조건이 있습니다."

---

40) 당시 대기성차관 75억 달러, 보완준비금융 135억 달러를 들여왔다.

“그게 무엇입니까?”

“믿을 수 없는 곳에 돈을 그냥 투자할 수가 있습니까? 제 생각에 한국 기업이 이렇게 궁지에 몰리게 된 데는, 급속한 성장 속에 거품을 낀 방만한 경영이 있었기 때문이라고 생각합니다. 또한 한국 정부도 마찬가지구요. 그러니, 공기업들을 민영화하여 효율적인 체제를 구축하고, 민영 기업들에 대한 외국 자본의 유입을 더 자유롭게 하는 FTA를 저희들이 지정해주는 국가와 체결해주는 것을 약속하시지요. 또한 당장 부실한 모든 기업과 기관에 대해 IMF의 관리체제로 위임권을 넘겨주십시오.”

‘이런 개자식들! 본인들이 그렇게 만들어 놓고, 우리를 가지고 노는구나.’

강 차관은 자신의 생각을 목구멍의 침과 함께 꿀꺽 삼키고 난색을 표하며 이야기했다.

“저…… 그건…… 잠시만 기다려주십시오.”

강 차관은 자리를 피한 뒤 핸드폰을 들어 청와대에 전화를 했다.

“나 강 차관인데, 대통령께 연결해주게. 긴급한 사안이네.”

[알겠습니다. 잠시만 기다려주십시오.]

다이얼이 돌아가는 기계음이 들리고 신호음이 울리자마자 상대가 전화를 받는 소리가 들렸다.

[강 차관, 나에요.]

“예, 대통령님. 미셸 총재가 민영화와 FTA에 관한 폭넓은 요구를 하고 있습니다.”

[하필 내가 집권하자마자 이런 일이 터지다니…… 두고두고 민주세력이 욕을 먹겠군. 나와 직접 만나서 이야기하는 것을 아직도 거부하고 있습니까?]

"그렇습니다. 반 세계화의 의견을 가진 대통령과는 면담하지 않는 원칙을 고수하고 있습니다. 지금 당장 결정하기를 요구하고 있습니다. 초강수입니다."

수화기 너머의 목소리는 주춤거렸다. 한참을 침묵 상태로 있었는데, 차마 대답을 재촉할 수 없었다. 강 차관의 귀는 그것을 들을 수 없었지만 그의 심장은 상대편의 울음소리를 느낄 수 있었다.

[어쩔 수 없지요. 그렇게 하세요.]

착잡한 표정을 지으며 강 차관이 미셸 총재에게 돌아갔다.

"그렇게 하겠습니다!"

"좋습니다. 그렇다면 신용등급을 고려하여 15일간의 이자를 연 25%, 그 이후에는 연이율 40%로 확대하겠습니다."

"아니…… 그건 이야기에 없었지 않습니까!"

"생각을 해 보니, 11월 당시에는 그때의 한국 신용도를 반영하지 않았습니까? 사실상 오늘 이후 한국의 신용도는 B도 아니고 Junk 수준으로 내려갈 것인데, 어쩔 수 없지 않습니까?"

"으으…… 알겠습니다."

미셸 총재는 저녁이 될 때까지 실무적인 일을 마치고 리무진에 탑승하여 신라호텔에 도착했다. 꼭대기 층에 있는 프레지던트 룸에 들어가며 핸드폰으로 누군가에게 전화를 걸었다.

"선생, 오늘은 정말 긴 하루였소. 동 아시아 전체에 족쇄를 채우는 계획을 세우느라. 당분간 일본은 경기 침체를 극복하지 못하고 장기화될 겁니다. 또한 한국은 우리의 덫에 빠져 10년 정도는 EMU[41]의 창설을 위한 자본의 밑거름이 될 것이오. 지금 위에서 서울의 야경을 바라보고 있는데, 매우 아름답습니다. 믿고 맡길 만한 자본 조달 근거지가 될 듯하오. 이것으로 우리 '클럽'도 조직에게 대항할 만한 힘이 생길 것입니다."

1997년 12월 3일. 대한민국은 외화 보유의 부족과 외부 금융세력의 공격, 건설사의 연쇄 부도 등으로 인해 IMF로부터 210억 달러의 차관을 들여왔다. 이 과정에서 많은 기관의 민영화, 부실기업의 IMF 관리 체제만을 사람들은 기억하고 있지만 사실 그 차관에는 폭력적인 수준의 이자율이 책정되어, 대한민국은 제2의 식민지 상태로 전락할 위기에 놓여 있었다. 그 차관을 전부 갚는 데, 미셸은 10년의 기간을 예상했는데, KBS와 새마을 금고 등지에서 시작한 금 모으기 운동에 놀랍게도 전 국민이 호응하고 나섰다. 이 과정에서 올림픽 금메달리스트는 자신의 메달을 기부하고, 70대 할아버지는 자신의 금니를 뽑아 기증했으며, 현역 소장 계급의 군인이 자신의 금으로 된 계급장을 헌납하기에 이르렀다. 이것은 IMF의 도움을 받은 국가들 중, 사상 유례가 없는 상황이었으며, 10년이 걸릴 것이라는 총재의 예상은 완전히 빗나가 2001년, 즉 4년 만에 차관을 전액 상환하는 기염을 토해내고 IMF 관리 체제에서 벗어날 수 있었다.

41) 유럽 통화 연맹. 훗날 유럽 국가들이 유로를 창시하는 구심점이 된다.

이 모든 과정에서 오직 삼재그룹만 건실하게 살아남을 수 있었으며, 그뿐만 아니라 세계 일류의 반도체 및 IT기술 업체로 성장할 수 있었다. 그리하여 많은 이들은 이태섭의 위기관리 능력을 전설적으로 평가하기 시작했고, 그의 혁신적인 경영 신념에 대해 극찬하기 시작했다.

만신창이가 되어 집에 돌아온 양 사장은 선목을 찾기 시작했다. 그의 부인이 놀라며 현명한 상무가 데리고 갔다고 했다. 무언가 불길함을 예감한 양 사장이 현명한 상무의 집으로 차를 몰고 나갔다. 현명한 상무 또한 침통한 표정으로 모른다며 고개를 절레절레 젓고는 그동안의 일을 상세히 이야기했다. 그리고 그들이 선목의 능력을 눈치채고, 데려갔을지도 모른다는 말 또한 했다. 그러나 의문스러운 것은, 현명한이 탈출한 것에 대해 신경 쓰지 않았으며, 양 사장을 납치한 후 보내주었는데 왜 양선목은 여태껏 돌아오지 않은 걸까?

한편 선목은 의자에 묶인 채로 이중엽의 감시를 받고 있었다. 선목은 재무부서의 컴퓨터를 통해서 그가 누군지 그때야 눈치챘지만 내색하지 않았다. 중엽은 일이 다 끝났음에도 불구하고 어째서 선목을 보내지 않는지 알 수 없었다. 하품을 하며 몇 시인지 파악하기 위해 시계를 보려던 찰나 전화가 왔다. 중엽은 기다렸다는 듯 벨 소리가 끝나기도 전에 전화를 받았다.

"뭐고? 와 인제 전화하는데? 이제 풀어주면 되나? 뭐라꼬? 니 돌았나! 진짜가? 확실하제? 알았다."

이중엽의 표정이 사색이 되더니 선목을 쳐다보고 있었다. 선목이 가지고 있던 두려움이 점점 실체화되어 커지고 있었다. 중엽이 태섭에게 받은 전화는 양선목은 위험한 인물이 될 수 있으니 죽이라는 것이었다. 어차피 사거리파에게서 독립하던 '동래사건' 때 사람을 죽여 본 경험은 있었다. 그러나 그들은 엄연히 상호 간 폭력을 휘두르던 무장 세력이라고 볼 수 있었다. 그것은 전쟁이었지만 이것은 아니었다. 어쨌든 이태섭의 부탁을 들어줘야 한다는 생각에 결연한 의지로 칼을 뽑아 들었다. 죽음의 공포가 선목의 눈앞에 나타나기 시작하자, 선목은 평정심을 잃고 마구 소리 지르며 울기 시작했다.

"으헉! 으으…… 으아아악!"

이미 움직일 수 없는 의자에서 발버둥치며 최대한 뒤로 빠지려고 노력했다. 이중엽은 다시 눈을 질끈 감았다. 아무리 그래도 그렇지 시퍼런 고등학생을 죽이라니. 고민이었다. 사실 이중엽은 양선목이 출중한 능력을 가지고 있다는 것에 대해 믿지 않고 있었다. 그 모습을 보자 양선목은 그의 심리 상태를 속속들이 파악할 수 있었다.

'그냥 살려줄까? 아니야. 그랬다가 이태섭이 알게 되면 또 난리가 날 텐데. 그리고 이 꼬맹이가 입이라도 잘못 놀리면 그 녀석보다 내가 문제다!'

"아…… 아저씨."

선목은 살아남기 위해 죽음의 공포를 무릅쓰며 최대한 평정심을 유지해 말을 걸었다. 그러나 두려움 자체가 사라진 것은 아니기 때문에 말을 하면서도 흐느낌과 눈물이 묻어나왔다.

"아저씨. 제발 저 좀 살려주세요. 네? 저는 아무 짓도 한 게 없어요. 저 진짜 살고 싶어요. 만약…… 만약 살려주시면 태섭이 형님이 모르는 곳에, 아니, 부모님도 모르는 곳에서 몰래 숨어 살게요. 정말이에요!"

중엽은 한참을 고민하다가 결심한 듯, 칼을 들고 선목의 바로 앞까지 다가갔다. 선목은 그가 자신을 죽이는 줄 알고 눈을 질끈 감았는데, 중엽은 선목을 묶은 밧줄을 끊어냈다. 그리고는 선목이 절대 잊을 수 없는 귓속말을 속삭였다.

"나가라. 나가서 평생, 평생 양선목이라는 사람이 없었던 것처럼 살아라. 오늘부로 양선목은 죽은 거다. 쥐새끼처럼 아무 소리도 내지 말고, 아무 티도 내지 말고 어둠 속에서 살아야 한다. 그렇지 않으면 내가 지구 끝까지라도 쫓아가서 너를 죽이고 말 거야. 알겠어?"

"네. 네! 알겠습니다."

"웬만하면 서울은 벗어나는 게 좋을 거야. 뭐 하고 있어 나가지 않고!"

혹여 중엽이 마음이 바뀌어 칼로 자신의 심장을 도려낼까 겁이나 허겁지겁 그곳을 벗어나 달리기 시작했다. 부모님에게는 돌아갈 수 없었다. 이제부터 그는 혼자였다. 그러나 일단 살아갈 수 있음을 다행으로 여겼다. 앞으로 해야 할 일들이 많았다. 자신이 살아가고, 해야 할 일을 하는 데에 필요한 모든 것을 이미 갖추고 있었기에 두렵지도 않았다. 차라리 집을 나오게 되니 자신의 능력을 누군가가 눈치챌까 두려워하지 않아도 되었다. 자신의 해야 할 일을 찾아 살아갈 때가 되었다.

3

보이지 않는 전쟁

[바스락!]

서버 컴퓨터실에서 프로젝트 기밀문서에 대한 다운로드를 마친 양선목은 인기척을 느꼈다. 놀란 선목이 조심스레 소리가 난 쪽을 향해 걸음을 옮겼다. 자신이 가지고 있는 것은 연막탄과 테이저 건, 그리고 몸밖에 없었다. 비상시에는 자신과 근접한 자를 신속하게 제압하고 최대한 건물을 탈출하는 것 외에 방법이 없었다. 제발 사람이 아니기만을 바라며 몸을 움츠리고 엄폐 지역에서 천천히 고개를 내밀었다. 다행히 아무도 없었다. 그래도 안심할 수 없으므로 선목은 자신이 가져온 랩탑과 케이블을 챙기고 신속히 서버 컴퓨터실을 빠져나갔다.

그런데 그렇게 빠져나간 서버 컴퓨터실에서 다시 바스락거리는 소리가 났다. 어둠 속에서 나온 다른 한 명의 동양인. 그리고 그는 안도의 한숨을 쉬고 주위의 눈치를 보며 마찬가지로 그곳을 빠져나가는 것이다.

한편 본부 내부 보안 팀의 제임스는 파커가 출입한 기록을 보고는 도미노 피자를 얻어먹을 요량으로 연방감시실로 들어갔다.

"이봐! 훌륭한 소식이 있는데 전해줄까? 그건 바로 너희들과 함께 도미노 피자를 먹어줄 입이 하나 더 늘었다는 거지!"

그의 이야기에 모두 눈살을 찌푸리는 동시에 리처드 굿맨이 반격을 했다.

"이봐. 하이에나처럼 예리한 건 좋지만 파커는 아직 돌아오지도 않았다고. 다들 먹을 시간조차 없이 바빠 죽겠는 거 안 보여?"

"뭐? 그게 무슨 소리야. 내가 내부 보안 팀인데, 파커는 5분 전에 출입한 기록이 있다고. 게다가 그 친구의 차량이 주차된 것도 내가 확인했는데?"

"무슨 소리를 하는 거야? 그럼 우리가 너를 빼고 피자를 먹고 싶어서 파커와 피자를 함께 감춰두기라도 했다는 거야? 제발 헛소리하지 말고 본연의 임무에 충실하라고. 우리가 이렇게 고생하는 걸 너의 두 눈이 보고 있다면 말이야."

"도대체 이게 무슨…… 잠깐…… 설마?"

제임스의 표정이 사색이 되든 말든 연방감시실의 멤버들은 오로지 화면에 집중하며 무언가를 기록해나갈 뿐이었다. 제임스는 신속하게 자신의 자리에서 파커의 차량과 건물 출입 기록을 확인하고는, 밖으로 나가 경비에게 다가갔다.

"잠깐 이 시간에 출입한 사람 얼굴을 카메라로 확인해 봅시다."

"방금 전이네요? 잠시만 기다려주십시오."

경비는 무심하게 출입 기록 폴더를 뒤지며 양선목의 사진을 화면으로 띄웠다.

“이 사람이 확실합니까? 얼굴을 직접 봤어요? 이 사람이 본인이 누구라고 했습니까?”

“글쎄요. 이름은 묻지를 않았고, 얼굴은 이 사람이 맞는 것 같습니다.”

“이봐. 확실히 이야기해! 얼굴을 보고 출입시켜 주긴 한 거야?”

“그게…… 맞는 것 같습니다. 확실히 기억이 잘 안 납니다.”

“이런 제기랄! 방금 전 출입시켜 준 사람도 기억을 못 하다니! 맥심이나 보라고 당신을 여기에 앉혀서 주급으로 천 달러를 주는 게 아니란 말이야!”

제임스는 화를 내며 소리를 지르고는 신속하게 보안 팀 상황전파실에 돌아와 비상경보를 눌렀다.

[위이이이이이이이이잉!]

건물 내 모든 지역의 불이 형광등이 아니라 레드 등으로 바뀌었고, 어두워졌다. 경보음과 함께 제임스의 목소리가 들렸다.

“건물 내부 보안 1급 비상상황 발생. 연방감시실 파커 요원 실종 및 내부 침입자 발생. 반복한다. 건물 내부 보안 1급 비상상황 발생. 파커 요원 실종 및 내부 침입자 발생. 5분 내 건물의 모든 불을 완전 소등한다. 전 요원은 권총 실탄 장전 상태 확인하고 야간 감시 장비를 착용하여 내부 침입자 수색 및 제압 작전에 들어간다! 연방감시실은 지금 즉시 파커 요원에 대한 위치 추적을 실시하고 지휘 통제 간부들은 즉시 상황실에 집결하여 작전에 대해 총괄 지휘하라. 지휘 통제 간부들이 집결하기까지는 내부보안팀장인 제임스가 대리로 지휘한다. 지금 즉시 작전 수행한다."

조금 전까지만 해도 함께 장난을 치던 제임스의 방송에 모든 요원들은 하던 일을 즉시 중단하고 거짓말처럼 신속하게 야간 감시 장비를 착용하고 권총을 빼들어 야간지시기[42]를 장착했다. 사무직을 겸하던 자들이 아닌 것처럼 능숙했다. 파견을 나왔던 자들은 일사분란하게 본인이 내부에서 담당하던 작전 지역에 신속하게 위치했다.

각자 건물의 구역에 자리를 잡은 모든 부서별 요원들이 각각의 팀장 및 부서장의 지시에 따라 차례차례 구역을 장악하고 통제하기 시작했다. 그것은 지하 3층부터 4층까지 예외가 아니었다.

비상계단을 통해 건물을 빠져나가던 선목은 적잖이 당황했다. 비록 시력 외 다른 감각 또한 극도로 발달해 움직일 수는 있었으나, 결국 시각을 상실한다는 것은 빠른 반응을 보일 수 없다는 것이었다. 또한 비상계단을 담당하여 장악하는 팀들에 의해 포위망이 좁혀진다는 것을 느낄 수 있었다. 결국 그는 3층 내부로 진입했다. 언제 어디서 누구를 만날지 몰랐다. 내부 보안에 대해 이러한 작전이 있다는 것을 선목은 전혀 예상하지 못했다.

'그래도 역시 CIA라 이건가!'

한편 3층을 담당하는 동아시아 지역 전쟁 전략 수행실장과 남미

---

42) 야간 감시 장비를 착용하면 총을 육안으로 조준하는 것이 불가능하므로, 야간 감시 장비에서 관찰 가능한 적외선을 발사하여 조준을 가능케 하는 지시 기계.

방첩 및 공작 수행 부서장은 서로 교신을 통해 R포인트[43] 지점에서 상호 확인하고 접점을 장악할 만한 암어를 나열하고 있었다.

"구름은 비가 되어 내린다."

"진리는 원리가 아니라 조작이다."

둘은 접점 지역에서 적이 아님을 확인하고 동시에 지휘통제실에 교신했다.

"3층 확인 및 장악 완료. 이상 없다. 접점 확인까지 모두 마쳤다."

[라져 자리를 이탈하지 말고 그 자리에서 대기하라. 마지막으로 휴가와 출장을 제외한 부서원 및 팀원 38명을 확인하기 바란다.]

지시에 따라 전략 수행실장과 공작 수행 부서장이 각자 위임한 팀장들에게 분대급의 인원들을 파악하여 보고하라고 했다.

[전략 1팀 7명 이상 없습니다.]

[전략 2팀 6명 이상 없습니다.]

[긴급파견 팀 7명 이상 없습니다.]

[남미 1팀 4명 이상 없습니다.]

[공작 팀 6명 이상 없습니다.]

"부서장. 우리는 본부까지 23명이다. 그쪽은 어떤가?"

"네. 우리도 6명 이상 없습니다."

그렇게 모두 납득을 하고 어둠 속에서 긴장감 속에 대기하던 와중, 갑자기 전략 수행실장이 의문을 제기했다.

"응? 잠깐. 남미 부서 본부가 6명이면 39명이잖아?"

---

43) 작전상 약속되어 있는 장소.

"네……? 그럴 리가……? 이런 젠장! 모두 동작 멈춰! 커맨드! 커맨드! 여기는 3층이다. 이곳에 침입자가 있다. 3층 소등을 해제하라!"

[퍽! 퍼퍼퍼퍽!]

"크헉!"

수행실장과 부서장이 의문을 제기하고 본부에 교신이 끝나자마자 어둠 속의 인원은 빠른 속도로 둘의 급소를 사정없이 맞추기 시작했다. 그것이 손인지 발인지도 모를 정도였다. 다음으로는 혼란에 빠져 우왕좌왕하던 여덟 명의 본부 인원들을 제압하기 시작했다. 그들은 어둠 속이라 쉽게 대처하지 못했으며 함부로 총을 발사하지도 못했다.

[위이이이이잉!]

[3층에 침입자 파악! 소등을 해제한다! 각 건물을 장악한 팀은 지금 즉시 3층 포위 및 제압 작전에 들어간다.]

다시 불이 밝아졌지만, 그곳에는 이미 쓰러져 있는 여덟 명의 요원들 사이에 양선목 홀로 서 있을 뿐이었다. 선목의 손에는 제압 도중 빼앗은 권총 두 자루가 양손에 들려 있었다. 그는 외부로 통하는 유리창을 향해 전력 질주하기 시작했다. 그는 달리며 백팩에서 무언가를 꺼내기 시작했는데, 그것은 자일[44]이었다. 20m만 더 달리면 유리창을 깨고 하강할 수 있었다. 선목은 상대방에게 빼앗았던 권총을 쌍으로 잡은 상태에서 유리창을 향해 무차별적으로 쏘기 시작했다.

[퉁! 퉁! 퉁!]

예상했던 대로 방탄이었다. 총알은 미세한 균열만을 남기며 유리

---

44) 암벽등반을 위한 특수 로프.

창에 튕겨져 나갔지만 선목은 망설임 없이 계속해서 발사하기 시작했다.

[퉁! 퉁! 퉁! 틱! 탁! 파직! 퍽! 퍽! 퍽! 챙그랑!]

유리의 내구도를 파괴할 수 있는 정확한 구도의 정확한 조준으로 인해서 각각 8발씩 들어 있던 권총의 16발을 통해 유리창을 깨뜨렸다. 그대로 달려 나가 자일에 몸을 기대어 하강하기만 하면 모든 것이 끝이다.

그러나 그 순간 측면 복도에서 진압 팀들의 모습이 보였다. 선목은 순식간에 달리던 경로를 바꾸어 옆에 있던 전략기획 사무실로 몸을 날렸다. 간발의 차이로 진압 팀들이 그를 향해 마구 총을 쏘기 시작했으나, 이미 선목은 방 안에 엄폐한 상태였다.

"본부. 여기는 3층 동아시아 전쟁 전략 1팀 및 2팀이다. 무장한 침입자를 발견했다. 현재 동아시아 전쟁전략기획실에서 엄폐 중이며, 우리 측의 권총을 소지하고 있는 것으로 판단된다. 자체 진입 시도하지 않고 포위 유지하며 다른 팀 지원 기다리고 있겠다. 수류탄 투척에 대해 허용한다면 투척하겠다."

본부는 실질적인 공작을 실행하는 DO에 속한 자들은 없지만 전직 코드 블랙인 경우가 많았다. 어쨌든 현장 실무 능력을 인정받아야만 올라올 수 있는 보직이 태반이기 때문이다. 물론 그래봤자 전직이기 때문에 실제 전투 능력에 대한 감이 많이 떨어져 있는 것이 사실이고, 선목 한 명이 B랭커들을 8명이나 때려잡은 모습을 봤기 때문에 선불리 접근하지 못한 것이다.

[전략 1팀 및 2팀장은 현장에서 대기하고 수류탄 투척하지 말 것. 생포할 만한 가치가 있는 자다.]

정적이 흘렀다. 선목으로서는 굉장히 난감한 상황이었다. 더 이상 탈출할 만한 퇴로가 없고 상대는 착각하고 있지만 사실 대항할 만한 탄환이 없다. 물론 살생을 할 생각은 없지만, 상대의 무장을 고려해 보았을 때 자신의 생명을 보장하려면 어떤 상황이 발생할지는 모르는 것이다. 문 하나를 사이에 두고 시간이 흐를수록 지원 병력이 쌓여갔다. 10명, 30명, 50명, 100명. 설령 이 인원들이 권총으로 무장을 하고 있지 않다 하더라도 선목이 뚫고 갈 수 있을지가 의문이었다.

'부산에서 400대 1로 대치했을 때 보다 더 난관이군.'

해킹한 파일을 통해서 자신의 출생에 관한 모든 정보를 알아냈으니, 미련은 없었다. 사실 어렴풋이 짐작은 하고 있었다. 자신의 부모와 자신의 출생이 자연스러운 흐름이 아니라는 것을. 그러나 천재라고 해서 인간의 감정을 완벽히 통제하고 이성적으로만 행동하고 사고할 수는 없었다. 그래서 애써 외면하고 있던 하나의 진실.

그것은 각 국가의 이익을 위해 보이지 않는 전쟁을 수행하는 과정에서 인위적으로 탄생한 선목의 존재 자체였다. 눈을 감으니 어렸을 때부터 지금껏 살아왔던 기억이 주마등처럼 짧게 스쳐 지나갔다. 태섭이 부모님의 경영권을 빼앗고 자신을 죽이려고 했던 일. 자신을 살려줬던 이중엽. 그 길로 복수를 위해 태권도를 수련하고, 연구를 위해 고아원에서 학대받던 김정현을 데려온 일. 삼재그룹, 통합파와 관련 있는 황세용을 제자로 받아들인 일. 자신을 살려줬던 이중엽이 김

수종에게 죽임을 당한 일, 또한 김수종이 스미스 요원을 죽이고 자신을 살려준 일. 신태권도 협회를 창시한 일.

'내가 없더라도 나와 마주친 이 모든 자들이 세상을 올바르게 이끌어 줄 수 있다는 것을 믿는다. 세용아. 앞으로 잘 해내라.'

비록 미련은 없었으나 감은 눈 사이로 눈물이 흐르는 것은 막을 수 없었다. 새삼스럽게 천재라고 해서 이 세상에서 마음대로 할 수 있는 일이 아무 것도 없음을 다시금 깨달았다. 선목은 권총의 그립을 손잡이가 아닌 총열에 위치시켜 잡았다. 방아손잡이부분을 무기로 쓸 요량이었다. 주머니에서 연막탄을 꺼내 던지려는 순간이었다.

[툭. 툭. 후우. 아아. 전 요원은 잘 들릴 것이라 믿고 방송한다.]

'응? 이건 지휘부에서 듣지 못한 목소린데?'

모든 요원들은 방송을 듣고 무언가 이상함을 느꼈다. 지금까지의 일사불란했던 방송에 비해 너무나 일상적이고 편안한 목소리. 더욱이 그 전까지 지휘부에 있을 만한 간부의 어떤 자도 이러한 목소리가 아니었으며, 이렇게 서투른 영어발음을 구사한다는 것은 심각한 의심을 해볼 만한 상황인 것이다. 계속해서 방송이 이어졌다.

[그래. 모두들 느꼈겠지만 나는 CIA의 지휘부가 아니야. 내가 누군지는 나도 이야기하면 곤란하고, 어쨌든 지금 이곳 지휘부에 있는 5명은 나에게 제압을 당한 상황이다. 당연히 혼자는 아니고, 몇몇 내 동료들이 있어. 지금부터 내 이야기를 잘 듣고 그대로 실행하도록. 너희들이 체포하려고 하는 그 신원 불명의 인원을 우리가 좀 회수해야겠어. 그래서 말인데, 그가 잘 탈출할 수 있도록 전쟁전략기획실에 1

차적으로 접촉하고 있는 전략 1팀, 2팀이 있는 쪽, 그리고 창문에 근접해 있는 지원 병력을 전부 철수시키도록 해. 잘 들어. 너희들의 본부장은 내가 친히 총을 겨누고 있다는 사실을.]

"젠장…… 도대체 이게 무슨 소리야?"

"팀장님, 어떻게 해야 합니까?"

"나도 모르겠다. 잠시 대기. 대기하라! 부서장님 교신해 주시지요."

[나도 알아보고 있으니까 무전 교신 좀 그만해! 내 이어폰은 한스너의 말만 들리는 게 아니란 말이야!]

암흑 속의 변수에 대해서는 서로의 작전명을 대면서 그토록 일사불란했던 자들이 겉으로 드러난 단순한 변수에는 서로의 신분을 드러내며 혼란스러워하기 시작했다. 그들은 그동안 어둠에 젖어 있던 자들이었기 때문이다. 그때에 다시 전체 방송이 들리기 시작했다.

[아아. 내가 지시를 한 지 3분이나 지났는데도 수행을 하지 않는다는 것은 내 말을 듣지 않겠다는 거구만. 알겠어. 잠시 기다려 봐.]

[타앙!]

전체 방송을 통해서 확장되어 들리는 총성. 그것은 모두를 경악과 식은땀으로 뒤덮기에 충분했다. 인정해야 했다. 오늘부로 CIA의 실질적인 본부는 모종의 세력에 의해 장악당했다. 모두들 아무 말도 하지 않은 채 침을 꿀꺽 삼키는 소리만 들렸다. 이곳의 본부장 및 지휘부는 단순한 한 개 국가의 지부장급이 아니었다. 한 개 대륙의 지부장, 즉 CIA 부국장급이며, 지휘부 또한 처장급이다. 그들이 인질로 잡혀 있다는 것은 비단 현재 침입한 괴한을 놓아주는 것뿐만 아니라 무엇을 지시해도 들어줄 수밖에 없는 상황이라는 것이다.

몇 초 뒤에 흘러나오는 본부장의 목소리는 현재의 상황을 인식시키는 데 더욱 큰 도움이 되었다.

[본부장이네. 방금 이곳을 장악한 자들에 의해 대중국 보안 수행실장 챈이 사망했네. 모두들 다른 생각 하지 말고 후일을 생각해서라도 즉시 지시에 따라주게.]

[자! 들었으면 이제 슬슬 움직여 주시게. 아, 그래도 못 알아들었으면 당신들 곳곳에 같이 있는 내 친구들이 도와줄 거야. 실감들 했으면 감히 이곳을 제압하러 올 생각은 꿈도 꾸지 마시고!]

방송자의 마지막 말에 의아해하던 도중, 곳곳에서 함께 일하던 동료 몇몇이 순식간에 표정을 바꾸고 그들에게 총구를 들이밀었다.

"자! 방송을 못 알아들을 정도의 영어 실력이 아니었으니, 어서 철수들 하시지."

"뭐야? 히나타! 네가……!"

"유감이지만 내 이름은 히나타가 아니야. 그리고 오늘을 위해 지금껏 너의 더러운 속셈이 담긴 데이트 신청을 웃음으로 때웠던 거지. 그것만 아니었으면 넌 내 손에 죽었어."

곳곳에 섞여 있던 방송자의 동료들이 나타났고 그들은 총 일곱 명이었는데 하나같이 동양인들이었다. 그러나 이름은 한국, 중국, 베트남, 일본 등이 섞여 있으므로 어느 국가의 세력인지 알 수 없었다. 다만 감히 CIA에 대항할 수 있을 만한 정보기관을 운영할 수 있을 세력으로 중국과 일본 둘 중 하나라고 짐작할 뿐이었다. 그들은 그렇게 나타난 협조자들에 의해 반 강제적으로 철수하기 시작했다. 일정 지점까지 철수한 요원들을 향해 히나타라고 불렸던 자가 큰 소리로 이야기했다.

“전부 뒤를 돌아서 총을 버리고 손을 들고 있도록!”

그러나 국제 유가 대응 전략팀장이 버럭 소리를 질렀다.

“지금 임원급들이 인질로 잡혔을 뿐이지 화력은 우리가 훨씬 우세하다. 그걸 가지고 너희들에게 우리 생명에 대한 통제를 맡기라니 CIA를 욕보이는 짓에 대해선 용납하지 않는다. 이 이상 우리를 통제하려고 한다면 내가 지금 즉시 위임받은 권한을 통해 너희들 따윈 쏴버릴 수 있다. 적당히 해라.”

예기치 못한 반격임에도 불구하고 여자는 당황하지 않고 다시 설명했다.

“이봐. 생각해 봐. 너희들의 말대로 우리는 현재 화력적으로 열세야. 설령 너희들이 총을 버린다고 해도 고도로 숙련된 자들이 백 명이 넘고, 총을 실제로 다 버렸는지 확인하지도 못해. 우리가 고작 지금 가지고 있는 이 권총들로 한 명 한 명 쏴 죽이기 시작한다면 저 끝에 있는 자들을 우리가 죽일 수 있겠어? 다시 총을 집어들든가, 시체를 방패 삼아 도망갔던 자들에게 역습을 받고 우리는 죽겠지. 내가 이 지시를 내리려는 이유는, 그 열세에 있는 우리들이 안전하게 피신하기 위한 최후의 발악이니까 그쯤 해 두고 협조하도록!”

한편 바깥의 상황에 대해 방송을 통해서도, 문을 통해서도 접하던 선목은 어안이 벙벙하던 찰나에 혹시 몰라 품 안에 있던 연막탄을 복도에 터뜨렸다. 문을 열고 상황을 주시하는데, 정말로 아무도 없었다. 그는 다시 창문을 향해 자일을 들고 달리기 시작했다. 이럴 때는 마치 자신과 만났던 무신이 실제 세상에 개입하는 것만 같은 착각도 들었다. 어찌 됐든 이 기회를 버릴 수 없었다. 창을 향해 훌쩍 뛰며, 자일 끝의 갈고리를 창틀에 거는 것을 잊지 않았다. 보통은 자신의 앞발이 위에 위치하게 하여 벽을 짚고 역으로 밧줄을 타고 내려가겠지만, 선목은 자일을 자신의 등허리에 위치하게 잡아 조금씩 풀며, 벽을 타고 거꾸로 달려 내려가기 시작했다.

그렇게 몇 초 만에 1층에 착지한 선목은 정문까지 달려갔다. 안에서 바깥으로 나가는 것은 홍채 인식도, 경비의 확인도 필요 없이 버튼만 누르면 열리게 되는 시스템이었기에 쉽게 나갈 수 있었다. 그렇게 열심히 미시시피 상하수 처리장 주차장까지 달려가고 있는데 옆에서 무장한 병력들이 따라붙는 것이 아닌가! 그러나 그를 제지하지 않고 오히려 함께 옆에서 달리고 있었다. 그리고 서투른 발음으로 선목에게 이야기하기 시작했다.

"여기까지 침투한 걸 보니 영어는 분명 할 줄 아실 테죠? 나는 오래전에 당신을 본 적이 있습니다. 이미 해킹한 자료를 통해 보면 알겠지만 당신에게 BIG5를 주입하려던 BICC 요원을 사살하고 그에 대한 대항제를 투여한 게 바로 저입니다. 나는 일본 방위성 정보본부[45]의 나카타 요원입니다."

---

45) DIH라고 불리는 일본의 정보기관. 헌법과 조약에 의해 2차 세계대전 패전국인 일본은 군대를 조직하지 못하지만 자국의 영토를 보호하기 위해 자위대를 창설하여 지휘할 수 있는데, 그들이 필요한 전략정보를 신호, 기술, 인간 정보를 통해 제공한다.

많은 이야기를 하기 전에 금세 뒤로 쫓아오는 무장병력들이 보였다. 선목과 함께 따라오던 일행은 나카타를 제외하고 순식간에 흩어져, 지형지물을 이용한 엄폐 상태로 총격을 가하기 시작했다. CIA 또한 그들의 반격에 모두 산개하여 몸을 숨겼다. 화력은 권총으로 무장한 상대에 비해 나카타 일행이 우수했으나 상대의 수가 훨씬 많았기 때문에 전략적으로 열세였다. 상대는 게릴라식으로 흩어진 상태에서 능숙하게 포위망을 구축하고 엄호와 약진을 번갈아가며 실시한 뒤 간격을 좁혀 나갔다.

한편 나카타는 아랑곳하지 않고 상하수도 관리 주차장까지 선목과 함께 달렸다. 이런 상황에 봉착하자 그곳에 헬기가 대기하고 있는 것이 선목으로서도 전혀 이상하게 느껴지지 않았다. 나카타의 안내에 따라 주저 없이 탑승하자 나카타는 즉시 조종간을 잡은 뒤 이륙했다. 선목은 당황하며 나카타에게 물었다.

"이봐! 동료들은 어떻게 하고 우리끼리 이륙합니까?"

"이 이상 오래 버틸 수도, 도망갈 수도 없는 전력입니다. 상대를 제압하는 것은 더더욱 불가능하고요!"

"그러니까 기다려야 할 것 아닙니까?"

선목의 말에 나카타는 침묵하다가 헬기를 목표 상공까지 띄운 다음에야 입을 열었다.

"우리는 그들을 평생 기억할 겁니다. 후대에까지 영원히 그 숭고한 가치를 기릴 거예요."

"도대체 무슨 말을 하는 겁니까?"

양선목의 끈질김 물음에 나카타는 살짝 미간을 찌푸렸다.

"이 작전을 위해 우리는 애초에 5년간 이곳에 침투를 계획했고, 그들은 이곳에서 희생될 예정이었습니다. 이게 작은 조직이 큰 조직을 상대할 수 있는 유일한 방법입니다."

"그런…… 말도 안 되는……!"

선목이 어이없어할 틈도 없이 나카타는 조종석을 포기하고 선목에게 매우 무거운 배낭을 건넸다. 모양을 감지하고 무게를 감지한 선목은 그것이 낙하산임을 눈치챘다.

"정보요원이 헬기의 고도로는 낙하산을 펼칠 수 없다는 것도 모릅니까?"

"그래서 고도를 올릴 겁니다."

나카타는 다시 조종간을 잡더니 뒤로 최대한 당겼고, 헬기의 각도는 거의 수직으로 상승했다. 선목과 나카타는 자신들의 몸을 가누느라 정신이 없었다.

"윽! 도대체 이게 뭐하는 짓…… 음?"

선목은 말을 끊었다. 나카타 또한 따로 설명하지 않았다. 누가 먼저랄 것 없이 바깥으로 뛰어내린 것이다. 미국의 영공에 문제가 생겼을 경우 10분 이내 출격하는 미 공군성의 스텔스 전투기는 망설임 없이 헬기를 향해 발사 버튼으로 미사일을 보낸 것이다. 스텔스 조종사의 헬멧 고글에 연결되어 있는 스크린과 제어장치가 헬기를 격추시켰다는 메시지를 띄웠다.

"Mission success. I'll be back to company."

국정원 대미협력실 실장인 전봉석 차장은 전날 새벽에 걸린 전화 한 통을 받고는 한동안 착잡한 표정을 지었다. 그동안 자신에게 직통으로 명령을 내렸던 CIA 스미스 요원이 사망했다는 것. 그리고 새로운 지시 하나가 추가되었다. 그의 표정은 다른 직원들이 그의 눈치를 보며 먼저 퇴근해보겠습니다, 라고 이야기할 때까지 지속되었다. 한참을 망설인 끝에 한 통의 전화를 더 받고 나서야 무겁게 엉덩이를 든 그가 향한 곳은 국정원장실이었다. 비서는 자연스럽게 전봉석에게 고개를 끄덕였고, 그는 노크한 뒤, 대답을 기다리지 않고 들어갔다. 국정원장은 자리에 앉은 채 그를 맞이했다.

"무슨 일이야? 알려주지도 않을 테지만."

"원장님…… 저도 원해서 이 자리에 있는 게 아니란 걸 알잖습니까? 비꼬지 좀 마십시오."

"그걸 내가 어떻게 아나?"

"더 말 않겠습니다. 전화를 한 통 받았습니다. 당분간은 대미 협력 3팀장이 대리 업무 수행을 할 겁니다. 저와 1팀 전원 전력에서 제외된다는 사실을 보고드리러 온 겁니다."

"그러게 보고가 아니고 통보할 거면 찾아오지도 말라니까? 알아서 하면 될 거 아니야."

봉석은 그 말을 무시하고 일어섰다.

"그만 나가 보겠습니다."

안 그래도 착잡한 심정이었는데, 국정원장의 깐죽거림에 화가 온몸에 뻗친 국정원 정문을 나오며 있는 대로 소리를 질렀다.

"도대체 나보고 어쩌라는 거야!"

원장의 유치한 행동이 이해가 안 가는 것도 아니었다. 외부 인사로 영입되는 원장 입장에서는 국정원 기능의 대부분을 실질적으로 장악하고 있고, 2년 주기의 전보 조치를 받을 일도 없는 대미협력실장을 견제하게 되는 것이 당연하기 때문이다. 더군다나 큰 포부를 가지고 들어오는 행정고시 출신의 원장들은 이곳에서 할 수 있는 일이 기껏해야 미국의 정보기관으로부터 명령을 받고 공작을 돕는 일이 전부라는 것을 깨달을 경우 히스테리를 부리기 시작한다. 그런데 그 히스테리는 고스란히 '제2의 국정원장'이라 불리는 대미협력실장에게 돌아가는 것이다.

바로 여기에서 봉석에게 억울한 부분이 발생한다. 그는 애초에 국정원의 실권을 장악할 마음도 없었고, 대미협력실에 소속되길 원하지도 않았다. 6·25전쟁 당시 해병대 장교로 참전했다가 전사한 그의 아버지의 유지를 이어, 마찬가지로 해병대 장교로 입대했던 전봉석은 한참 중앙정보부의 세력을 확장할 당시 반강제 차출되었다. 국가유공자의 후손이기도 하고, 동시에 장교로서 출중한 능력을 인정받아 특채로 뽑혔던 그는 기존 공채 출신의 견제를 많이 받았다. 당시의 주류는 대미 협력이 아니고, 북한 정보수집 및 공작, 또는 국내의 고정간첩이나 사상 오염자 색출이었다. 말이 사상오염자지, 애초에 비판적 사고를 통해 독재에 저항할 소지가 있는 자들을 체포해서, 고문을 통해 거짓 자백을 받아내는 일이었다.

대미협력은 표면에 드러나지도 않고 오히려 국가의 기강을 흩뜨리며 자존감을 없애는 부서라는 인식이 강했다. 게다가 당시에는 일본의 영향력이 미국을 위협하는 추세인 동시에 소련이 기세등등하여 곧 미국의 영향력은 약화될 거라 예측하는 분석이 지배적이어서, 실세가 아니었다. 역사적으로 봐도 패권이 100년 이상 유지된 국가는 없었지 않은가? 패권의 요소는 언제나 바뀌었고, 패권을 쥐고 규모가 커진 국가는 그 요소가 바뀌는 속도를 따라잡지 못했기 때문이다.

농업생산력, 군사력, 황금, 돈, 정치, 외교, 지하자원 등 변수는 다양했고, 그것을 예측하기란 불가능에 가까웠다. 그것은 비주류 출신인 전봉석을 대미협력부서에 편성시키는 결과를 낳은 것이다.

그런데 미국은 현재 너무나도 건재했고, 전봉석은 제2의 국정원장으로 성장했다. 이것만이 억울함의 전부는 아니었다. 그는 국정원장과 긴밀하게 협조하여 국정원에 대한 미국의 간섭을 최소화하고 협력실 전체를 중국과 일본에 대한 감시를 주로 하는 동북아 정보 수집부서로 만들고자 했다. 그것이 통일의 위협 요소에 대응할 수 있는 길이라는 것을 그의 오랜 경험이 알려줬기 때문이다.

그러나 이러한 대외적인 정책에는 국정원장을 포함해서 국정원의 보고가 들어가는 청와대 및 국회, 대법원장, 언론기관 등 어느 누구도 관심을 갖지 않았다. 그들은 그저 지금의 힘을 유지하고 국내 유권자들을 대상으로 공작이 가능한 미국의 눈치를 보기 바빴다. 그 과정에서 조직 내부의 주도권을 강탈하기 위한 정치를 하는 것이다.

정신이 가장 똑바로 박힌 전봉석이 그러한 일의 핵심적 자리에 앉아 있는 것은 신의 장난 같았다. 최초의 임무인 BICC 프로젝트 협력을 시작으로 많은 일이 일어났었다. 수많은 중앙정보부장, 안기부장 들이 전봉석의 일을 그만두게 하거나, 파헤치려고 시도했다. 그러나 그때마다 그것을 실행했던 요원들과 간부들은 생명이 위태로워지거나, 해임되거나, 결탁한 정치 세력의 지지율이 급락하는 결과를 낳았다.

그것은 어떤 수많은 병력이나 막대한 자금 같은 것이 필요하지 않았다. 언제나 몇몇 주변 사람들, 또는 그들 본인에게 저 멀리 추상적인 두려움을 가진 곳에서 걸려오는 전화 한 통이면 정리되었다. 어디인지 알지만 어디인지 모르는 그 정체불명의 전화 통화를 통해 '그만하라' '물러나라' '선동하라' '거래를 끝내라' 같은 짧은 말 한마디가 수신자의 귀에 들어가면 그것은 나비효과처럼 퍼져 국내 전역이 혼란스러워지고 변화가 일어났다. 독재가 시작되거나 타도되고, 대통령이 탄생했으며, 국회의 영향력과 정당의 세력이 달라졌다.

그 한가운데 있는 전봉석을 제외하고 말이다. 그는 임기도 없이 영원히 국정원과 대한민국을 움직이는 자가 되었고, CIA로부터 직접적인 협조 지시를 받는 자가 된 것이다. 국정원장이 아닌 전봉석에게 협조를 지시하는 것 또한 편을 나누려는 그들의 수작이며 여기에 모두가 놀아나고 있는 중이었다.

봉석도 처음부터 그랬던 것은 아니다. 불만을 품었지만 BICC 프로젝트를 비롯한 많은 대미 협조 업무를 수행하면서, 사대주의적 사고

방식을 가진 적도 있었다. 우리가 강해지기 전까진, 이 거대한 정보처리 능력을 가진 미국을 의지하고 따라야 한다고. 그런데 이 바닥 생활을 하면서 생긴 네 가지의 결론은 그의 생각을 바꾸게 만들었다.

첫째, 이 세계의 이해를 공유할 수 있는 한계치는 국가의 단위라는 것이다. 최초의 인류가 돌을 가지고 생활하던 60만 년 전부터 지금에 이르기까지 인간들의 무리를 이루고 세력을 형성한 이후 국가라는 개념 이상의 무언가는 나오지 않은 채 그것을 넘어선 다른 연합과 화합의 개념은 나오지 않았다.

둘째, 첫째의 이야기에 비추어보았을 때 타 국가, 특히 미국을 포함한 동북아 주변국은 한반도의 통일과 남한 정부의 성장을 달가워하지 않는다. 단편적으로 동북아의 외교, 군사적 전략 거점으로서 지원은 할 수 있겠지만 근본적으로 경제든 외교적 역량이든 영토든 우리가 강성한 국가로 성장하길 원하지 않는 것이다.

셋째, 위와 같은 의도를 가진 국가의 지원을 받고 그들에게 협조해 봤자 우리는 강해질 수 없다. 절대적 수치에 의한 발전은 이룰 수 있을지 몰라도 세계의 전체적인 성장의 흐름 안에 상대적 역량의 순위를 바꿀 수는 없다.

가장 중요한 네 번째, 이것은 봉석 또한 최근에야 짐작하는 내용인데, 미국 또한 광범위한 모든 정보를 다 감지하고 분석하여 대응하지 못한다는 것이다. 거기에서 그치는 것이 아니다. 무슨 꿍꿍이인지 미국 정부는 스스로 계속해서 각 지역에 퍼져 있는 미군의 영향력을 축소시키고 군비를 감축하려는 움직임을 보이고 있다. 그것은 두 가지 가능성을 암시한다. 미국 스스로 패권의 변화 양상을 인위적으로 파악하지 못하는 단계에 진입한 것, 또는 차기의 패권 요소를 파악했다 하더라도 그것이 기존의 패권적 요소와 전혀 달라서 유지할 수 없음을 인지했다는 것이다.

'하지만 그럼에도 불구하고 나의 임무를 당장 멈출 수는 없다!'

이런저런 생각을 하던 차에 어느새 그의 헬기는 부산지방검찰청의 옥상까지 도착했다. 착륙하기 전 헬기 조종사는 누군가와 교신을 하는 중이었다.

[현재 접근하고 있는 헬기는 즉시 돌아갈 것. 금일 일정 확인되는 기체는 없으며, 아 측의 사정상 어떤 긴급한 착륙도 허가할 수 없다.]

"본기는 국가 긴급코드 003에 의거한 착륙임을 밝힌다. 부산지검의 허가를 뛰어넘는 강제 착륙이다. 착륙장과 건물 연결 통로를 개방할 것을 지시한다."

한편 부산지검에 배치된 대공 감시부대 송상병은 정체 모를 헬기의 접근에 대해 잔뜩 긴장한 채 당번 검사에게 이 일을 보고했다. 하필 건물 폐쇄 명령이 떨어진 타이밍이라 더욱 당황했다. 당번 검사는 그의 보고를 듣고 놀란 채 검찰 총장실로 바로 향했다. 그러나 비서가 일어나며 그를 제지했다.

"총장님은 지금 취조실 가셨습니다."

"벌써?"

당번 검사는 한숨을 쉬며 발걸음을 돌려 취조실로 향했다. 그곳은 현재 초비상 상태여서 대면하기 껄끄러운 모든 선배와 상관들이 집

합해 있는 곳이었다. 아마 당번 검사인 본인이 그곳에 갔다가는 온갖 잡다한 심부름과 잔소리, 서류 업무들이 날아들 것이다. 그럼에도 불구하고 그는 당장이라도 총장을 찾아야만 했다. 그것이 긴급코드 003의 위력이었다.

긴급코드 003. 그것은 국가에서 세 번째의 긴급한 상황을 통제할 수 있는 권력기관에서 조치 가능한 관공서 협조 명령이다. 계엄령이나 대통령 긴급조치와 다른 점은 민간인에게서 강제 협조를 구할 수 없고, 공무원, 군인과 공단 직원들에게만 통용된다는 점이다. 이 과정에서 인력의 동원과 시설의 동원 및 파손에 관한 보상은 해당 코드를 발동한 개인에게 지원되는 자율 예산에 의해 1주일 이내에 집행된다. 그러므로 검사보다도 높은 수준의 1인 기관시스템인 셈이다.

001은 대통령, 002가 장관급과 헌법재판소장 급이라면 003은 국회의원, 대법원장, 국정원장과 국정원 차장급이다. 003까지는 현장에서 국가 안보에 관련한 체포가 가능하며, 003에 의해 수집된 첩보는 정보로 취급되어 본인이 판단하기에 필요한 경우 즉시 비밀인가가 형성되고 대통령에게 직속으로 보고될 수 있는 권한마저 가지고 있다. 이것은 지방검찰청보다 상위의 명령이기 때문에 검찰총장마저도 그것이 발동된 앞에서는 하급 지위가 된다.

이런 상황을 반드시 보고해야 하는 당번 검사가 취조 상황실의 문을 열자, 그곳에는 삼재그룹의 회장 이태섭을 부산지검 부장검사 최우환이 취조하는 상황을 모니터로 보여주고 있었고, 부장급 이상의 모든 검사들과, 수석 수사관들이 무더기로 몰려 있었다. 대한민국을 뒤흔드는 국내 굴지의 기업 회장을 부산 지방 검사가 취조하는 상황이니 당연히 이곳의 상황 또한 이미 비상이었던 것이다. 문이 열려 들어오는 자가 당번 검사임을 확인한 검찰총장이 먼저 물었다.

"취조 중에 무슨 일이야? 여긴 왜 왔어, 자리 안 지키고."

"헬기가 착륙했습니다."

"뭐 인마? 여기 봉쇄하라고 했잖아! 이런 상황에 떨거지 같은 새끼들 많이 기웃거리는 거 몰라?"

"긴급코드 003입니다."

당번 검사의 입이 열리는 순간 장내의 분위기는 싸늘해졌다. 총장의 표정 또한 마찬가지였다.

"어디야? 어디서 왔는데?"

"보고한 친구가 당황해서 알아보지 않고 저에게 바로 왔습니다."

"가 보자. 내가 직접 돌려보내겠……."

"돌려보내시다니 그럴 필요 없습니다."

문이 열리며 들려온 소리에 장내의 모든 시선이 방금 들어온 인원에게 쏠렸다. 그는 주변을 둘러보다가 검찰총장을 향해 걸어갔다.

"부산지검 검찰총장님이십니까?"

"내가 총장입니다. 003으로 이곳에 오셨다고 들었습니다만…… 어쩐 일로 오셨습니까? 보시다시피 이곳도 편의를 협조해줄 만한 상황이 못 됩니다."

봉석은 총장을 한참 쳐다보다가 모니터로 고개를 돌렸다. 그의 행동에 여기저기서 침 넘어가는 소리가 들렸다.

“저는 정확히 여기서 발생한 저 일에 관한 협조를 위해서 이곳에 방문한 겁니다.”

그의 입이 열리자 다시 여기저기서 대놓고 탄식과 조롱이 들렸다.

“에휴, 체포한 첫날부터 조용할 날이 없구나.”

“대법원장이 와도 못 건드리는 자식인데 부산지검이 건드렸으니 바람 잘 날이 없겠네.”

털털하고 격의 없기로 유명하며 하급자들을 언제나 존중하는 태도로 유명한 총장에게 단점이 하나 있다면 감정을 잘 숨기지 못하고 다혈질이라는 것이었다. 그리고 지금 그는 얼굴이 붉어지고 목소리가 떨리기 시작했다.

“그러시군요. 그런데 003이 맞기는 합니까? 발동을 하셨으면 정확히 관등성명을 밝히셔야지 참으로 예의가 없는 분이시군요.”

그의 말에 봉석은 침착하게 안주머니에서 수첩으로 구성된 그의 신분증을 보여 주었다.

“국정원 대미협력실 전봉석 실장입니다. 처장급 1급 공무원이며 지금 이 순간부터 쓸데없는 신경전과 의심은 거두시지요. 또한 지금 발생한 모든 상황에 대해서 언론에 노출하는 것을 금지하겠습니다.”

“그럼 정확히 어떤 협조를 원하십니까?”

“나는 모니터 안에 있는 저 취조실에서 직접 취조받고 있는 이태섭, 그리고 최영훈의 신병을 양도받길 원하고 있습니다.”

“그런 말도 안 되는!”

총장을 포함한 현장 내의 동요는 더욱 심해졌다. 조사에 관한 선처나 개입을 하러 올 줄 알았는데 아예 사건을 이첩하라는 이야기라니. 이태섭을 도대체 어느 선까지 뿌리 뽑아야 체포할 수 있다는 건가. 그러나 총장은 마지막 이성의 끈을 붙잡으며 한숨 돌리고 다시 침착하게 이야기했다.

"처음부터 우리가 작전을 짰고 검거한 명백한 증거가 있는 자들을 왜 굳이 국정원으로 이첩하라는 이야기인지 알 수 없군요."

그러나 봉석은 눈 하나 깜짝하지 않았다.

"알다시피 대한민국에서 재계로 치면 최고의 인사이고, 그들과 결탁한 폭력 세력들을 지방검찰청에서 제대로 조사할 수 있을지 의문이라고 판단했습니다. 외부의 압력도 예상이 되고요."

"글쎄요. 그 외부의 압력이란 걸 이미 실시하고 계신 중인 것 같습니다만."

긴장이 팽배했다. 고래 싸움에 새우 등 터지는 격으로 검사들과 수사관들은 이리저리 눈치를 보며 나가지도 못하고 안절부절못하고 있었다. 총장의 말에 그동안 침착했던 봉석의 얼굴도 붉어졌다.

'이런 시발. 오늘 이래저래 나를 건드리는구만.'

"잔말 말고 국가권력에 협조하시지요. 국가에서 하는 일은 대부분 정당하고 다 그만한 이유가 있는 법입니다. 지금 나의 일이 단지 개인의 이해관계에 의해 좌우되는 일이라고 생각하십니까?"

"그거야 내가 모르지! 그럼 그 망할 내막을 전부 다 공개하란 말입니다! 우리가 제발 바라는 바이니까!"

'하아, 결국 터졌다. 총장님 울화통.'

부장검사 시절부터 부당한 권력의 지시에 대해서는 상급자도 알아보지 않고 소리를 지르던 성격이 다시 도지기 시작했다.

"젠장 말이 안 통하는 성격이구만. 당장 취조실로 안내하십시오. 안 그러면 당신을 협조 불이행과 안보에 관한 법령에 의거해서 직접 체포하겠습니다!"

"아니? 난 방해한 적 없습니다. 하지만 이 취조가 끝나고 우리는 이태섭과 최영훈을 지방법원에 넘기기로 협의되어 있습니다. 그러니까 저 친구들은 부산지법 관할입니다. 당신이 내 직속상관의 권한과 책임을 가지고 있다고 해도 넘길 수가 없습니다."

"나에게 규정 가지고 거짓말 한 죄도 추가하기 전에 당장 안내하십시오. 취조 중에는 명백히 지방검찰청의 관할이라는 것도 모르고 내가 여길 온 줄 아십니까?"

둘 사이의 기류가 남극 수준으로 차가워졌을 때 당번 검사는 얼어 죽기 전에 이곳을 빠져 나가야겠다고 생각했다. 살금살금 걸음을 옮기려는 순간, 총장의 입에서 나온 말은 분위기를 활화산 폭발지대로 바꿨다.

"체포해 보시지요."

"뭐라고?"

"체포해 보라고. 어떻게 해야 하나. 국정원으로 연행이라도 하시려고?"

"이잇……! 거기 너!"

살금살금 빠져나오려던 당번 검사를 봉석이 정확히 지목했다. 지목

당한 검사는 속으로 온갖 욕을 하는 동시에 눈치를 보며 고개를 돌렸다.

"너 당장 나를 취조실로 안내해!"

"저…… 제가요?"

"딴청 피우지 말고 당장 가라. 안 그랬다가는 내가 책임지고 검사 옷 벗길 테니까!"

"저…… 그럼 이쪽……."

그 순간 검찰총장이 당번 검사에게 소리를 지르기 시작했다.

"야, 너 미쳤냐? 너 당장 당번 자리로 돌아가서 네 볼일이나 봐! 안내했다간 내가 책임지고 옷 벗긴다!"

'이런 시발! 나보고 어쩌라는 거야!'

"당장 안내해!"

"빨리 자리로 복귀해!"

"한 번만 더 훼방 놓으면 진짜로 체포하겠다, 강성직 총장!"

"그러게 겁박하지 말고 실력 행사 해보라니까?"

총장의 말이 기가 막혔는지 봉석은 말을 멈추고 상대의 눈을 빤히 쳐다보았다.

"하…… 하하…… 하하하하하하하!"

한참을 기이하게 웃던 봉석이 돌연 웃음을 그치고 이야기했다.

"이보시오. 총장. 서울에서 멀리 떨어진 이곳에서 검사로 살아가는 것은 어떻습니까? 좀 여유가 있습니까?"

"갑자기 그게 무슨 뚱딴지같은 소리요?"

"권력의 핵심에 속해 있는 자가 바다 보이는 곳에 있으니, 마음 편하게 부산 시장이랑도 술 한잔 기울이고 형님 아우 하면서 세상의 단편적인 진리나 정의를 논하고 계셨습니까? 그런데 말입니다. 사실 대한민국은 그렇게 여유를 부릴 만한 시국이 아니지요. 지금 서울은 동북아를 둘러싼 강대국들과, 내부의 배신자들 사이에 이리저리 치이며 전쟁을 하고 있단 말이다. 1팀 진압해!"

[쿵!]

봉석이 슈트에 있던 배지를 통해 교신하자마자, K-2 소총과 방탄복으로 무장한 여덟 명의 병력이 신속히 상황실로 진입하였다. 그중 세 명은 총장에게 총열을 겨누었고, 팀장으로 보이는 자는 봉석 옆에서 권총으로 밀착 경호를 했으며, 나머지 네 명은 현장에 있던 수사관 및 검사들이 접근하지 못하도록 통제했다. 순식간에 상황이 정리되고 봉석은 여유롭게 총장을 향해 걸어가며, 팀원들에게 명령을 내렸다.

"저항이 있으면 실탄을 발포해도 좋다. 이 과정에서 사상자가 발생한다면 전부 내가 책임진다."

봉석의 품에서 수갑이 나왔고, 그것은 실제 총장의 손목에 채워졌다.

"강성직, 당신을 공무집행 방해 및 국가보안법상 심대한 안보위협자로 체포한다. 이 체포를 방해하는 자 역시 모두 동일범으로 간주하겠다. 이봐 거기. 이제 뜸 들이지 말고 취조실로 안내해."

결국 봉석이 취조실로 가려는 순간 뒤에서 총장의 말이 들렸다.

“대충 나이를 보아 하니 80년대 시절은 겪어봤을 텐데, 지금 이런 일을 하는 것에 대해 아무런 느낌이 없나? 지금 네가 하는 일이 그때와 무슨 차이가 있단 말이냐.”

봉석은 그의 말에 잠깐 발걸음을 멈추었다. 그러나 다시 발을 옮기는 데까지의 시간은 길지 않았다.

“그 시절을 겪어봤기 때문에 이렇게 하는 거요.”

한편 취조실에서 최우환 부장 검사는 담배를 뻐끔뻐끔 피고 있었다.

“끝까지 그렇게 묵비권을 행사해도 소용없어. 죄가 너무 커. 증거도 확실하고. 외화 불법 유입에 조직폭력배 결탁, 불법건축, 협박, 살인교사, 마약반입, 주가조작. 하청업체 불공정거래 등등. 최영훈이 넘긴 증거만 한 트럭이야. 거기다가 지금 네가 이렇게 되니까 그동안 네 등쌀에 못 살던 사람들이 당신 좀 처벌해 달라고 탄원서를 내고 있어. 추가 증거도 확보되고 있고. 당신을 취조하는 건 나 하나지만, 이 일을 위해 증거를 분류하고, 해당 입건에 대해 죄목을 추가하는 건 이 건물 내에 있는 부산 지방검사들이 총동원됐어. 네 빽이 대통령이 아니라 대통령 할아버지가 와도 이거 못 막아. 당신은 여기에 갖가지 죄목으로 한 달은 넘게 붙들어 놓을 수 있고. 좆 같지? 천하의 이태섭이가 말도 안 되는 일로 엮여서 이런 시골 검사놈한테 발목 잡히는 게. 그래도 이런 날도 있어야 내가 아멘이라도 외칠 수 있는 거 아니겠냐. 국민들도 대한민국 좀 가끔 외치고. 그러니까 이쯤 해서 순순히 자백해주면 안 되겠니? 네가 아무리 버텨도 널 도와줄 사람은 이제 없어.”

체포된 지 한 달째. 태섭은 여전히 아무런 반응이 없었다. 도대체 그는 무슨 생각을 하고 있는 건지 궁금했다. 이미 자신이 통제할 수 없는 세상에 살고 있는 시점에 그는 모든 사고방식을 정지한 듯했다.

'이태섭, 너의 세상이 끝난 게 그렇게 억울한가? 네가 정녕 부귀영화와 무궁한 장수를 누릴 자격이 있다고 생각하는 거야?'

순간 태섭은 마치 최 검사의 생각을 읽은 듯 천천히 고개를 들어 입을 열었다.

"당신은 내가 체포된 것이 인지상정이라고 생각하는 모양이군. 검사로 살던 당신이 대한민국의 기업인으로 살아가는 게 어떤지도 모르면서 말이야. 당신들은 그저 정부의 말이 정의인 양 곧이들으면서 우리를 부정부패만 저지르는 더러운 암세포인 양 생각해 왔다. 심지어 그건 박정현 정권 시절조차 마찬가지였지. 그런데 말이다."

"……?"

"그런데 말이야. 당신들이 악이라고 생각하는 우리들이 있어서 직업을 가지고 밥을 먹고 옷을 입으며 술을 마셨다는 생각은 왜 못 하는 건지 모르겠어. 내가 삼재그룹의 회장이라 특별히 더 나쁜가? 이 자리의 누가 왔어도 어쩔 수 없었어. 내가 한 일은 대한민국의 평범한 모든 기업인들이 하는 지극히 정상적인 일들밖에 없거든. 으흐흣. 당신은 당신이 살아가는 세계만 전부라고 생각하지? 대통령 할아버지가 와도 날 도와줄 수 없다고? 정말 그렇게 생각하고 말하는 건가? 부장검사쯤 되는 사람이 그 정도도 모르니 아직 지방검사밖에 못 하시는 거지."

"도대체 뭔 개소릴 하는 거야?"

[벌컥!]

그 순간 취조실의 문이 열리면서 봉석이 들어왔다.

'응? 취조실 문은 잠갔는데 어떻게 들어온 거지?'

"뭡니까? 당신 누구요?"

뒤에 당번 검사가 쭈뼛쭈뼛 들어오고서야 최 검사는 봉석이 잠긴 문을 어떻게 따고 들어왔는지 알아챘다. 그리고 대충 상황을 눈치챈 최 검사가 당번 검사를 째려보았다.

"야, 이 개새……!"

"그쯤 하시지요 최 검사. 긴급코드 003에 의해 이태섭과 최영훈의 신병을 국정원 대미협력실에서 확보하겠습니다."

"나에게 명령할 수 있는 사람은 오직 총장뿐입니다."

"총장이 나의 명령에 의해 승인한 사항이니 확인하시오. 나는 얼른 내 볼일을 봐야겠소."

"어허 그렇겐 안 된다니까? 총장님을 데려오시죠."

"글쎄 나중에 확인해보시라니까."

그 순간 대미협력 1팀장 취조실로 들어와 권총을 겨누며 최 검사가 다가오지 못하게 했다.

"이…… 이게 무슨……?"

"강성직 총장은 오늘부로 국정원에 체포되었으니, 명령은 여기 있는 전봉석 대미협력실장님이 내리는 것입니다. 가만히 계시지요, 최 검사님."

봉석은 이태섭을 바라보았다. 체포된 지 1주일 만에 몸은 야위었고, 눈이 혼탁해져있었다. 그러나 그의 온몸을 두르고 있던 당당함과 자신감은 여전했다. 그것이 얄미웠을까. 당연하게 봉석에게 다가가는 태섭에게 고운 말이 나오지 않았다.

"왜 이렇게 늦으셨습니까?"

"닥쳐, 이 개새끼야."

"……!"

그 말은 현장에 있던 최 검사를 포함한 모두를 놀라게 했다.

"대한민국의 안전과 이익이 아니었으면 너 따위를 위해 내가 헬기까지 타고 여기까지 오는 일은 없었어. 아니. 내가 제일 먼저 너 같은 놈을 죽였을 거다!"

'제기랄!'

타오르는 분노로 잠깐 이성을 놓고 욕을 할 뻔했던 봉석은 모든 단어들을 꿀꺽 삼키고 그저 취조실을 퇴장할 뿐이었다. 이게 무슨 꼴이란 말인가. 남들이 보기엔 자신이 천하의 매국노가 될 뿐인 상황을 언제까지 견뎌야 하는 건지 알 수 없음이 답답했다.

1팀과 함께 최영훈, 이태섭의 신병을 확보하고 다시 헬기를 타기 위해 옥상으로 올라갔다. 그런데 옥상 문이 열리지 않았다.

"이 자식들이 끝까지!"

봉석이 1팀장의 권총을 빼앗아 문고리를 쏘고 다시 문을 열기를 시도했다. 그러나 여전히 열리지 않았다. 불안했다. 이쯤 돼서 검찰 측이 이런 유치한 짓을 했을 것 같지는 않았다. 이런 상황에 여러 명이 몰려다니는 것은 좋지 않다.

"모두 여기에서 대기하도록."

봉석은 뛰다시피 당번 검사실로 향했다. 당번 검사는 봉석을 다시 보자 기겁하다시피 일어났다.

"또 무슨 일이십니까?"

"이봐. 우리 팀 말고 이 건물에 또 누군가가 들어온 흔적이 있나?"

"그런 흔적은 없었습니다."

"옥상 문이 안 열리는데 키가 있나?"

"옥상 문은 내부에서밖에 못 잠그게 되어 있습니다. 만약 안에서 못 열고 있다면 밖에서 누가 의도적으로 문을 막아놨다는 뜻입니다."

"젠장맞을!"

누군가가 이 일에 개입하고 있다는 것을 눈치챈 봉석은 국정원 부산지부에 무전교신을 통해 부산 검찰청으로 차량을 요구하는 동시에 서둘러 옥상으로 향했다.

'문이 열렸다!'

옥상문은 열려 있었다. 그리고 자신이 이끌고 온 1팀은 전부 쓰러져 있었다. 맞아서 고통에 뒹굴고 있는 것이 아니라 깔끔하게 모두 기절 상태였다. 한눈에 봐도 고수임을 알 수 있었다.

'이 정도면 CIA 2급 요원 수준이다. 나까지도 속인 건가?'

"무슨 생각을 그렇게 하시나요? 전봉석 실장님."

"누구냐!"

봉석의 눈은 날카롭고 마음은 차가워졌다. 15년 넘게 CIA와 협력하며 국내와 중국에서의 공작을 실시한 경력자답게 오히려 침착성을 유지할 수 있었다. 그의 앞에는 언뜻 보기엔 호리호리한 정장 차림의 여성 한 명이 곧게 서 있었다. 봉석의 기세에도 불구하고 여유가 넘쳤다.

"어머. 너무 무섭게 말씀하시네요, 실장님. 같이 나라밥 먹는 사람들끼리 인사라도 부드럽게 하시지요. 대통령 경호실 3팀장 황유리입니다."

"대통령 경호실 주제에 국정원의 일을 훼방 놓은 건가? 당장 이태섭과 최영훈을 내 놔라."

"그렇게는 할 수 없겠는데요?"

"그럼 너도 국가보안법에 의거해서 체포하겠……."

"더 다가오면 쏘겠습니다."

봉석은 순간 멈칫했다. 유리가 권총을 들이댔기 때문이다.

"다음에 날 본다면 반역죄로 체포될 각오해라. 이 장난이 간단하게 끝나진 않을 거다."

"아니요. 제 조치는 긴급코드 001에 의거한 겁니다. 양해해 주시지요."

"지금 그게 무슨 소리냐!"

"들으신 게 맞습니다. 001에 관한 위임장은 여기 보시는 대로입니다. 자세한 설명은 드릴 수 없으니 이만 저는 가 보겠습니다. 최영훈과 이태섭의 신병은 저희가 책임지고 안전하게 확보했으니, 상부에는 그렇게 보고해 주시지요. 전 실장님, 헬기는 잠깐 빌리겠습니다."

봉석은 멍하니 유리의 뒷모습을 보며 생각했다.

'젠장 이렇게 허무하게 임무를 날리는 것인가?'

'앞으로 당신들에게 빼앗긴 대한민국의 주권은 저와 대통령님이 하나하나 회수해나가겠습니다.'

이런 생각을 하며 유리는 여유 있게 헬기를 향해 걸어갔다. 그곳에는 이미 조종사를 포함하여 경호실 3팀 인원들과 이태섭, 최영훈이 있었다. 팀장이 다가오는 것을 보던 조종사는 조종간의 버튼을 눌렀고, 날개가 천천히 돌아가기 시작했다. 10m만 더 가면 그녀는 헬기에 올라탈 것이고, 그것은 역사에서 처음으로 대통령 경호실이 국정원을 무릎 꿇린 선례가 될 것이다.

'이것으로 조국의 운명을 건 긴 전쟁이 시작되겠구나.'

순간 유리는 발걸음을 우뚝 멈춰 섰다. 돌아보지 않아도 뒤에서 느껴지는 한기가 어떤 것을 의미하는지 느꼈다. 실전 훈련 중 수도 없이 느꼈던 살기. 그의 뒤에는 봉석이 이미 바짝 따라붙어 있었다.

유리가 먼저 뒤를 돌아 선제공격을 시도했으나, 봉석은 순식간에 뒤에서 유리의 권총을 잡은 오른팔 겨드랑이 방향으로 손을 집어넣고, 안에서 바깥으로 오른 손목을 잡아, 권총을 봉쇄하는 동시에 왼팔로 유리의 목을 잡고 반시계 방향으로 회전시켰다. 권총에 대한 주도권이 봉석에게로 간단히 넘어오는 듯했지만 유리는 회전 방향으로 몸을 통째로 돌리며, 공중으로 도약해 버렸다.

그대로 봉석의 뒤에서 모든 체중을 실어 봉석의 목을 조여 왔다.

"컥! 컥!"

봉석이 그대로 뒤로 유리를 깔고 쓰러졌지만, 그녀는 놓지 않았다. 체중이 많이 나가지 않는 그녀로서, 봉석을 제압할 기회였기 때문이었다. 봉석의 손에 점점 힘이 풀리는 듯싶었는데, 봉석은 자신의 뒤를 향해 권총을 조준하기 시작하더니 방아쇠를 당기려는 것이었다. 유리는 놀라 허겁지겁 손을 풀고 그 자리를 빠져나왔다.

[탕! 탕!]

실제로 총을 쏘는 봉석에 의해 조금이라도 늦었으면 사망할 뻔한 유리는 다시 신속하게 일어나, 정신을 차리지 못하는 봉석의 손을 걷어찼다. 동시에 권총은 그의 손을 빠져나와 멀리 튕겨졌다.

"001을 거부하실 겁니까? 반역죄는 바로 당신이 되겠군요!"

유리의 목소리는 살짝 떨림이 묻어 있었다. 상대적으로 봉석에 비해 실전 경험이 부족하다는 것을 인정할 수밖에 없었다. 정말 총을 쏘는 자라니. 이대로는 자신이 죽을 수도 있다는 것을 인지하니 긴장이 안 될 수 없었다.

"황유리 팀장. 001이든 003이든 긴급명령은 매한가지다. 진정 이 국가를 위한 길이 무엇인지는……."

봉석이 일어서면서 잠시 대답을 뜸 들였다. 옷매무새를 정리하더니 유리에게 다가갔다.

"내가 결정한다!"

그의 손과 발이 사정없이 유리에게 날아들었다. 비록 여자이기 때문에 근육량과 체중이 남자에 비해 턱없이 부족하지만, 유리는 그 나름대로의 장점과 기술이 있었다. 빠른 스텝과 몸놀림은 봉석의 육중

하고 느린 공격들을 흘려내기에 적합했다. 그러나 공격 없는 싸움은 불리하게 진행되기 마련. 유리로서는 빨리 이 상황을 벗어날 방법을 모색해야 했다. 게다가 봉석은 체중 때문에 공격이 느릴 뿐이지, 기술이 없는 것 또한 아니었다. 방어를 공격으로 대체하는 정교한 연속기는 그가 해병대 장교로 복무할 당시 수색대에서 연마하던 무적도[46]임에 분명했다.

주먹, 발, 잡고 넘어뜨리기. 회피와 방어 기술이 없이 오로지 세 종류의 공격만 반복되는 과정은 더 이상 물러남이 없어야 한다는 해병대 정신을 반영한 것이겠지만 사실 이 패턴을 파악할 수 있는 전문적인 격투가들에게는 반격의 기회가 쉽게 허용되기도 하는 기술 조합이다.

'헬기가 이륙 준비를 하고 있다! 신속하게 제압해야 한다.'

더군다나 시간의 제한을 느낀 봉석은 더욱 조급하게 상대를 밀어붙였기에, 유리는 금세 봉석의 빈틈을 발견할 수 있었다.

"실장님. 죄송하지만 실례 좀 하겠습니다!"

[슈슈슉. 파팟!]

유리의 멘트가 끝나자마자 그녀의 스텝이 순식간에 엇박자가 난무하며 손놀림이 눈으로 보이지 않을 만큼 빨라졌다. 위협적이지는 않았지만 봉석의 주먹 공격이 순식간에 차단되고, 발차기의 후속 공격이 나오기도 전에 유리의 무게가 실린 결정타가 봉석의 가슴을 강타했다.

46) 특공무술을 해병대 임무인 상륙 작전에 적합하게 구성한 해병대 고유 무술.

"크흡!"

그러나 워낙 순식간에 빠른 속도를 내는 단타수법[47]과 연계한 타격이었기 때문에, 결정타라고 해봤자 봉석에게 치명타를 내지는 않았다. 이 공격은 봉석을 제압하기 위해 싸우는 과정이었다면 오히려 지양해야 할 기술이었다. 상대에게 타격을 가할 확률은 분명 높아지지만, 체력의 소모가 큰 데 비해, 상대를 KO시키기에는 부족한 타격이기에, 지속적으로 사용하기 힘든 기술이기 때문이다. 특히 유리의 무게가 남자들에 비해 상대적으로 적게 나가는 데 반해, 봉석의 몸은 살짝 육중한 감마저 드는 자였다.

어쨌든 그녀의 기습적인 기술에 당한 봉석은 살짝 놀라 몸을 추스르며 혼잣말을 했다.

"제기랄…… 영춘? 경호실에서 사용하는 무술이 아닌데……."

봉석의 혼잣말에 유리는 피식 웃으며 여유 있게 꼿꼿이 서며 대답했다.

"아니요. 이것은 영춘[48]이 아닙니다."

"……!"

"손놀림이 빨라지면 무조건 영춘이라고들 생각하는 사람이 많은데, 애초에 중국의 남방권[49]은 손놀림을 위주로 한 무술이 많습니다. 저

47) 상대의 타격을 단절하는 방어 기술.

48) 영춘권에 관한 설화는 여러 가지가 있으나, 명나라에 가담했던 남소림사가 청나라의 공격을 받게 되고, 그때 도망친 홍희관이라는 자가 만난 엄영춘이라는 여자에게 여러 가지 무술을 전수하게 되는데, 엄영춘은 남성에 비해 가벼운 무게를 가진 여성에게 맞는 무술을 고민하다가 학이 여우를 제압하는 모습에 영감을 받아 개량하였다는 설이 가장 강력하다.

49) 1권 204페이지 주석 21 참조.

는…… 당랑권 학가문 17대 직계 제자입니다."

"당랑권? 어떤 개수작이든 다 박살을 내주……!"

"그럼 이만!"

'아차!'

봉석이 자세를 잡는 찰나 유리는 확 돌아 전력 질주로 헬기를 향해 뛰어가기 시작했다. 당연히 100m 달리기를 하면 봉석이 유리를 월등히 따라가겠지만 짧은 거리를 순식간에 달려가며 이륙하는 헬기 레펠을 붙잡는 그녀를 붙잡지 못했다.

유리는 레펠을 잡고, 몸을 손으로 끌어올려 탑승한 뒤 봉석을 바라보며 소리쳤다.

"아까 국가 긴급사항에 관한 것을 본인이 결정한다고 하셨죠? 제 앞에서는 없던 일로 하겠습니다. 하지만 부디 높은 분들 앞에서는 몸조심 하십시오!"

봉석이 그녀를 향해 뭐라고 외치려고 했지만 이미 헬기가 소리를 듣지 못할 만큼 멀어져, 황망하게 쳐다보기만 할 뿐이었다.

'황 팀장. 그건 당신과 대통령님이 앞으로 상대해야 할 진짜 실체의 무서움을 몰라서 하는 이야기다.'

봉석은 그렇게 옥상에서 멍하니 서 있다가 핸드폰을 꺼내 번호를 눌렀다.

"Hello Ericstein. It's me, Special agent Jeon. I have bad news. I'm very sorry but I'm failed this mission. This situation was very confused. I will send mail for you when I clear my think about political position in Korea.(에릭스틴. 전봉석 요원입니다. 유감이지만 이번 임무는 실패했습니다. 상황이 좀 복잡한데, 생각이 정리되면 메일로 보고하겠습니다.)"

최우환 검사는 강성직 총장에게 쉴 새 없이 쏘아대고 있는 중이었다. 누가 보면 최우환 검사가 총장이고, 강성직 총장이 부장검사인 줄 알 정도였다.

"도저히 있을 수 없는 일입니다! 그런 명령을 승인해 주셨다니 법에 대한 정의가 있기는 한 것입니까? 긴급코드라는 것은 70년대 시절 독재자가 만들어낸 구시대적 유물이라는 것을 왜 모르십니까? 어떻게 정보기관과 행정기관이 사법부를 그런 간편한 수법으로 통제하고 관여할 수 있단 말입니까! 최영훈과 이태섭이 저렇게 가면 그냥 풀려난다는 것을 진짜 모르고 허락하신 겁니까? 권력이 좋긴 좋은가 보네요. 내가 알던 그 존경스러웠던 선배가 이렇게 결정적인 순간에 비굴함을 보일 줄은 꿈에도 생각 못했습니다!"

"그만해, 그만! 도대체 나보고 어떻게 하라는 거야!"

"아니. 선배…… 어떻게 하라니요…… 그걸 저한테 묻는 겁니까? 협박 전화가 오면 배터리를 분리하고. 청탁이 들어오면 허리를 세우고. 상대가 발뺌을 하면 증거를 들이밀고. 판사가 무죄를 선고하면 항고를 하고! 세상 이치가 다 간단한 것이라며, 법과 수사의 정의를 외치시던 분이 뭐가 그렇게 어렵단 말입니까!"

"배터리를 분리하면 압수수색이 들어오고. 허리를 세우면 감사와 국회의원들이 들이닥치고, 증거를 들이밀면 처자식들이 자동차 사고가 날 뻔하고, 법과 수사의 정의를 외치다가 오늘…… 오늘! 내 머리에 총구가 겨누어졌단 말이다."

"아니. 그런……!"

강성직은 붉게 충혈된 눈으로 최우환을 한참 노려보았다. 그러나 그 눈빛은 무기력하고 슬퍼보였다. 최 검사가 그렇게 몰아붙이지 않았어도 총장은 이미 충분히 자존심이 상해 있었던 것이다. 이윽고 그의 눈에 눈물이 한 방울 흘렀다. 그러나 흐느끼진 않았다. 차마 후배 앞에서 무너지는 모습을 보여주고 싶진 않았다.

"선배……."

"그만 돌아가라. 지쳤다."

총장에게 무언가 더 이야기하려던 우환은 포기하고 문을 향해 천천히 걸음을 옮겼다. 그래. 한낱 지방 검사일 뿐이다. 그저 소주 한잔에 오늘의 일을 잊으면 그만이다. 라고 생각하며 나가기 위한 손잡이를 잡았다.

'정말 그게 끝이야? 그렇게 살면 돼? 그게 정답이야?'

마음 어딘가에서 그의 귀를 찔렀고, 그는 다시 총장에게 다가갔다.

"선배. 이 일에 김수종은 목숨을 걸었었다는 사실만 기억해 주세요."

"그 말뜻이 도대체 뭐냐? 나도 이번 일에 목숨 걸었어야 했단 뜻이냐?"

"아니요. 난 그저 한낱 깡패들도 자기들끼리 세상 살아가는 이치가 있다는 이야기를 하고 싶었습니다. 하물며 우리는 사법기관이구요."

"너 이 자식……!"

총장이 말을 이으려는 순간, 최 검사는 홀쩍 방을 나가버렸다. 그럼에도 불구하고 총장은 홀로 분에 못 이겨 빨개진 얼굴을 주체하지 못하고 어찌 할 바를 모르며 후배가 나갔던 문을 노려볼 뿐이었다. 그렇게 한참을 하릴없이 서 있다가, 분노가 가라앉으며 동시에 무기력함이 몰려와 자리에 털썩 주저앉았다.

문득 검사로 살아온 지난날들이 주마등처럼 스쳐지나갔다.

'그래…… 나도 최우환 너처럼 무릎 꿇을 새 없이 분노가 차올라 세상을 뒤덮고, 그것으로 정의를 이루려고 할 때가 있었다.'

쿠데타로 이룬 군사 독재정권 시절, 반공이라는 서슬 퍼런 이념과 안보관을 지키기 위해, 사상이 애매한 자들을 검열하고 개인의 자유를 침해하던 시기가 있었다. 정황적으로도 물질 증거로도 간첩이라고 볼 수 없는 자들을 기소하라는 명령이 있었고, 당시 부산지검의 초임 검사였던 강성직은 부장검사의 명령에 불복했다. 그 누구도 예상하지 못한 사태였고, 그는 무기한 정직을 당하고 그 사건은 다른 검사가 담당하게 되었다.

법률과 규정이 오로지 대통령의 입에서만 나오고, 성문으로 되어 있는 것들은 쓸모가 없어서, 정직 처분을 당한 자에게 나오도록 보장되어 있는 봉급조차 나오지 않았다. 무기한 정직은 정말 무기한 정직이었다. 모아놓은 재산이 있을 리 없는 성직은 법대를 다니던 시절 학비를 마련하기 위해 다녔던 인력사무소를 전전하며 노가다를 뛰기 시작했다. 가끔 그를 찾아오던 동료 검사와 부장검사들도 슬슬 발길이 끊겼다. 정권은 천년만년 유지될 듯했고, 그가 복직될 거라는 희망이 사라졌다고 생각하니 차라리 외면하는 것이 마음 편했을 것이다. 몸이 힘들고 돈이 없는 것은 견딜 수 있었지만, 찾아오는 동료들이 없어 외로움을 느끼고, 엘리트 무리에서 도태된다는 불안감은 그를 견딜 수 없게 했다.

자신은 잘한 게 아니라, 잘했다고 착각하며 잘못 산 거라는 생각이 그의 하루를 지배했다. 소주를 병째로 들이키지 않고서는 견딜 수 없었다. 두 눈 뜨고 대들었던 군부 정권의 핵심 인물을 찾아가 무릎을 꿇고 빌면 용서해주지 않을까, 하는 생각으로 쪽방 문을 나서는 순간이었다.

그때 자신을 놀란 눈으로 쳐다보고 있던 한 사람이 있었다. 그는 바로 자신이 거부했던 사건에 기소된 용의자의 변호사였다.

"여긴…… 어떻게 오셨습니까?"

그는 성직의 말에는 대꾸할 생각도 하지 못하고 입조차 다물지 못하고 한동안 방과 성직을 쳐다보았다.

"정직을 당했다는 이야기는 들었습니다만…… 이게…… 이게 진짜 정의를 추구했던 대한민국 검사의 말로란 말이요? 이건 아니지요. 동네에 올라오면서도 설마설마했습니다. 봉급도 받지 못하시는 겁니까?"

방문했던 변호사는 그날로 인권변호 대상에 성직을 포함시켰다. 만약 그의 방문이 없었다면, 정말로 성직은 모든 자존심을 팔고 누군가의 바짓가랑이를 붙잡았으리라. 설령 복직이 되었다 하더라도 평생 이익을 추구하는 모종의 힘 있는 세력의 말을 듣는 학습자로 살아갔을 것이다.

그렇게 희망의 끈을 놓지 않고 함께 투쟁하여 자그마치 10년 뒤 문민정부를 표방하는 대통령이 취임하며 복직하게 되었다. 그러나 나이가 마흔 다 돼가는 자가 이제 정직에 풀려나 평검사를 하고 있었으니 위쪽 세계로의 진출은 물 건너간 셈이라고 생각했다. 그런 생각이 오히려 그로 하여금 할 말을 하게 만들어주었다. 기업의 청탁은 얼굴까지 빨개져서 상대를 모욕하기 일쑤였다.

"너네 같은 새끼들이 박이나 전 같은 놈들보다 더한 새끼들이야! 총이 아니라 종이쪼가리로 사람 죽이는 새끼들 같으니라고."

그리고 실제로 공사판에서 일을 하며 갖은 비리를 봐 왔던 성직은 기다렸다는 듯 건설사들의 부실공사와 비리를 미친 듯이 파헤치고 다녔다. 실로 건설사 비리를 파헤치는 데는 전국에서 강성직의 성과를 능가할 자가 없었고, 삼풍백화점과 성수대교가 붕괴한 이후에는 그 필요성이 수면 위에 떠올랐으며, 그것은 대통령의 귀에까지 강성직의 실적이 대면 보고될 정도였기에, 부장검사로 진급할 수 있었다. 대기만성이요 새옹지마라고 했던가. 그는 그저 부장검사로도 눈물을 흘리며 감사했는데, 생각지도 않은 사건이 터졌다.

검사로 임관한 지 26년째인 2004년 2월 부장검사로 지내던 강성직에게 서기관이 찾아왔다.

"저…… 영감님……."

"왜 그래? 뭔데?"

"정문에서 누가 찾습니다."

"아니 찾으면 지가 안으로 들어올 것이지 씨발 누굴 오라 가라야?"

"한번…… 나가보셔야 할 것 같습니다."

"돌려보내! 삼재건설 IMF 당시 불법 M&A 수사하는 거 냄새 맡고 온 새끼들 같으니까."

"저…… 그게 아닌 것 같습니다. 한번 가보시지요."

"거 사람 참……!"

"영감님."

서기관이 워낙 평소와 같지 않게 완고하게 이야기하기에 정문으로 걸어갔다. 확실히 무언가 이상함이 느껴졌다. 정문까지 복도를 걷는 내내 아무도 없었다. 정문에는 검은 정장에 선글라스를 낀 건장한 두 남자가 성직이 오는 것을 무전을 했다. 정문의 계단을 내려가니 웬 여자가 그를 제지했다.

"안녕하십니까. 황유리 경호원입니다. 잠시 몸수색을 좀 하겠습니다."

그녀가 다가오자 성직은 강하게 그녀의 손을 쳐내며 뒤로 물러났다.

"이게 무슨 개수작이야! 나 대한민국 부장검사야. 감히 나한테 무슨 엄포를 놓으려고 이러는 거야?"

성직의 반응에 그녀는 미소를 지으며 이야기했다.

"겁주려는 의도는 아니었는데 실례했습니다. 하지만 워낙 신상에 주의를 요하시는 분을 만나시는 거라 양해 부탁드립니다. 그 어떤 청탁도 아닙니다."

그 후 그녀는 가볍게 성직의 주머니와 안주머니를 터치해 보더니 앞에 대기하고 있는 차로 안내했다. BMW 시큐리티 760li 모델의 기나긴 자동차는 확실히 안에 있는 자가 보통이 아님을 알았다.

'이 정도의 영향력을 가진 자라면 어차피 마음만 먹으면 언제든지 날 협박하고 죽일 수 있는 자겠지. 정면승부를 보는 게 나을 거다. 다시는 회유를 꿈도 못 꾸게 해 주마.'

자동차에 올라타고, 성직은 맞은편에 앉아 있는 자가 도대체 누구인가 유심히 살펴보았다. 그리고 자신이 큰 실수를 했음을 깨달았다.

"아…… 아……."

"하하하하하! 사람 참 무얼 그리 놀라십니까? 오랜만입니다. 우리가 15년 전인가 처음 선생님 집에서 만났을 때. 그때 제가 바로 선생님 표정을 지었었는데요."

"대통령님……."

그랬다. 앞에 있는 자는 그해 취임한 16대 대통령이자, 그의 복직을 위해 인권변호를 해주었던 노후연 변호사였던 것이다.

"사실 우리 경호팀장님께서 청탁하려는 게 아니라고 이야기했지만…… 음…… 사실 내가 아주 어려운 부탁이 있어서 모시려고 거짓말을 했습니다."

"아니…… 대통령님. 그게 무슨 말씀이신지……."

너무 당황했다. 대통령이 청탁을 할 정도면 도대체 어떤 규모의 일을 시킬지 알 수가 없었다. 또한 얼마나 부패가 뿌리 깊게 박힌 사회란 말인가? 심지어 정의를 위해 약자의 편에 서서 변호를 도맡았던 자가 아닌가.

"부산지검의 검찰총장을 맡아주십시오. 당신 같은 사람이 검사를 이끌어야만 부산의 부정부패가 뿌리 뽑힐 수 있고, 부산이 개혁되어야 대한민국의 정치 미래가 밝아집니다."

"대한민국의 미래……?"

"네. 대한민국의 미래 말입니다. 헌법 제1조 1항을 바로 세워봅시다. 우리 함께 말입니다."

"좋습니다. 대통령님. 대신 한 가지 조건이 있습니다."

"그게 무엇입니까?"

"검찰총장이 되고 내가 조금이라도 부패한 기미가 보이거나, 낡은 사고방식으로 내 후배들을 탄압하고 있다면 절 해고해 주십시오."

"내가 기꺼이. 그 약속을 하겠습니다. 그리고 그 약속이 있더라도 내가 당신을 해고할 일은 없을 거라는 것도 믿습니다!"

강성직 총장은 눈을 떴다. 시계를 보니 벌써 자정이었다. 주위는 온통 캄캄했다. 자꾸 전직 대통령과의 이야기에서 마지막 말이 맴돌았다. 자신이 변하면 친히 해고시켜달라고 했던 그 약속. 그는 자신이 검찰총장으로서 존재해야 할 이유를 잠시 잊고 있었음을 깨달았다. 품을 뒤적거려 핸드폰을 꺼내 누군가에게 전화를 걸었다.

"늦은 밤 죄송합니다. 오랜만이지요? 아 네. 별일은 아니고 상의를 좀 드릴 게 있습니다. 사실은 조금 급한 건데 점심시간에라도 찾아뵙지요."

4

보이지 않는 반격

에릭스틴은 CIA의 워싱턴 본부에 도착하자마자 서둘러 국장실로 향했다. 국장의 비서는 그가 다가오자 일어서며 '국장님이 매우 화가 났으니 말을 조심하시는 게 좋을 것'이라고 조언을 해주었다. 에릭스틴은 고개를 끄덕이며 문을 열고 들어갔다.

헬름스는 무표정한 얼굴로 한쪽 팔은 팔짱을 낀 상태에서 한손으로는 입을 가리고 무언가 골똘히 생각하는 듯했다.

"국장님."

"어서 오시오, 박사. 마침 당신의 보고를 기다리려던 참이었습니다. 물론 나에게 이야기하는 사람은 당신이 유일하지 않다는 것을 염두에 두고 말씀하시라고 이야기해드리고 싶군요."

보고를 하려던 에릭스틴은 헬름스의 말에 잠깐 멈칫하고 그를 쳐다보았다. 뱀의 눈이었다. 자신이 신뢰하는 자들에게는 무한한 자비를 베풀지만, 한번 의심하기 시작한 자들은 무슨 수를 써서라도 꼬투리를 잡고 만다는 소문은 익히 알고 있었지만 이렇게 태도가 돌변할 줄은 몰라 살짝 당황했다.

"어서 말씀을 하세요."

"아, 예. 양선목이 CIA 실제 본부에 쳐들어와서 BICC에 관한 자료를 몽땅 백업해 갔습니다. 현장에 배후세력이 있었는데, 대중국 보안 수행실장 챈이 사망하고, 헬기를 이용해 도망가다가 헬기는 격추당했습니다. 사망한 것으로 판단됩니다."

"사망했다고요? 시신을 찾으세요."

"미시시피 강 한가운데에서 스텔스기로 격추시켰습니다. 미사일 기종이 스커드 U-32모델입니다. 그런 화력에 살아남았다는 것 자체가 기적이고, 살아남았다고 하더라도 바다만큼 넓은 미시시피 강에서 자유로울 순 없습니다."

"그러니까 사망했으면 시신을 가져 오란 말입니다!"

"국장님, 이 일에 왜 이렇게 예민하게 반응하십니까? 우리는 그동안 BICC에 대해서는 숱하게 많은 위험을 겪어오지 않았습니까?"

"만에 하나 양선목이 살아 있고, BICC 자료를 그대로 가지고 있다면, 미국과 조직의 운명은 땅을 기게 될 것입니다. 게다가 한국에서 그는 정치적 영향력을 전혀 발휘하지 않던 인물인데, 그를 도와준 세력이 있다는 것이 불안합니다."

"챈이 사망한 것을 보면 이것을 이용하려는 중국 공산당 세력들일 것입니다. 하지만 중국 공산당 세력은 이 정보를 공표한다 해도 영향력을 발휘하지 못할 것을 알잖습니까?"

"박사는 연구만 해왔지 아직 정치에 대해서는 잘 모르시는 것 같습니다. 중국의 국가안전부[50]나 정법위원회[51]는 그렇게 대놓고 자신을 드러내지 않습니다. 그런 짓을 해서 표적이 되는 것이 챈을 제거하는 것보다 훨씬 손해라는 것을 알기 때문이죠. 게다가 현재 한국에서는 최영훈과 이태섭이 체포됐습니다. 양선목을 제거할 두 개의 체스말이 그렇게 된 것이 우연의 일치라고 보십니까? 한국 정부가 수상한 조짐을 보이고 있습니다."

"이태섭이 실각한 것이 정부의 의도라는 말씀이십니까?"

"정부의 의도인지는 잘 모르겠지만 정치계와 재계에서 슬슬 그의 영향력을 탈피하려는 세력들이 활동을 하고 있다고 보면 될 것 같습니다."

"다른 인물로 공작을 하시지요. 그것도 여러 번 반복된 역사지 않습니까?"

"그것은 당연한 이야기입니다. 이미 한번 힘을 잃은 사람은 복권이 불가능하니까요. 다만 그들은 양선목과 직접 관계된 자들인 동시에, 삼재그룹의 공작에 관한 산 증인입니다. 그런 자들을 대통령 경호실에서 압송해 갔습니다."

"그것은 대한민국 정부가 CIA의 공작을 눈치채고 반격을 하겠다는 이야기가 아닙니까?"

---

50) 해외를 대상으로 한 첩보 수집이나 공작 활동을 수행하는 정보기관.

51) 정식 명칭은 당 중앙 정법위원회로 중국 공산당의 모든 정치, 외교에 관한 정보를 통괄하여 수집하며 정보기관을 지휘한다.

"속단하기는 이릅니다. 그들은 아직 그런 것까지는 모르고 부패한 재계를 개혁하고 그 꼬리를 붙잡아 물고 늘어진 정치숙적을 제거하는 데 쓰려고 할 뿐일 수도 있으니까요. 그래서 우리는 일단 예의주시하고 국정원으로 하여금 신속히 그들의 신병을 확보하게 할 것입니다."

어두컴컴한 지하에는 몇몇 동양인들이 서로 이야기를 하거나 총기류를 손질하거나 컴퓨터를 하고 있었다. 한가롭게 누워서 음악을 듣는 자도 있었다. 그리고 조금 더 지나가서 한쪽 구석에 마련되어 있는 방 안에는 최첨단 의류 장비들이 어울리지 않게 누군가를 중심으로 배치되어 있었다. 그리고 그 자를 지켜보는 또 한 명의 사람. 그는 바로 나카타 요원이었다. 의사 가운을 입은 자가 그를 향해 오더니 '상태가 양호하고 곧 정신이 돌아올 것'이라는 이야기를 했다.

나카타가 지켜보는 자는 바로 양선목이었다. 여기까지 성공하리라고는 팀장인 본인도 생각하지 못한 일이었다. 아무리 정교한 계획이라도 공작에는 수많은 변수들이 현장에서 생긴다. 더군다나 보안과 정보기술이 자국보다 뛰어난 국가에서는 더욱 그렇다. 그래서 열 개의 공작을 실시하면 여덟 개는 실패하여, 공작에 참여한 현장 요원들이 전멸하고, 한 개는 치명적인 손실을 입게 되며 나머지 한 개의 공작만 성공하게 된다. 더군다나 이 공작은 미국을 외교적으로 압박하여 동북아시아에 대한 영향력을 완화시킬 수 있는 중요한 프로젝트였다. 그러나 나카타의 표정은 변화가 없었다. 실제 그의 마음도 긴장감이 흐르긴 마찬가지였다. 문득 그의 스승이 버릇처럼 하던 말이 떠올랐다.

'감개무량할 때가 가장 위기다.'

"여긴 어딥니까? 저는 어떻게 이곳에 오게 된 거죠?"

고개를 돌려 보니 선목이 깨어 있었다. 몽롱한 상태가 아니라 멀쩡히 서 있는 걸 보니, 주위를 경계하며 눈을 감고 있었던 것이 분명했다. 나카타가 이런저런 생각을 하는 사이에 선목이 나카타의 바로 앞에 바짝 다가서며 물었다.

"어떻게 된 거냐고 묻질 않습니까?"

나카타는 그런 선목을 묵묵히 바라볼 뿐 쉽게 입을 열지 않았다.

'실력을 알 수 없는 자다. 입구는 이곳을 빠져나가고 30m 후방에 위치해 있다. 그리고 총 일곱 명으로 구성된 팀…….'

선목이 이리저리 눈치를 보며 정보를 파악하는 순간 나카타 또한 입을 열었다.

"우리는 당신의 신병을 안전하게 확보하기 위한 작전을 위해 3년에 걸쳐 이곳에 침투해 있었습니다."

"나의 신병을 확보한다고요?"

"우리는 당신이 BICC 프로젝트에 관한 자료를 찾아내기 위해 CIA의 숨겨진 본부인 하이드에 찾아올 거란 정보를 입수했습니다. 그리고 동시에 그 작전이 실패할 것이라는 사실 또한 시뮬레이션으로 알아냈죠. 일본 관료를 동반한 기관의 장시간 회의 끝에 우리는 당신을 돕기로 결정했고, 하이드에 침투해 있던 모든 요원을 동원했습니다. 플러스 알파로 당신을 전담하던 팀을 외부 침투시킨 뒤, 이곳에 아지트를 만들었죠. 우리는 3년에 걸쳐 돈을 여러 계좌로 돌려 소액으로 송금한 뒤, 현금으로 전환한 뒤 합쳤고, 필요한 장비의 부품을 나사 하나 수준의 분해로 들여왔지요. 그렇게 한 뒤, 당신을 탈출시켰을 때의 시간과 방향을 계산하여 스텔스기가 격추시켰을 경우 사람이 자유낙하 하는 지점을 10계단 좌표[52]로 지정한 뒤, 그곳에 잠수부를 대기시켜 나와 당신을 구출했죠."

"아니 도대체 왜? 당신들이 도대체 누군데 그러는 겁니까?"

"나는 일본 방위성 정보본부[53] 소속 나카타라고 합니다."

"일본 소속이군. 일본에서 이런 일을 하는 이유가 뭐요?"

나카타는 그 말에 다시 입을 다물고, 한참 뜸을 들였다. 이제 정면 승부를 해야 할 때가 되었다. 공작 중 가장 힘든 과정은 죽음을 가르는 총격전이나 하수구를 기어야 할 때가 아니다. 그런 것은 그저 정해진 몇 초 동안 육체에 가해지는 고통을 견디기만 하면 성공할 수 있다는 보장이라도 있다. 그러나 이해관계가 엇갈리는 상대에 대한 설득은 그렇지 않다. 만약 양선목에게 본인의 설득이 통하지 않으면 이 일에 희생된 여덟 명의 목숨, 그리고 천문학적 비용이 소요된 국가 자원의 투입이 모조리 허사가 된다. 나카타는 심호흡을 한번 하고

52) 군사지도상에 나타나 있는 가로세로 1km 단위의 격자를 10개 단위로 등분하여 위치를 표시한다. 실제 지형 상에는 오차가 10m 내외로 나타난다.

53) DIH라는 약자를 사용한다. 대외적으로는 일본 자위대가 필요로 하는 전략정보를 신호, 기술적으로만 수집하는 기관이지만 비밀리에 인간 정보에도 관여한다.

선목의 눈을 바라보았다. 이 세계의 진리를 꿰뚫는다는 천재의 눈이라기에는 너무나 평범하고 투명했다.

"양선목 군, 나는 지금부터 당신에게 우리가 알고 있고, 믿고 있는 이야기 하나를 해줄 겁니다. 부탁이니 적어도 지금은 다른 계산을 하지 말고 끝까지 경청해주시고 편견 없이 마음을 열고 생각해 주십시오."

"말씀해 보세요. 판단은 제가 합니다."

"당신은 그 눈에 비치는 세상이 진짜라고 생각합니까?"

"그게 무슨 말입니까?"

선목은 나카타의 말에 대해 의아하게 생각했다. 그러나 동시에 어렸을 때 봤던 성수대교의 미세한 차이로 붕괴할 것을 예측했던 것이 기억났다. 겉보기에는 튼튼하고 이상이 없었던 성수대교의 진동의 정도와 지지대의 균열 상태, 각도 등 종합적인 분석과정이 선목의 뇌에 심어졌기 때문에 알 수 있는 세계였지 않은가.

"이 세상은 치밀하게 계획된 세력에 의해 우연 하나 없이 모든 것이 조작된 세상입니다. 단지 그 진짜 흐름을 보기 위해서는 수많은 사유 과정을 거쳐야 하기에, 대부분의 사람들은 현상만을 바라보게 되는 것이지요. 그리고 그 현상만을 바라보며 사는 사람들을 설계자들이 조정하여 세계를 자신의 신념대로 만들고자 하는 세력들이 수도 없이 많습니다."

"미국의 CIA처럼 말입니까?"

선목의 말에 나카타는 웃으며 고개를 설레설레 저었다.

"CIA는 그들에게 장기 말 중 하나일 뿐입니다. 그들을 배후에서 조종하는 세력을 스스로들은 '조직'이라 부르더군요."

"조직?"

"그렇습니다. 이야기는 제국주의 시절로 거슬러 올라갑니다. 특히 한국인인 당신의 정서에는 조금 반할 수 있는 이야기이지만 끝까지 들어주십시오. 19세기 말에 접어들어서 일본은 페리호 사건[54]을 겪고 엄청난 충격에 휩싸였습니다. 막부 세력은 쇠퇴하고 황제 세력이 주도권을 잡기 시작하며 메이지유신을 단행했지요. 그리고 1차 세계대전을 전후하여 천황은 엄청난 비밀을 알아내게 되었습니다. 어떤 이유인지는 모르겠지만 유럽에서 부르는 대항해시대부터, 아니 어쩌면 그 훨씬 오래전인 태곳적부터 유대인[55]을 주축으로 이 세계를 뒤에서 조종하려는 세력이 있다는 것을 눈치챈 것입니다. 물론 유럽의 제국주의와 식민주의 등은 물질과 새로운 자원 개척에 대한 인간의 욕망이 만들어낸 것이겠지만, 그 욕망을 더욱 타오르게 기름 붓고, 방향을 제시해 주는 자들이 있다는 이야기지요. 그들은 유럽에서 나아가 전 세계를 자신들의 영향력 아래에 두기를 원했습니다. 심지어 청나라라는 대국을 굴복시키고 근대화를 추진하며 자원을 수탈하기도 했지요. 일본은 위기감을 느꼈습니다. 그들과 동화된다는 것은 일본뿐 아니라 한·중·일을 주축으로 한 동아시아의 뿌리 깊은 문화가

54) 미국의 페리 총독이 군함을 이끌고 온 사건. 이것을 계기로 미국은 미일 수호통상조약이라는 불평등 조약을 맺었으며, 메이지유신의 시발점이 되었다.

55) 보통 헤브라이인, 이스라엘인이라고도 불리며 유대교를 믿는 자들을 지칭한다. 전 세계에 퍼져 있으며, 이스라엘인이 아닌 경우도 많기 때문에 민족으로 규정할 수는 없다.

말살된다는 것을 의미했으니까요. 일본은 서둘러 이 같은 사실들에 대해 중국과 한국에 알리고 대응책을 마련하고자 외교적 노력을 시작했습니다. 그러나 두 나라는 묵묵부답이었죠. 당연한 결과였습니다. 세계의 정세를 직시하지도 못했을 뿐더러, 그들은 일본과 같은 봉건체제나 막부체제가 아니라 왕을 위시한 귀족과 기득권 세력들이 너무나 많았기 때문에 함부로 체제를 바꿀 생각을 하지 못한 듯 했습니다. 게다가 그들은 일본의 말은 듣지를 않았죠. 천황은 이에 대해 두 가지의 중대한 결단을 내려야만 했습니다. 바로 메이지유신과 제국주의의 표방이었습니다. 모순적이게도 유럽의 기술과 정치체제를 받아들임으로써, 아시아의 문화와 가치를 지키자는 생각을 한 것이지요. 일본은 이에 대해 선제적으로 러시아의 남하를 저지하고, 유럽의 동방 진출을 견제할 수 있는 외교 및 국방력이 필요했습니다. 그러기 위해서는 동의를 하든, 안하든 한국과 중국의 연합이 필요했습니다. 그래서……."

나카타는 잠깐 말을 끊고 뜸을 들였다. 선목이 이 대목을 어떻게 받아들일지에 따라 승부가 결정 나기 때문이었다.

[꿀꺽!]

아무리 나카타라고 해도 긴장이 되는지 침을 삼키는 소리가 났다.

"그래서 일본은 한국과 중국 및 동남아시아 국가를 병합하기 위한 계획을 세우고, 실행에 옮겼습니다. 이 과정에서 대항하는 세력은 모조리 척살했지요. 일본 혼자만의 힘으로 서양 세력의 침입을 막기엔 역부족이었으니까요. 최종적으로는 3국의 정치체제를 완벽하게 합치시켜서 국가를 초월한 지역 단위의 대항권을 가질 계획이었던 것입니다. 적어도 천황으로서는 그것이 전 세계의 단일화보다는 낫다고 판단했고, 3국 중 누군가는 그 일을 해야 했으니까요. 어디까지나 제 추측이지만 아마 한국이나 중국 중 어느 하나라도 같은 생각을 하며, 일본보다 힘의 우위가 있는 국가가 당시에 있었다면 천황은 그대로 따랐을지도 모릅니다. 어쨌든 결과는 아시다시피 일제가 주도를 잡게 되었죠. 그러던 중 절호의 기회가 찾아왔습니다. 독일의 나치당이 유대인이 결성한 '조직'에 의해 금융, 경제를 포함한 세계의 자원이 농락당하는 것을 좌시하지 않고 그들을 대대적으로 숙청하기 시작한 것입니다. 게르만 민족이 조직에 의해 문화적으로 말살당할 위기에 봉착했다는 것을 눈치챈 것이지요. 실제로 당시 독일 금융과 채무의 90%를 유대인들이 장악했으니까요. 우리는 그들과 손을 잡았고, '조직'은 나치당의 핍박을 피해서 미국으로 건너갔습니다. 그곳에서 그들은 본격적으로 전쟁을 조장하고, 유럽에 군수물자를 납품하는 군산복합체를 설립하여 빠르게 돈을 끌어 모으기 시작했죠. 또한 그 막대한 재원을 바탕으로 석탄, 석유, 금 같은 세계의 지하자원들을 확보하고요. 일본과 독일은 그러한 미국을 겨냥하여 전쟁을 선포하려고 했으나, 자원이 부족했습니다. 때문에 독일의 입장에서는 유럽을, 일본의 입장에서는 러시아를 흡수하기 위해 과거의 잔재에 빠져 있던 무능한 유럽의 제국주의 국가들에게 전쟁을 일으키기 시작했고, 2차 세계대전이 시작된 것입니다. 이게 보편적인 대중들이 현상적으로 인식하는 역사가 아닌, 우리들이 믿고 있는 진짜 역사입니다. 일본의 제국주의라는 것은 이렇게 시작된 것이고, 당신들이 알고 있는 이토 히로부미는 그 제국주의자 중에서도 사실은 굉장한 평화주의자였죠. 외교와 내정을 통해 끈질기게 한국과 중국을 설득하면 합일화를 이끌어낼 수 있다고 믿었으니까요. 어찌 보면 안중근은 오히려 제국주의자들 중 온건주의자를 제거함으로써 내부의 강경파들을 더 강성하게 만들어주는 꼴이 된 것입니다. 그대들이 그렇게 반발하는 신사참배는 사실 그러한 '강제적 세계화'를 추구하는 조직에 대항하는 의미로 하는 것이지, 단지 일본 자국의 수구세력의 단결과 식민주의를 옹호하는 의미가 아니기도 하구요. 세계는 이후로 지금도 계속 전쟁중입니다. 일본은 80~90년도에 다시 전성기를 되찾아 조직에 대항하려 했으나 CIA는 이를 그냥 두지 않았지요. 1차로 일본의 엔화를 조작하고 부동산 거품을 일거에 폭락시켜 경제를 붕괴시키고, 2차로 한국의 IMF 사태를 일으켜 확인 사살을 했습니다. 러시아와 일본에 있었던 원전 사고가 정말 기술의 부족이나 국가 안전의 문제였다고 생각합니까? 원자력을 통제한다는 것은 알 만한 사람들은 잘 알지만 우리 정도로 고도화된 기술을 가진 사람들은 매우 간단하고 안전하다는 것을 알고 있습니다. 그러한 실수는 나오지 않습니다. 원자력의 가장 큰 문제는 오히려 다른 데 있지요. 바로 미국을 위협할 만한 에너지 강국을 만들 수 있다는 것입니다. 일본은 한동안 참담한 심정으로 살아갔습니다. 걸핏하면 그들은 일본의 배를 침몰시키고, 지하철에 테러를 일삼으며, 자국 내에 사이비 종교를 만들어 내정을 불안하게 만들고, 정치를 분열시켰지요. 그러던 중 우리에게 반격의 기회가

왔습니다. CIA 내부에 침투해 있던 요원 중 한 명이 BICC 프로젝트에 대해 보고를 한 것입니다. 독일의 조세프 맹겔레[56]의 실험과, 자국의 731부대 실험을 토대로 친미적 성향의 천재를 만들어 외교적 통제의 수단으로 삼으려는 장기적 프로젝트였습니다. 거기에는 이미 실험 단계에서 진행한 수많은 사람들이 피실험자로 포함되어 있었습니다. 그런데 여기에 변수가 발생했죠. 유럽과 남미, 아랍 등지에 퍼진 실험체들은 전형적으로 이공계와 정치 역량에 소양을 보이며 친미적 성향을 타고난 자들인 반면, 아프리카, 인도나 아시아 등지에 퍼져나간 자들은 경영보다는 철학을, 정치보다 윤리적 소질에 뛰어난 성장을 보였죠. 당신처럼 말입니다. 아마 경제적 여건이 어렵고, 정치적으로 불안정성을 보이는 국가에서 성장한 경험이 그들을 그렇게 만든 것 같습니다만 정확한 원인은 저희도 파악할 수 없었습니다. 그렇게 탄생한 대표적인 인물이 넬슨 만델라나 마더 테레사 수녀 같은 사람들이지요. CIA는 적잖이 당황했고, BICC를 신속히 폐기하기 시작했습니다. 당신도 포함해서 말입니다. 프로젝트를 진행시키는 것이 아니라 폐기하는 단계에서 자료의 관리는 허술해질 수밖에 없었고, 우리는 이 틈을 파고들어 기밀을 확보하여 미국이 더 이상 일본 내에서 공작 활동을 할 수 없도록 압박하고, 온전히 독립된 상태에서 일본의 경제와 외교를 부활시키는 것. 그리고 거기에서 더 나아가 다시 한 번 한·중·일을 외교적으로 결합시켜 조직에게 대등하게 대항하

56) 유대인 수용소에서 의사 가운을 입고 수용자들을 친절하게 대해주었지만 각종 잔인한 생체 실험을 일삼은 자로, 죽음의 천사라는 별명이 붙여진 자.

는 것. 그것이 우리의 임무가 된 것입니다. 그리하여 나는 당신이 이 보이지 않는 전쟁에서 우리와 함께 CIA와 조직에 대항해 주었으면 좋겠습니다. 중국은 공산당 세력만을 고집하고 있고, 한국은 미국에 대항하여 공작을 펼치기엔 역부족입니다. 당신은 기억이 제대로 나지 않겠지만 폐기 과정상 BIG5를 맞고 평생 정상적인 삶을 살아가지 못했을 수도 있었습니다. 그때 당신에게 대항제를 투여해서 적당한 수준의 지능으로 조절한 것이 바로 저였습니다. 이 세계에 영원한 적과 영원한 아군은 없습니다. 과거의 감정을 잊고 국가를 초월한 역사관으로 우리의 미래를 그려나가야 할 때입니다. 어떻습니까?"

나카타의 예상과 달리 선목은 차분하게 그의 이야기를 끝까지 들었다. 그리고 중간중간 고개를 끄덕이기도 했다. 한국인이 들었을 경우엔 꽤 충격적인 이야기일 수도 있는 것을 감정 없이 이성적으로 받아들인 것이다. 나카타는 성공이 임박했음을 확신했다.

"싫습니다."

"뭐라구요?"

선목의 입에서 나온 대답은 나카타를 적잖이 당황시켰다. 심지어 선목은 표정의 변화 없이, 생각해보는 기색도 없이 거절한 것이다.

"나카타 씨, 나는 천재입니다. 또 이 프로젝트의 희생양이기도 하구요. 당신이 얘기한 세상의 진짜 흐름과 모습 정도는 판단할 수 있습니다. 또한 당신의 이야기가 거짓이 아닐 수도 있겠지요. 그러나 나는 설령 그게 사실이라고 해도 일본이 과거에 했던 행위들이 정당하다고 판단할 수 없습니다."

"그 이유가 뭡니까? 그렇다면 당신은 이 세계가 획일화되고, 진정한 자유를 박탈당한 채, 숨겨진 세력에 의해 경제가 좌지우지되고, 자원이 의도적으로 분배되며 심지어 그 과정에 군사력과 외교력이 농락당하고 전쟁이 끊이지 않아도 좋다고 생각하는 겁니까?"

나카타의 표정과 태도는 진정성이 있었다. 선목은 그가 거짓말을 하는 것이 아니라 실제 그의 신념과 분노를 표출하고 있음을 느꼈다. 그러나 다시금 웃으며 고개를 저었다.

"아니요. 그렇지 않습니다. 그 조직이라는 세력에 대해 저 또한 반대하고 대항해야 한다고 생각합니다. 그런데 말입니다. 나카타. 당신과 당신의 기관, 그리고 과거 일본의 천황들은 크게 잘못 생각하고 있는 것이 있습니다."

"그게 도대체 뭡니까?"

"믿음입니다. 믿음을 빠뜨렸고, 그것 때문에 인간의 윤리를 저버렸으며 비극을 만들어낸 것입니다."

"믿음이라니요?"

"내가 아닌 다른 사람 또한 나와 같을 것이라는 믿음. 나 말고 다른 사람과 협력해서도 얼마든지 이 세계의 올바른 흐름을 유추해낼 수 있다는 믿음. 무력을 사용하지 않아도 함께 연대하여 얼마든지 조직에 대항해낼 수 있다는 믿음. 당신이 세계화에 반대하는 만큼 다른 이들도 얼마든지 스스로 사유하고 그것을 거부할 힘이 있다는 믿음. 그것이 없었기에 일본의 제국주의가 탄생했고, 그들은 한국과 중국의 동의 없이 그 지역의 자원을 사용하고 정치체제를 강제로 병합하려 한 것이지요. 그리고 그 과정에 엄청난 폭력이 사용되었고요. 이토 히로부미를 이야기했지요? 그런 의미에서 이토 히로부미를 죽인 안중근은 제국주의 강경파를 도와준 결과를 낳았다고 했지만 저는 전혀 다르게 생각합니다. 안중근 또한 서양 세력의 진출을 누구보다 반대한 자였고, 오히려 일본과 중국의 연대를 지지하는 자였습니다. 그러나 그와 조선 총독부의 입장이 극명하게 갈린 것은 바로 그것. 인간의 자율성을 존중해주고 그것에 대한 올바른 결과를 믿는 것입니다. 그것이 없이 강제적으로 지역 단위의 문화권을 함부로 통합하려 했다면 그것은 결국 세계를 조작하려는 조직과 다를 바가 없게 되는 것입니다."

선목의 말에 나카타가 발끈하며 이야기했다.

"믿음이라니 이 세계를 아직도 너무 순진하고 선량하게 생각하시는군요, 양선목 군. 정말로 우리의 투쟁이 몇몇 깨어 있는 자들과 믿음을 기반으로 한 타국의 설득으로 성공할 것 같습니까? 이건 엄연히 전쟁입니다! 적재적소에 자원을 배치하고, 하루 만에 텔 아비브로 날아가 공작을 하라면 전투기에서라도 뛰어내려야 하며, 우리가 원하는 국민들의 반응과 외교를 이끌어내려면 언론이라도 당장 조작해야 할 판에 무슨 믿음이란 말입니까? 알고 있습니다. 과거에 우리가 끔찍한 짓을 저지른 것은 어떤 명분으로도 변명이 되지 않는다는 것을요. 하지만 이미 그렇게 엎질러졌다면 당장 끝을 보는 것이 적어도 그 희생자들을 기리고 무의미하지 않게 만드는 일이 아닙니까?"

"그래서요?"

"그래서라니요!"

나카타는 흥분해서 소리를 질렀다. 선목은 나카타의 어깨에 손을 올리며 이야기했다.

"나카타, 당신의 말이 맞는다고 칩시다. 그렇게 정치와 선동, 공작과 협박으로 조직을 몰아내고 이 세계의 평화를 찾아낸 다음에는요?"

"그 다음이라니요. 목적을 달성했다면 그것이 끝 아닙니까?"

"아니요. 그 다음에는 다시는 그러한 세력이 나타나지 않도록 주도권을 잡은 당신네 기관에서 세계를 강압적으로 통제하려 들겠지요. 만에 하나 통제하려 들지 않는다 하더라도, 세계 각국의 정보기관은 당신들의 힘을 두려워하게 될 겁니다. 당신들이 조직에 대항하고 있는 것처럼 똑같은 절차를 밟게 되겠지요. 그들 또한 사람들을 믿지 못할 테니까요! 그렇게 끊이지 않는 전쟁이 반복되는 시스템이라는 걸 똑똑하신 분이 정말 모르셨단 말입니까?"

"하아……."

나카타는 한숨과 함께 고개를 떨구었다. 그는 느낄 수 있었다.

'이 작전은 실패했다.'

나카타의 생각은 거기에서 그치지 않았다.

'양선목의 말이 맞을 수도 있다.'

선목이 맥이 풀린 나카타를 지나 자신을 진료했던 의료실을 나가려 하는 순간이었다. 그의 앞에는 어느새 일곱 명의 팀원들이 둘러싸고 있었다. 총을 겨누고 있진 않았지만 아까와 달리 그들은 권총이 장착된 홀스터를 입은 상태였다. 그중 한 명이 나카타의 눈치를 보며 선목에게 이야기했다.

"어딜 가시려는 겁니까?"

선목은 나카타를 돌아보며 이야기했다.

"이게 당신이 이야기하는 숨겨진 세계사에 관한 이야기입니까?"

그의 말에 나카타는 대답하지 않았다. 표정을 알 수 없으니 팀원들 또한 함부로 행동하지 않았다. 선목은 담담히 주위를 둘러보았다. 밀폐되어 있지 않은 넓은 공간이었다.

'일곱 명이지만 한명은 사격을 해 본 적이 없는 자다. 저 자가 나를 진료한 자로군. 사격의 범위는 x, y, z면 어느 곳이든 180° 전 범위가 가능하다. 각도를 줄여야 한다. 각도를 줄일 수 있는 시간은 저들 중 가장 빠른 자가 총을 뽑아들고 조준하는 2.6초에 인질로 시간을 끌 수 있는 8초를 더하면 약 11초. 전력 질주를 해서 사격 범위에 벗어나기 위해 필요한 시간이 9초. 간당간당하지만 불가능한 것은 아니다.'

그러나 누구도 선뜻 움직이지 않았다. 나카타 일행들은 선목의 의사가 어떻든 선목을 죽여서는 이번 작전이 의미가 없었기 때문이며, 선목의 입장에선 이미 자신을 경계하고 있는 일곱 명의 인원을 감당할 자신이 없었다. 물론 선목 또한 그들이 자신을 죽이지 못할 것이라는 것은 알고 있었지만 어떠한 변수가 있을지 몰랐다. 천재라고 해서 총과 죽음이 두렵지 않은 것은 아니다. 긴장감이 최고조로 달했다. 선목이 차라리 지금 선제를 잡는 것이 낫다고 판단하여 스텝을 옮기는 순간이었다.

[삐빅. 치이이익!]

나카타가 들고 있던 직통 무전기를 통해 신호가 울렸다. 고개를 돌리고 있던 나카타는 그대로 무전기를 들어 수신을 기다렸고 모두 그것에 집중했다.

같은 시각 일본 교토의 DIH 본부에서 마쯔오 국장은 초조하게 나카타 요원의 무전을 기다리고 있었다. 양선목의 신병을 성공적으로 빼돌렸으며 나카타와 양선목 둘 다 무사하다는 보고를 받고, 바로 오늘 나카타가 양선목을 설득하여 본토 귀국 작전을 시작하는 날이었기 때문이다. 참지 못하고 무전을 먼저 해 보려던 마쯔오의 방에 누군가 노크를 하고 들어왔다. 그의 비서였다.

"국장님! 브누코프 러시아 주한 대사가 국장님을 뵙고자 합니다."

그의 말을 듣는 순간 마쯔오에게는 불길함이 엄습해왔다. 너무나 시의적절하게, 그것도 러시아의 주일 대사도 아닌 주한 대사가 왜 일본의 정보기관에 예고도 없이 방문한단 말인가?

"이게 무슨 경우 없는 짓인지 모르겠구만. 우리가 비록 정식 군대가 아닌 패전국 조약으로서 설립한 자위대의 정보기관이긴 하지만 엄연히 자국과 관련된 정보를 집약하고 분석하는 기관이다. 아무리 대사라고 해도 다른 국가에 주재하는 사람이다. 상부의 허가 없이 함부로 들일 수 없을뿐더러 예고도 하지 않고 오다니. 돌려보내게."

"그게…… 일본 외교부장관의 직인이 찍힌 특별 서신을 가지고 있습니다. 직접 확인해봤는데, 당국의 중대한 외교 및 안보 이익이 달린 사항이므로 웬만하면 접견하라고 적혀 있었습니다."

"젠장, 이 타이밍에!"

"이 타이밍이기 때문에 다행이라고 생각하십시오. 만약 내가 한발 늦게 왔다면 당신들은 돌이킬 수 없는 중대한 실수를 하셨을 수도 있을 테니까."

비서를 뒤따라 들어온 브누코프 대사였다. 그의 말은 마쯔오를 더욱 불안하게 만들었지만 주눅들 수는 없었다. 교활한 러시아 놈들에게는 아무것도 내 줄 수 없었다. '조직'의 편은 아니지만 호시탐탐 남쪽의 자원을 노리는 자들이었다. 게다가 역사적으로 언제나 동북아시아 지역의 통합을 교묘하게 훼방 놓았기에 일본 입장에서는 곱게 볼 수 없었다.

"중대한 실수라니요?"

"혹시 압니까? 우리가 개입하지 않았다면 당신들이 실수로 양선목을 죽였을지!"

누군가가 망치로 마쯔오의 심장을 쿵 하고 친 것 같은 느낌이었다.

"그게…… 그게 무슨 말입니까? 양선목이라니?"

"마쯔오 국장, 시치미 떼지 마십시오. FSB[57]가 당신들이 양선목을 미국 내에서 납치하고 구금하고 있다는 사실을 알아냈습니다."

57) 냉전시대에 CIA를 견제하기 위해 만들어진 러시아의 KGB가 모태인 정보기관. 외국단체, 기관 등에 스파이 침투를 하기도 하고, 그들이 직접 관리해야 하는 죄수를 가두는 자체 감옥을 갖고 있거나 수색영장 없이 범죄 혐의가 있는 각종 단체와 기업, 주택을 조사할 수 있는 막강한 권한을 가지고 있다. 또한 필요할 경우 요원 한 명이 부대장이 되어 알파부대를 지휘하기도 하고, 국경수비대와 내무부 보안군의 지휘권을 강제 위임받을 수 있을 정도로 큰 권력기관이다. 푸틴 대통령 또한 이곳의 요원 출신이다.

심장의 충격은 고스란히 머리로 전달되어 마쯔오의 뇌신경이 온통 뒤죽박죽되는 듯했다. 정신을 차려야 한다. 어차피 아직 그것으로 바뀌는 것은 아무것도 없다.

"맞습니다. 그런데 그게 뭐 어쨌다는 말입니까? 구금한 것이 아니라 그가 일본의 국익에 매우 중요한 인사이기 때문에 접촉하고 있을 뿐입니다."

"아, 그렇습니까? 내가 그런 사실은 보고받지 못해서 미처 몰랐군요."

"그렇습니다. 그 얘기를 우리가 굳이 러시아 측에 해야 할 이유가 있습니까?"

"그럼요 있지요. 왜냐하면 양선목은 우리에게도 매우 중요한 사람이니까요."

"일본이 언제부터 러시아가 중요하다고 생각하는 사람에 관한 신상을 보고해야 했는지 모르겠네요."

"물론 그럴 필요 없지요. 하지만 양선목에 관해서는 그렇게 해 주셔야겠습니다."

"제가 무엇 때문에 그렇게 해야 합니까?"

"그래야 일본이 무사할 수 있을 테니까요."

마쯔오는 순간 참지 못하고 브누코프의 멱살을 잡았다.

"이 무례한 자식이 여기가 어디라고 말을 함부로 지껄여!"

"이 손을 놓으셔야 할 겁니다."

"당신은 한국에서나 대사지 이곳에선 한낱 러시아인일 뿐이야. 알아들었으면 조용히 꺼지시오."

“분위기 파악 좀 빨리 하시고 양선목에게 필요한 볼일이 끝났으면 FSB에게 양도하시오. 양선목의 귀국 문제로 골치가 아플 텐데 우리가 알아서 처리하겠습니다.”

“당장 나가지 않으면 내일 러시아와 일본, 한국의 아침 뉴스에 일본으로 여행 온 러시아 차관이 사고를 당했다고 보도될 거요.”

“양선목이야 그렇다 치고, 당신네들이 CIA의 간부 챈을 죽인 사실을 미국이 알면 어떻게 될까?”

마쯔오의 심장과 머리에 전달되었던 충격은 온몸으로 퍼지며 맥이 풀렸다. 멱살을 쥐던 두 손을 내려놓을 수밖에 없었다. 작전은 끝났다. 무슨 곡절인지 모르겠으나 미국과 일본의 대결은 러시아의 승리로 끝난 것이다. 브누코프는 흐트러진 셔츠를 정리하며 여유 있게 말을 이어나갔다.

“그 사실 자체는 중요하지 않을지도 모르지. 하지만 당신네들은 아직 양선목을 무사히 일본으로 데려온 것도 아니지. CIA가 당신네들이 있는 10계단 좌표를 알기만 하면 어떻게 될까? 이미 미국에게 여러 차례 원자력 세례를 맞아봤지 않습니까? 아마 그들이 양선목과 DIH 요원들을 죽이기만 하면 그 다음에 일본을 침몰시켜 버릴지도 모르지! 하하하하! 재미있지 않겠습니까? 제2의 이스라엘 민족이 되겠군요.”

마쯔오는 브누코프의 비아냥거림에 손을 부들부들 떨 뿐 아무 말도 하지 못했다. 조용히 나카타와 연결되어 있는 직통 무전기를 들어 발신 버튼을 눌렀다.

"나카타, 나 마쯔오 국장이네."

나카타의 무전기에 수신된 내용은 충격적이었다. 양선목에 관한 구금을 해제하라니. 지금까지 해 왔던 작전을 포기하라는 이야기가 아닌가? 아직 양선목과 팀원 간의 긴장이 풀리지 않은 상태에서 무전기의 수신음 소리만이 지직거리며 울리고 있었다. 나카타는 맥이 빠진 낮은 목소리로 국장에게 대답했다.

"국장님, 그럼 이 작전을 위해 희생되었던 요원들은 무슨 의미를 가지는 겁니까?"

[이 작전의 성패가 어떻든 그대들은 최선을 다했다. 그대들의 영혼이 일본을 지키고 있다는 사실은 변함이 없네.]

나카타는 그 이야기를 듣고 난 뒤, 국장에게 다시 대답하지 않았다. 비로소 나카타는 고개를 들었고, 뒤를 돌아보았다. 팀원을 정면으로 바라보았고 양선목의 뒷모습을 보았다. 무슨 일인지 영문을 알 수는 없으나, 외교전이든 첩보전에 어떤 변수가 생긴 것이리라. 3년간의 시간, 아니 그가 중학생이었던 양선목을 살리기 위해 이리저리 뛰어다니던 15년 전의 일부터 지금까지 모든 것이 무의미하게 느껴졌다. 그 꼴을 기억하니 스스로가 너무 우스꽝스러워 웃음을 참을 수가 없었다.

"훗…… 후훗. 으하하하하하하!"

나카타는 실없이 웃기 시작했고, 팀원들은 불안해했다. 그들은 저런 증상을 종종 본적이 있었다. 동료들이든, 후임이든 상사든 상관이든 정보기관에서 일하는 자들은 가끔 저런 일을 겪곤 한다. 자신과 국가를 일체시하게 되면서 느끼게 되는 범세계적인 무력감. 우리들은 이 세상이 정해준 질서 외에 그 무엇도 바꿀 수 없다는 불가항력의 법칙을 깨닫는 것이다.

'큰일이다. 나카타 팀장이 지금 패닉 상태에 빠졌다간 돌이킬 수 없는 일이 발생할 수도 있다!'

나카타가 들고 있는 무전기에선 현재의 상황을 아랑곳하지 않고 다시 마쯔오 국장의 목소리가 들려왔다.

[그곳으로 5분 이내에 FSB 니콜스키 요원이 도착할 것이니 양선목을 넘겨주도록 하게.]

"이보시오, 양선목 선생."

"……?"

"아까 전에 그러셨지요. 인간에 대한 믿음이 없는 신념들은 그릇된 것이라고. 그 말이 맞을지도 모릅니다. 사실이 어떤지는 모르지만 이야기를 들어보니 당신의 논리에 개인적으로 동의합니다. 그런데 말입니다. 나는 그 말을 실천으로 옮길 수는 없습니다. 왜냐하면……."

[철컥. 탕탕탕!]

"컥!"

너무나 순식간에 일어난 일이라 팀원도, 양선목도 눈을 동그랗게 뜨고 나카타가 명중시킨 사람을 쳐다보았다. 아마 그 사람이 FSB 요원이었으리라. 나카타는 그리고 다시 말을 이어나갔다.

"그것은 일본의 존엄성을 훼손할 수 있는 가르침이기 때문이다!"

"나카타 팀장! 어쩌려고 이러셨습니까?"

부팀장이 놀라서 물었다.

"어쩌긴 뭘 어쩌겠나. 이 시간부로 이곳은 국장이 아니라 나의 명령에 따른다. 예정대로 귀국 작전을 실시 할 테니 양선목을 포박해라. 이후의 모든 책임은 내가 지겠다."

"미안하지만 포박은 안 되겠네."

사람의 몸놀림이라고 볼 수 없을 정도로 민첩하게 스텝을 옮긴 선목은 어느새 진료를 담당한 의무요원의 안쪽 허벅지를 무너뜨리며, 팔을 잡아 함께 돌리고, 동시에 그의 권총을 뽑았다. 모두들 어안이 벙벙한 사이에 그의 오른쪽에 있던 자의 명치를 뒤차기로 꽂아 넣었다. 선목의 발차기에 맞은 요원은 팔로 방어했음에도 불구하고 날아가다시피 하며 쓰러졌다. 경硬이었다.

모두들 정신을 차리고 총을 꺼내들었지만, 선목은 어느새 다시 의료요원의 뒤에 밀착하여 인질로 삼았다. 나카타를 포함한 다섯 명의 요원은 서서히 선목을 향해 다가왔고, 선목은 인질을 끌고 서서히 뒤로 물러났다. 점점 출구가 가까워지자 나카타는 결단을 내렸다.

"양선목은 사람을 쉽게 죽이지 못하는 자다. 달려가서 손으로 제압해!"

나카타의 말에 요원들은 총을 포기하고 선목을 향해 달려갔다. 선목은 인질을 포기하지 않고 포위망이 닫히지 않도록 이리저리 휘두르며 다가오는 상대의 공격을 피해나갔다. 요원들은 쉽게 선목의 뒤를 잡지 못했고, 선목은 계속해서 뒷걸음질을 치며 침착하게 인질을 끌고 나갔다. 그러나 조금씩 선목의 무게중심은 흐트러지기 시작했고, 뒤에 있던 나카타가 전력 질주로 도약하며 선목을 향해 날아들었다. 선목은 인질에 대한 통제를 포기할 수밖에 없었다. 인질을 정면으로 밀쳐 다가오지 못하게 하는 동시에 나카타의 공격을 피했다. 그러나 뒤를 잡히며 포위당하게 되는 결과를 낳았다.

'나카타를 상대했다가는 난국에 빠지겠군.'

선목은 순식간에 진행 방향을 바꾸어 본래 인질을 밀쳐냈던 정면을 향해 나갔다. 이미 그곳의 요원들의 대열은 흐트러져 있었기에 차례차례 일대일로 상대해나갈 수 있었다. 그러나 언제 나카타가 뒤에서 공격이 들어올지 몰랐기 때문에 최대한 짧은 순간에 수를 줄여나가야 했다. 방어는 하지 않고 상대의 공격을 가장 아슬아슬하게 피하는 동선을 잡으며 선목의 주먹이 무지막지하게 날아들었다. 대련을 할 때는 언제나 곡선과 부드러움의 제압을 하던 선목이었지만, 지금은 하나하나 사정을 봐주지 않는 힘 있는 공격이었고 재빨랐다. 지금은 날카로워질 때란 걸 알고 있었다. 그러나 기본은 잃지 않았다. 손을 포함한 상체는 재빠르게 움직이고 있었지만 실질적인 힘은 하체로부터 뻗어 나왔다. 발은 수시로 방향과 무게를 옮기며 회피와 공격, 타깃의 전환이 이루어졌다. 그의 공격 하나하나에 허초가 없었고, 모두 유효 타임에도 불구하고 그 자체가 상대의 공격을 차단하는 보호막이 되기도 했다.

상대의 갈비뼈를 부수던 주먹은 어느새 다른 이의 턱에 올라가는

가 하면, 목을 밀며 다리를 걸어 넘어뜨리기도 하고, 어느새 선목의 상체가 사라지는 것 같으면 그의 주먹은 직선으로 내려가 무릎을 아작내 버렸다. 나카타는 본인이 보면서도 도무지 저것들이 한 명의 인간이 다른 인간을 상대할 때 사용 가능한 기술인지 믿기지가 않았다.

"오래간만이구나, 양선목."

흠칫 놀란 양선목이 목소리가 난 뒤를 향해 회전손날 공격을 했으나 상대는 시계 방향으로 회전하며 공격 방향대로 손을 부드럽게 휘둘러 선목의 무게를 휘청거리게 했다.

'일생일대의 고수다!'

당황한 선목이 상대를 바라보는 순간 맥이 풀렸다. 사방의 적은 온데간데없고 어둠을 삼킨 밝음이 몰려 있는 배경에 서 있는 미남자는 무신이었다.

"아…… 무례를 용서하시지요."

"무례는 무슨. 나야 원래 무武에서 파생된 개념이자 의식이 아니던가."

"스미스가 저를 죽이려고 할 때 만난 뒤로 벌써 3년이 지났군요. 보다시피 많은 일이 있었습니다. 하하…… 지금은 제 목숨을 장담하지 못하겠군요. 이렇게 오랜만에 어쩐 일이십니까?"

"어쩐 일이냐고 묻다니 별일이군. 그대는 죽음이나 충격에 의해 나를 만난 자가 아닌데 어찌 그리 어리석은 질문을 하는가? 의식적인 각성을 얻은 나의 친구가 아닌가. 내가 그대를 찾아온 것이 아니라 그대가 나를 찾지 않았나?"

선목의 온몸에 알 수 없는 부끄러움과 불안감이 엄습했다. 그동안 잊고 있었던 자신의 모습을 깨달았기 때문이다. 자신을 태어나게 했던 거대한 세력들과 국가들이 두려웠다. 살고 싶어서 발버둥치는 모습은 깨달음을 얻은 천재의 모습과 거리가 멀었다. 이 모습을 아무도 모른다고 생각했건만, 이 세계를 대변하고 있는 바로 앞의 상대는 이미 모든 것을 알고 있다. 무신의 말에 아무런 대답도 하지 못하고 선목은 갑자기 바보가 된 것처럼 어정쩡한 표정으로 서 있었다.

"나…… 나는…… 나는 감히 당신을 부르지 않았습니다."

무신은 선목의 말에 언제나 그랬듯이, 심지어는 그의 일은 자신과 아무런 상관이 없다는 듯이 따뜻하고 차갑게 미소를 지으며 다가왔다. 그의 입이 선목의 귀에 가까이 다가왔다. 그의 속삭임은 세상 어떤 소리보다 자애롭고 딱딱했다.

"불안한가? 네가 나의 자식이 아닐 수도 있다고 생각하는가? 깨달음을 얻은 자가 어찌 그렇게 어리석은 생각을 할 수 있단 말인가? 네가 어떻게 탄생을 했고 어떤 형태를 했으며, 어떤 감정과 정신을 가지고 있든 나는 상관하지 않네. 이 세상에 나타났다는 그 자체가 이미 나를 거쳤다는 증거니까. 부드러움과 균형의 무를 창시한 자로서, 죽음에 대한 두려움을 느끼면서, 상대를 파괴하고 무게 배분이 극에 치우친 기술들을 사용한 것이 부끄러운가? 깨달음을 얻었다고 해서 감정을 가지지 않는 것은 아니다. 무서워하고 분노하고 눈물을 흘릴 때도 있는 것이 당연지사. 세상의 올바름과 진리, 그리고 너의 생명을 지키기 위해 분투해라. 발버둥 쳐라. 최선을 다해라. 지금 당장 네 머리에 나카타의 총알이 박힌다고 해도 그 전까지는 마음에 거대한 것을 품고 살아가게."

'나카타?'

순간 정신이 퍼뜩 든 선목의 뒤통수에 나카타의 총신이 닿았다.

"대단하군, 양선목. CIA 본부 요원들과 달리 자네가 처리한 여섯 명의 요원은 전부 격투 A랭커다. 태권도로 경지를 어섰다더니 그 말에 한 치 오차가 없군. 인정한다. 내가 너를 산 채로 일본으로 데리고 갈 수 없다는 점을. 너와는 15년을 넘게 인연을 맺어왔지만 여기에서 끝내야겠다. 순순히 BICC에 관련한 메모리 카드를 나에게 넘겨라. 그럼 한 번에 끝내주마. 내놓지 않으면 죽는 것보다 더한 고통을 느끼게 해줄 것이다."

죽음을 두려워하는 것은 당연하다는 무신의 이야기를 기억하니 오히려 해방감이 느껴졌다. 진정한 깨달음은 깨달음을 얻은 그 모습조차 내어놓아야 한다는 것을 왜 이제야 알았을까. 선목의 떨림은 그제야 진정되고 심장박동은 평온을 되찾았다.

"메모리 카드는 없다."

"네가 정말 정신을 못 차렸나보군. 내가 너를 죽이지 못할 거라고 생각하는가? 지금 봤다시피 전 세계의 MI6, 모사드, FSB, 중국 공산당 정법위원회 등등 알력 다툼에 낄 수 있는 모든 정보기관들은 자네를 찾고 있어. 목적은 각각 다르지. 자네를 살리려고도 하고 죽이려고도 하지만 중요한건 이것 하나. 국가 이익을 위해 자네를 확보하려는 것이야. 그럴 바에 차라리 조직에 대항할 가능성이 가장 높은 우리를 따라오고 메모리 카드를 넘겨줘. 넘겨주란 말이야. 그렇지 않으면 어차피 다른 곳의 이익이 될 바에 널 죽이는 게 낫단 말이다!"

[탕! 탕! 탕!]

눈을 질끈 감았던 선목의 등 뒤로 강한 충격이 느껴졌다. 그러나 쓰러지진 않음을 느끼며 뒤를 돌아보았다. 나카타의 몸이 쓰러지며 선목의 등에 부딪혔던 것이었다. 머리는 형체를 알아볼 수 없을 정도로 훼손되어 있었다. 세 발의 총성은 전부 그의 머리를 향해 있었던 것이다.

건너 저 멀리에는 총성의 주인으로 보이는 자가 엎드려서 조준하고 있던 자세를 풀고 일어났다. 선목으로서는 아직 그가 자신에게 위협적인 자인지 우호적인 자인지 알 수 없었다. 차라리 중립적인 자였으면 좋겠다는 생각이 들었다. 나카타도 처음에는 자신을 살려주지 않았는가? 목적이 있는 자들은 언제나 친절하게 다가오는 법이었다. 상대는 조금씩 그에게 가까워졌다.

가까이서 보니 체격이 호리호리하고 머리를 길러서 뒤로 묶은 자였다. 눈매는 쭉 찢어져서 날카로워 보였지만 달걀형 얼굴에 전체적으로 이목구비가 균형 있게 잘 잡힌 매력 있는 여성이었다. 그녀는 선목의 삼 보 앞까지 다가온 뒤 정면으로 그와 대면했다. 자세는 흐트러짐이 없었고 표정에는 여유가 느껴질 정도로 담담했다.

"양선목 선생님, 당신을 찾으시는 분이 계십니다."

'한국인인가?'

국정원 본부 대미협력실에 돌아온 봉석은 매우 흥분한 상태였다. 그의 모든 인생을 걸고서라도 이태섭과 최영훈을 빼내지 않는다면 국가의 위기가 닥치기라도 하는 것처럼 컴퓨터를 켜고, 국가 보안 전산망에 접속한 뒤, 청와대 경호실 3팀 황유리의 신원을 추적하고 있었다. 정신없이 일을 하다 보니 뒤에 비서가 와 있는 것도 눈치채지 못하다가, 인기척을 느끼고는 화들짝 뒤를 돌아보았다.

"실장님, 원장님께서 돌아오시는 대로 오라고 하셨습니다."

봉석은 비서의 말에 무언가 잠시 생각을 하더니 무전기를 꺼내들어, 대미협력 3팀장에게 무언가를 지시한 뒤, 국정원장실로 향했다. 원장의 비서는 무언가 긴장된 표정으로 일어섰다. 비서의 표정과 눈빛, 손짓 하나하나가 슬로우 비디오처럼 보인 봉석은 짐짓 무심한 척하며 안으로 들어갔다. 원장은 여느 때처럼 앉은 상태에서 봉석을 아니꼬운 표정으로 쳐다보았다.

"앉게."

"할 일이 많으므로 서서 듣겠습니다."

"내가 말하겠다는 게 아니야. 자네한테 좀 들어야겠어."

"무얼 말입니까?"

"자네가 말하지 않았나? 할 일이 많다고. 진짜 할 일이 많긴 많은 것 같아. 요 며칠간 3팀을 끌고 어딜 그렇게 다녀오고 또 앞으로 뭘 하려는지 궁금해 미칠 것 같구나."

"모든 상황이 끝나는 대로 보고하겠습니다. 문제가 조금 복잡합니다."

"부산 지검에 갔었나?"

"그렇습니다."

"이태섭과 최영훈의 신병을 절차 없이 긴급코드로 빼돌리려고 한 것도 사실인가?"

"맞습니다."

"이 자가 정말……!"

원장의 입술이 파르르 떨리기 시작했다. 그는 자리에서 일어나서는 봉석을 죽일 듯이 노려보았다.

"대답 한번 시원하게 잘하는군. 전 실장. 그게 그렇게 당당하게 보고할 수 있는 사안이라고 생각하는가?"

"복잡하고 긴급한 사안입니다. 국가의 안위가 걸린 문제입니다."

"개 소리 집어치워. 검찰을 건드리다니! 그 사람들이 목숨을 걸고 실행한 일을 훼방 놓다니. 국정원의 입지가 어떻게 될지 생각해 봤나? 이건 전쟁 선포라고!"

"국정원과 개인의 안위가 아니라 국가의 안위가 걸린 문제라고 이야기하지 않았습니까."

"그래서 대통령 경호실 요원에게 발포를 하고, 긴급 코드 001을 무시한 건가?"

"그건 어떻게 알았습니까?"

"오래전부터 네놈을 벼르고 있었으니까 알지 이 자식아. 이 자를 체포하게.”

“전봉석. 자네를 국가보안법에 의거, 대통령의 명령에 불응하고, 국가 내란음모를 계획하고 실행한 현행범으로 체포하겠다.”

원장실에 따로 마련된 접견실 안에서 두 명의 안보 수사관이 나타나더니 봉석에게 수갑을 채웠다. 그러나 봉석은 그들의 연행에 응하지 않고 원장을 바라보며 말했다.

“그렇게는 못하겠는데?”

[쾅!]

원장실의 문이 박살나더니, 무장 상태의 대미협력 3팀이 진입했다. 그들은 신속하게 수사관들을 포위하고, 몇몇은 원장에게 총구를 겨누었다. 원장실 바깥의 비서는 일어선 상태에서 얼어 있었다. 비서가 주위의 눈치를 보며 수화기를 들고 청와대에 연락을 넣으려는 찰나였다.

[팡!]

K-2에 장전되어 있던 K100탄은 비서의 전화기를 관통하며 박살났고, 비서는 비명을 지르며 현장에서 도망쳤다.

“모두 무기를 버리고 투항해라. 지시에 불응한다면 즉시 발포하겠다.”

원장은 어찌할 줄 몰라 당황하며 손을 들고, 커진 눈으로 봉석을 멀뚱멀뚱 쳐다보고 있었다. 봉석은 태연하게 수사관을 쳐다보았다.

“빨리 이 수갑을 좀 풀어줬으면 좋겠군.”

수갑을 풀어낸 봉석은 팀장에게 제압당한 원장의 앞으로 다가갔다.

“국정원장의 지위를 이용하여 정보를 함부로 수집하고, 반역의 음모를 꾸민 죄로 당신을 체포한다. 국가보안법에 의거한 체포이므로 60일간 변호사는 없다. 불리한 진술을 거부할 권리는 있다. 이자를 연행해라."

"전 실장! 자네가 이러고도 무사할 것 같은가? 반역은 당신이 저질렀어. 이건 명백한 상명하복에, 쿠데타야! 국가를 걱정한다고? 훗날 자네가 사형을 선고받는 법정에서 반드시 널 비웃어 줄 거다!"

"이보시오 원장. 그러게 내 트집을 잡고 뒤꽁무니를 쫓을 시간에 진짜 국가 정보를 좀 많이 만들어내지 그러셨습니까?"

발악하는 원장을 강제로 연행해 간 뒤, 봉석은 남은 두 수사관을 바라보았다. 그들은 두려움에 떨고 있었다.

"별일 아니니까, 자네들은 제자리로 돌아가서 할 일 해. 간첩 잡아야지?"

"네…… 네! 알겠습니다."

"실장님, 이제 앞으로 어떻게 하실 겁니까?"

"어떻게 하긴. 다른 기관에서 우리를 건드리지 못하도록 원장이 취급하던 모든 정보를 손에 넣어야지. 특히 거기엔……."

"거기에 어떤 특별한 정보를 추가하길 원하시는 겁니까?"

"대통령에 대한 스캔들 정보를 포함한다."

그의 말에 언제나 무덤덤했던 3팀장이 놀라서 물었다.

"아니, 대통령께도 대항하실 겁니까?"

"3팀장."

봉석이 유일하게 똑바로 쳐다보지 않고 말했던 3팀장의 눈을 마주쳤다.

"예, 실장님."

"자네는 대통령이 국가라고 생각하는가?"

"아니…… 그게 무슨 소리십니까?"

"진짜 국가는 국민의 안전과 이익을 위해 의사 결정을 하고 그것을 실행에 옮길 수 있는 시스템을 안고 있어야 한다. 너는 지금 최영훈과 이태섭을 제재하려고 하는 대통령이 그것과 일치한다고 생각하나? 좋으나 싫으나 인간의 욕망을 기반으로 한 자유주의를 바탕으로 건국된 대한민국은 기업인들과 조직폭력배를 기반으로 발전할 수밖에 없다. 밖으로는 강대국에 의존해서 통일을 구걸해야 하는 상황이지. 그런데 그 두 계층의 탑에 서 있는 자들을, 그것도 미국의 CIA와 이해를 함께하는 자들을 취조하고 형벌을 주며, 정보를 캐내면 어떻게 될 것 같은가?"

"이해는 가지만 아무리 그래도 대통령님께 대항을 한다면……."

"대통령이 국가로서의 역할을 해 주지 못한다면, 그것은 행정부나 의회에서 대체하는 것이 아니라, 정보를 쥐고, 통제할 힘이 있는 우리들이 해야 하는 것이다. 이미 부패하고 썩어 빠져갖고선, 절차를 운운하는 공무원이나 장관들이 그것을 할 수 있을 것 같은가? 표심이나 획득하려 들고, 뒤로는 뇌물을 받아 처먹으며 비자금을 조성하고, 소신 없이 당의 명령이나 들으며 투표하면서도 겉으로는 명분과 실리, 애국을 이야기하는 의회 위선자들을 믿어야 하는가? 아니다. 이 일은 진정 이름 없이 희생하며 국가와 세계 전체의 정보를 두루 보고, 망설임 없이 결정하고 행동에 옮길 수 있는 대한민국의 유일한 조직. 국정원이 해야 한다!"

"시…… 실장님……!"

"망설여지는가? 옳고 그름을 떠나 대항할 생각도 해 보지 않았던 너무나 큰 존재에게 대항하는 것이? 좋다. 어차피 국정원에서 가장 총명하고 믿음이 가는 너조차 이런 생각에 동의하지 못한다면 이 나라의 미래는 없다. 지금 나를 체포해라. 체포하지 못하겠다면 내 말에 군말 없이 따라주게."

3팀장은 무서워서 말을 이을 수가 없었다. 그 이유는 봉석의 눈 때문이었는데, 그 눈이 사악하거나 음흉해서가 아니라 너무나 정의롭고 선량한 확신에 차 있었기 때문이었다. 팀장은 고민했다. 이 자리에서 반역자를 체포할 것인지, 아니면 그를 따라 국정원을 뒤집을 것인지. K-2소총의 소염기가 무거워졌고, 총열을 잡고 있던 왼손이 부들부들 떨리기 시작했다. 3팀 팀원들은 모두 팀장만을 바라보고 있었다. 어차피 윤리적인 판단은 오래전에 갖다 버렸다. 다만 어떤 곳에 서야 본인이 안전한가? 만약 그가 봉석의 지시에 계속 따를 경우 쉽게 무너질 사람은 아니었다. 게다가 CIA의 비호를 받고 있는 자였고 카리스마는 국적을 초월한 지 오래였다.

"전…… 저는…… 크윽! 제기랄! 3팀 전원 내부 잔류자들을 투항시키고 첩보 자료를 이관시켜!"

경기도 평택의 어느 외딴 술집. 얼핏 봐선 미군들이 자주 드나드는 유흥업소처럼 보이는 술집에 강성직 총장이 들어가려고 하자, 여러 사내들이 그를 둘러쌌다. 총장의 몸을 수색하고는 그와 함께 건물 내부로 들어갔다. 그곳 카운터에는 마담이 아니라 정장을 건장한 남자가 고개를 끄덕이고는 무전기에 신호를 보냈다.

"5번 방에 계십니다."

총장이 5번 방에 다가가자 몸수색 후 뒤에 따라오던 자들이 빠르게 달려가 먼저 문을 열어 안내했다. 총장은 깊이 숨을 들이쉬고는 안으로 들어갔다. 안에서 기다리던 노인은 총장을 보자마자 일어나서 반갑게 악수를 청했다.

"어서 오십시오. 이게 몇 년 만입니까? 제 처지가 참 곤란스러워졌네요. 친구를 보는데도 이렇게 복잡스럽게 해서 죄송합니다."

"아닙니다. 전직 대통령이신데 이 정도는 하셔야지요. 퇴임식 때 찾아뵙지 못해서 죄송합니다."

방 안에서 성직을 기다리고 있었던 자는 그를 부산지검의 총장으로 임명했던 노후연 전 대통령이었던 것이다.

"그런가요? 허허. 정무를 보는 동안에도 항상 의전과 절차에 갇혀 지내서 퇴직하고 그곳에서 벗어나나 했더니, 여전히 답답합니다. 어디 함부로 나다니지도 못하고 말이지요. 현역에 계신분이 한참 바쁘실 텐데 어쩐 일로 저를 만나고자 하셨습니까?"

"별일 아닙니다. 그저 요즘 일이 좀 많아서 지치던 차에 뵙고 싶었습니다."

노후연은 조용히 웃으며 앞에 놓여 있는 소주를 열었다. 참 이런 방에 어울리지 않는 술이었지만, 그것이 가장 그 사람다운 것을 알기에 강성직 또한 군말 없이 소주잔을 들었다. 병을 기울이며 노후연이 조용히 물었다.

"이 사람이 힘을 많이 써야 하는 일입니까?"

그들은 잔을 부딪친 뒤 입술에 갖다 댔지만 마시지는 않았다. 강성직이 먼저 이야기를 하고 입에 소주를 털어 넣었다.

"예전에 제게 하셨던 말을 기억하십니까? 제가 총장으로 있을 이유가 사라지면 저를 해고해 달라고 하셨죠. 해고할 권한이 사라지셨으니, 저를 변하지 않게라도 도와주시는 게 도리 아니겠습니까?"

"허허허. 요즘 뉴스에서 부산 지검이 떠들썩하던데 이거 꼼짝없이 엮이게 생겼네요."

노후연이 성직의 이야기에 답변을 한 뒤 소주를 털어 넣었다. 그러고는 말을 이었다.

"오늘 마시는 이 소주가 그동안 마셨던 어떤 술보다 쓰게 느껴지네요."

강성직이 비워진 노후연의 잔을 채우며 씁쓸한 미소를 지었다.

"소주는 원래 씁니다. 하지만 이 세상에서 소주를 쓰다고 하는 사람보다 달다고 하는 사람이 많지요. 그런데, 제가 봤을 때 소주는 아무리 생각해 봐도 단 구석이라고는 티끌만큼도 없이 쓰단 말입니다. 나는 이 세상에서 소주를 쓰다고 하는 것이 상식인 세상을 만들고 싶습니다."

후연은 성직의 이야기를 듣고 난 뒤, 성직의 술잔을 채워주지 않고 자신의 잔을 홀짝였다.

"이거…… 제가 한방 먹었습니다. 반성의 의미로 벌주 한잔 마셨습니다."

"도대체 나를 어디로 데려가는 겁니까?"

여자는 미국 내에 1급 수배 중인 양선목을 버젓이 차에 태워 워싱턴 시내를 활보했다. 버지니아 해변에서 바다를 이용한 무언가를 시도할 줄 알았던 선목은 적잖이 당황했다.

"며칠간 아무 말도 하지 않았습니다. 들른 곳은 오직 주유소와 편의점뿐이었고. 나를 데리고 어떤 계획은 있는 겁니까?"

그러나 여자는 묵묵히 운전하기만 했다. 선목으로서는 답답했다. 대형 건물들이 끊임없이 연결되어 있는 메갈로 폴리스를 지나 한적한 광장들이 나오더니 멀리서는 국회의사당이 보이기 시작했다. 선목은 그제야 놀라서는, 여자의 핸들을 옆으로 꺾었고 여자는 황급히 브레이크를 밟았다.

"이게 뭐 하는 짓입니까!"

"지금 미쳤습니까? 이곳은 미국 정치의 수뇌들과 세력이 결집된 지역 아닙니까!"

“설명을 길게 드릴 시간이 없습니다. 우리는 정해진 시간까지 의사당 안으로 들어가야 합니다.”

“뭐라고요? 그냥 이 지역을 우연히 온 게 아니라 심지어 저 의사당 안을 들어가야 한다고? 혼자 들어가시지요. 나는 여기서 어떻게든 알아서 빠져나가겠습니다. 걸어서라도 말입니다!”

선목이 차 문을 열고 터벅터벅 걸어가자 여자가 급히 내려 선목의 손목을 붙잡았다.

“여기서 당신이 빠져나갈 수 있는 방법은 없어요. 당신은 주 정부와 연방 정부 모두, 전역에 1급 수배자로 지명이 되었고, CNN에 경찰청이 직접 보도를 하고 있단 말이에요. 지금 당장 차로 들어가세요!”

“당신 말을 들으니 더욱더 제가 저 차에 타면 안 되겠다는 생각이 드네요. 차라리 시민들에게 발각되고 경찰에게 체포당하는 게 의사당에 가는 것보단 나을 것 같은데요?”

“의사당에 당신을 탈출시켜줄 수 있는 미국의 유일한 분이 계세요.”

“그분이 도대체 누구란 말입니까?”

“절 믿어주십시오. 믿을 만한 분입니다. 다만 데려오기 전까지 일절 본인에 대해 함구하라는 명령을 내리셨습니다.”

“그러니까 믿지 못하는 거 아닙니까? 도대체 왜 그런 명령을 내린단 말입니까? 본인이 당당하지 않으니까 그런 것 아니오!”

“그게 아니고!”

순간 여자는 발끈해서 선목에게 언성을 높였다. 그리고 곧바로 자신이 무슨 짓을 했는지 알고는 주위를 둘러보며 다시 차분하게 이야기를 이어갔다.

"당신이 의사당까지 도착하기 전에 다른 세력들에게 잡힐까 염려하셨습니다. 실제로 지금도 그럴 확률이 높고요. 더군다나 지금 의사당 주위에는 특별한 사정 때문에 CIA를 포함한 미국의 각종 정보기관과 사설 경호기관까지 깔려 있습니다. 당신을 데려오라고 한 분이 누군지 당신이 혹여 들었다가 다른 기관에 발설하면 굉장히 곤란한 사항이 발생하기 때문입니다."

"도대체…… 이거야 원……."

선목은 망설이다가 다른 수가 없음을 깨닫고 다시 차에 올라탈 수밖에 없었다. 의사당 근처에는 정말 많은 수의 인원들이 건물 외벽을 철저히 봉쇄하고 있었다. 입구를 들어가는데 경호원으로 보이는 많은 자들이 차 안을 샅샅이 뒤져보았다. 여자는 자신의 신분증을 꺼내 보였고, 그들은 통과시켜 주었다. 선목은 트렁크 안에 숨어 있었기에, 그 신분증을 보지 않았지만 여자 또한 대단한 영향력을 가진 자일 것이라 짐작했다.

여자는 긴장을 풀지 않고 지하 주차장을 향해 차를 몰았다. 많은 빈자리가 있었지만 최대한 사람들과 마주치지 않을 가장 낮은 층에 위치한 지하 주차장까지 갔다. 여자가 차에서 나와 트렁크를 향해 가던 차에, 또다시 경호원 두 명이 그녀를 향해 다가왔다.

'도대체 어디 숨어 있다가 나오는 거지? 조짐이 좋지 않아.'

그들은 여자의 앞까지 다가온 뒤 그녀를 뚫어져라 쳐다볼 뿐 먼저 말을 하지 않았다. 여자는 팔짱을 끼며 호신용 권총이 있는 홀스터가 착용된 상태인지 확인했다.

"무슨 일이죠?"

"수많은 지하 주차장이 있는데 왜 굳이 가장 아래층인 이곳에 주차를 한 겁니까?"

"설마 내가 가장 아래층에 주차를 한 게 의심스러워서 여기까지 왔다는 겁니까? 나는 엄연히 정문에서 신분을 확인받고 통과한 사람입니다. 또한 미합중국으로부터 주재 대사와 동일한 신분과 대우를 받기로 약속하고 방문한 사람입니다."

그녀의 까칠한 태도에 둘은 서로 쳐다보며 머뭇거리다가, 한 명이 이야기를 했다.

"의심하는 것이 아니라, 저희들은 그저 테러 방지에 대한 지침에 따라 행동하는 것일 뿐이니 기분 나빠 하지 마시고 차량을 한 번만 살피게 해주시지요. 불쾌한 행동을 하지는 않겠습니다."

"얼마든지요."

여자는 길을 비켜 차량 안을 확인하게 했다. 둘은 차량 문을 열어 샅샅이 뒤져보았지만 주목할 만한 것들을 찾지 못했다.

"트렁크를 확인해 봐도 되겠습니까?"

'이런 제기랄! 심장이 떨어지겠군.'

"당신이 저에게 불쾌한 행동을 하지 않겠다고 말한 지 5분이 지난 것 같네요."

"한 번만 협조해 주시지요."

"그렇게는 못 하겠는데요? 누구도 이미 통과된 차량에 A급 수색을 실시할 수는 없습니다. 우리에게도 보안이라는 것이 있습니다.”

“그 보안이라는 것이 우리의 영토 안에서 미합중국의 보안을 침해할 수 있는 것이라면 인정되지 않습니다.”

“이 이상 의전에 어긋나는 행위를 해서 양국의 외교가 물의가 생기지 않기를 바랍니다. 당장 물러나세요.”

“당신이야말로 내가 물리력을 행사해서 차 키를 빼앗기 전에 당장 열어보시지요.”

“보아하니 원칙도 모르는 사설 경호업체 같은데 당장 꺼지시지!”

“사설 경호가 아니고 우리는 CIA 요원입니다.”

‘심장이 두 번 떨어지겠군. 양선목 때문에 비상이 걸린 게 분명하다!’

“무슨 권리로 이러는 겁니까?”

“더 이상 시간 끌지 말고 딱 한 번만 트렁크를 열고 닫아주시면 됩니다. 협조해 주시리라 믿소.”

두 요원은 권총을 꺼내 들었다. 여자는 갈등을 하다가, 결심을 한 뒤, 차 키를 넘겨주었다.

“그렇게 의심되면 직접 열어보시죠.”

자신이 트렁크를 열게 되면 모든 기회가 날아간다. 차라리 그 두 사람이 트렁크에 신경 쓰는 사이 제압하는 방법을 연구해야 했다. 그들이 눈치채지 못하게 품 안에 있는 권총에 손을 가까이 했다.

‘하지만 저들을 죽이면 앞으로 한미 관계는 최악을 겪게 될 텐데!’

망설이던 찰나 그들은 트렁크를 열었다. 그리고 동시에 선목의 거대한 몸집이 트렁크와 타이어에 엄청난 반동을 주며 튕겨져 올라왔다.

마치 이런 상황을 대비하고 있었다는 듯 양선목은 스프링 핸드로 몸을 최대한 젖히고 있었던 것이다. 그렇게 튕겨져 올라오는 선목의 탄력과 유연성을 여자는 눈으로 보고도 믿지 못했다. 그것은 사람이 아니라 고양이라고 해도 무리가 없을 정도였다.

튕겨져 올라오자마자 선목의 발은 먼저 차량 문을 열었던 요원의 턱을 정면으로 강타했다. 선목은 동시에 한 손으로 트렁크를 붙잡고 물구나무 서기 했던 자세를 허리를 틈과 동시에 전환시켰다. 여자를 포함해서 옆의 요원마저 무슨 일이 발생한 건지 어안이 벙벙한 틈에 착지를 성공시킨 선목은 서 있던 요원에게 사선 손날 치기로 공격을 했다. 하지만 이미 선제공격을 봤던 요원은 무의식중에 손을 위로 올려 막아냈다. 선목은 망설이지 않고 요원의 가드를 풀어내는 공격과 치명적 공격을 번갈아가며 했다. 밀려나는 요원을 따라 전진한 것이 순식간에 10보 정도를 몰아쳤고, 이미 권총은 멀리 떨어져 나간 상태였다. 상대의 팔 상박을 공격하자 요원의 팔은 힘이 풀렸고, 반대 손으로 방어를 하려고 하는 순간 갈비뼈를 강타했다. 요원이 고통에 못 이겨 상체를 숙이자, 선목은 그의 후두부를 공격하려는 듯했고, 요원은 두 손을 목을 방어하기 위해 감쌌지만, 그대로 전진하는 선목의 발이 상대의 정강이를 걷어찼다.

"크헉!"

[탁! 퍼퍼퍼퍼퍼퍽!]

요원이 신음 소리를 내며 쓰러졌음에도 불구하고 멈추지 않고, 쓰러지는 상대의 어깨를 바닥에 닿기도 전에 몇십 번을 연타로 날렸다.

등을 보인 자의 가장 위험한 급소는 후두부, 머리, 항문이지만, 위험하지 않으면서도 전투 불능을 만들 수 있는 가장 효율적인 부위가 어깨였기 때문이다. 요원의 어깨가 탈골되었는지 박살났는지, 다시 고통을 참지 못하고 신음 소리를 내며 몸을 뒤집는 순간 선목은 그의 턱에 일격을 날렸다. 그렇게 끝이 났다. 지하 주차장에는 여자와 선목 둘뿐이었다. 선목의 숨소리는 거칠었다. 선목이 깨달음을 얻은 뒤로 이렇게 거친 숨소리와 몸놀림을 가져본 적이 없었다. 여자는 그러한 선목의 몸놀림보다 그럼에도 불구하고 아무런 흔들림이 없는 눈빛에 놀랐다.

"내가…… 어디로 가면 되겠소?"

"어? 아…… 제가 안내하겠습니다."

주차장과 연결되어 있는 엘리베이터를 통해 의사당 1층으로 진입한 순간 선목은 긴장했다. 엘리베이터가 열리자마자 그 앞을 가로막는 두 명의 동양인 경호원들이 있었기 때문이다. 그러나 여자는 당황하지 않고 이야기했다.

"이 사람이 양선목이다."

그 둘은 고개를 끄덕이더니 복도 끝으로 가라고 안내해 주며 무전을 했다. 복도를 돌아다니는 수많은 경호원들은 다른 기관이거나 다른 국적이었고, 한국 국적자도 있었는데, 그들은 선목을 보면 약간 놀라기는 했지만 아무런 제재도 하지 않았다.

복도 중간에서 다시 두 명이 선목을 보며 누군가에게 무전을 했고, 복도 끝 방으로 진입하는 곳에서 마찬가지로 한 명의 경호원이 무전을 했다. 지겹게도 방문을 열자마자 진입하기 전 현관에 또 경호원이 나타나 무전을 했고, 그곳에 진입했음에도 불구하고 다른 문을 열기 전에 무전 하는 자가 있었다. 그렇게 대략 다섯 번 정도를 거치고서야 목적지에 도착했는데, 그곳에는 아무도 없었다.

선목이 도착한 곳은 놀랍게도 의회 회의장과 직접 통할 수 있는 대기실이었다. 그리고 대기실까지 들려오는 저편 의회장 발언대에서는 어느 나이 든 여성이 한국어로 차분하게 한국과 미국의 관계와 평화에 대해 연설을 하고 있었다. 어딘가 익숙한 목소리였다. 그러나 피로함이 극도로 쌓인 선목의 긴장이 풀리며 잠이 밀려왔다. 적어도 이 순간 이곳은 세상 어떤 곳보다 안전한 듯했다. 그렇게 얼마나 시간이 지났을까, 의자에서 앉은 채로 악몽을 꾸었던 선목이 몸서리를 치며 잠에서 깨자, 그때 청중들로부터 연설을 끝낸 여인이 박수를 받으며 퇴장하는 소리가 들렸다. 선목은 자신을 찾고 있던 그 사람이 누군지 보기 위해 문을 열어 보았다.

그녀가 선목을 향해 걸어오고 있었다. 그러나 그녀를 보는 순간 시간이 정지한 느낌이었다. 그러나 사실은 선목의 시간만 정지해 있고, 나머지는 그대로 흘러가는 중이었다. 그녀는 선목을 보고도 걸음걸이와 표정에 변화가 없이 담담하게 다가왔다. 바로 앞에 다가와 그를 불러서야 정지된 시간의 법칙이 깨졌다.

“양선목 선생님?”

“박…… 경에 대통령?”

그랬다. 그는 우리나라 최초의 여성 대통령으로 당선된 박경에 대통령이었던 것이다. 그녀는 오래전 쿠데타로 군사 독재정권을 수립하고, 민주의 퇴보와 인권탄압을 이루었지만, 동시에 경제 발전을 이루었던 박정현 전 대통령의 딸이었다. 여당 측이 선거를 조작했다는 논란을 안고 있기도 한 자였다.

"사실 여기까지 정말 올 수 있으리라곤 생각을 못했는데. 놀랍군요. 만나서 반갑습니다. 박경예입니다."

"그럼 나를 이 미국에서 데려갈 수 있다고 한 사람이 바로……?"

"네. 맞습니다. 바로 저입니다. 러시아의 FSB 요원들과 협력해서 당신을 일본 요원들로부터 빼돌리고 안내한 여성분은 제가 친애하는 경호실 3팀 황유리 팀장이었습니다."

"도대체 이게 어찌 된 영문입니까?"

박경예 대통령은 선목을 한참 쳐다보다가 고개를 끄덕이고는 의자를 권했다.

"앉으시지요. 많은 이야기를 해 드려야 할 것 같습니다."

선목이 테이블에 앉자, 대통령은 맞은편에 앉았다.

"이야기를 시작하기 전에 먼저 한 가지 묻고 싶은 것이 있습니다."

"그게 무엇입니까?"

"선생님께서는 똑똑하니까 알고 계실지도 모르겠습니다만, 혹시 선생님께서도 제가 부정선거로 당선된 자라고 생각하십니까?"

"그것에 대한 제 대답에 따라 결과가 달라지는 이야기입니까? 저는 아무 말도 하지 않겠습니다."

"그럼 질문을 달리 하겠습니다. 이 세상은 보이는 것이 전부가 아니라는 말에 대해서는 어떻게 생각하십니까?"

'나카타가 했던 말을 똑같이 하는군.'

"대통령님, 외람되지만 저는 18살에 동양철학을 이해하고, 21살 무렵에 무도의 경지에 오른 사람입니다. 똑똑한 것은 아니지만 바보 또한 아니니, 거두절미하고 이야기를 하시지요."

"좋습니다. 대통령이라는 것에 대해 먼저 이야기를 하겠습니다. 사람들은 제가 만들어진 대통령이라고 이야기를 하는데, 그 말이 맞습니다."

"……!"

선목은 놀랐다. 그녀가 말한 사실에 놀란 것이 아니라, 그런 말을 스스럼없이 내뱉는 그녀 자체에 놀란 것이다.

"뭘 그렇게 놀라십니까? 이 세상의 모든 일들에 대해 다 꿰뚫어 보시는 분이. 하지만 투표 자체를 조작한 것은 맹세코 아닙니다. 이 이야기를 하려면 제 아버님께서 대통령으로 계실 때로 돌아가야 합니다. 나는 그때부터 아버님께서 어떻게 정권을 잡으셨는지에 대한 모든 과정을 볼 수 있었습니다. 또한 이후로 외교가 국내의 정치에 어떠한 영향을 끼치는지, 한국에서 대통령을 한다는 것에 대한 의미가 무엇인지도 보았지요. 애초에 한국 대통령은 미국의 에치슨 라인을 이용한 한국전쟁 주도 이래로 단 하나의 결정조차 마음대로 하지 못하는 존재였습니다. 심지어 그러한 정부를 또 다시 컨트롤하기 위해 CIA의 사주로 중앙정보부, 즉 지금의 국정원이 창설되기도 했지요. 현재 국정원에는 아직도 그들의 공작에 협조하기 위한 부서가 따로 존재합니다. 미국이 동북아시아를 무력과 정치공작으로써 통제할 장기 말. 그 이상도, 이하도 아니었지요. 의사결정뿐만이 아니었습니다. 대통령 선출조차 국민의 의사가 아니었죠. 저희 아버지가 집권하신 것을 포함해서 이승만 대통령이 당선된 것까지 모두, 그것은 미국의 공작과 자금 회유에 의해 이루어졌습니다. 한국의 지식인들과 정치인들은 왜 가만히 있었냐고요? 그건 당연했습니다. 그게 한국에 이익이 되었기 때문이며, 자주를 외치는 순간 매장당하는 시스템이 잘 구축되어 있었기 때문입니다. 가장 큰 이유는 그런 것을 떠들어봤자, 국민들은 그것을 믿지 않았습니다. 단순하기 때문이지요. 국민은 대중입니다. 대중은 이성이 아니라 집단 감정에 의해서만 움직이지요. 눈으로 보이고, 귀로 듣는 것만 믿습니다. 자신의 의지로 인한 투표라고 생각합니다. 하지만 그것은 착각이지요. 투표를 하는 자신의 호감도와 생각, 의지마저도 이미 조작당한 것이라는 걸 깨닫는 국민들은 몇 없으니까요. 이미 종이 쪼가리의 개수를 세어가며 대표적인 의사결정을 하는 사람을 대리로 선출한다는 대의민주주의가 도입될 때부터 민주주의는 파괴되어 있었음을 국민들은 모르고 있는 것이지요. 미국의 원조와 공작을 모조리 받아내며 성장한 대한민국은 훨씬 많은 국민의 이해관계가 상충하기 시작했고, 대통령은 미국과 한국의 관계, 국민의 이해를 동시에 신경 써야 했습니다. 더더욱이 자신의 정치 이상향, 뜻, 소신과는 거리가 멀어지고, 각 행정부, 의회, 시민단체들의 건의사항을 검토하고 의견을 수렴하여 장차관들이 알아서 일을 수행하라는 위임장에 도장을 찍는 사람에 불과합니다. 사람들은 여당이 대통령을 당선시키고, 엄청난 악의를 가진 대통령이 무언가를 꾸민다고 생각하지만, 이만큼이나 대통령은 대한민국에서 아무런 힘을 가지지 못하는 존재이고, 이것은 비단 우리뿐만 아니라 전 세계적인 현상입니다. 그리고 저 또한 그렇습니다. 나는 이 모든 과정을 보며, 어렸을 때 이런 결심을 했습니다. 대통령이 되어야겠다고. 그러기 위해서 저는 아버지의 친미적 성향을 물려받으며, 민주주의에 역행하는 독재 시절의 잔재처럼 보여야 했습니다. 실제로 언론에 그런 이미지를 일부러 노출시키기도 했지요. 그렇게 미국의 주목을 받은 저는 CIA의 공작과 도움을 받아 대통령에 당선된 것이 사실입니다. 궁금하시죠? 이 모든 과정을 보았음에도 불구하고, 이렇게 구질구질하게 구걸을 받아가며 대통령이 되려고 한 이유가."

"그게 무엇입니까?"

"나는 아버님 이후 전 대통령이 집권하던 시절, 당신에 대한 프로젝트를 접하게 되었습니다. 그것은 대통령, 지금의 국정원 대미 협력실장, 그리고 나밖에 모르는 사항이었습니다. 각자는 이 프로젝트를 보고 서로 다른 속내를 두고 있었습니다만, 저는 이것이 한반도 내 미국의 영향력을 축소시킬 수 있는 좋은 계기가 될 거라고 생각하고 있었지요. 미국은 호시탐탐 중국에 분포되어 있는 희토류와, 독도에 있는 하이드레이트의 채굴을 노려왔습니다. 패권은 군사력이 아니라 자원으로 넘어온 지 오래였으니까요. 때문에 우리 정부가 언제나 북한보다 우세한 상태이면서도 통일은 이루어지지 않는 상태를 유지해 나가게 했던 겁니다. 특히 독도의 경우는 미국의 힘에 의존할 수밖에 없도록, 일본으로부터 분쟁 압력을 넣은 거지요. 일본 측에서도 당연히 자신의 영유권이 되면 좋은 거니 마다할 이유가 없었던 거고요. 그런 영향력에서 벗어날 수 있는 절호의 기회가 찾아온 겁니다. 며칠 전 황유리 팀장으로부터 양선목 선생님이 CIA 본부에 침입했다가, 일본 DIH로부터 억류되었다는 첩보에 대해서 보고받았지요. 누군지 알 수 없는 익명자의 제보였습니다. 하지만 아까 이야기했다시피 국정원은 우리 정부를 컨트롤하기 위한 미국의 타워에 불과했습니다. 경호실은 엄밀히 말하면 정보기관이라고 부를 수 없는 조직체계였구요. 참 이상한 타이밍이지요? 하필 이 제보가 들어온 시점은 제가 러시아와 미국, 한국의 관계 개선과 자원 협력에 관한 정상회담을 위해 이곳 미국으로 와 있을 때였으니까요. 게다가 저는 이곳에서 비밀리에 러시아의 정상과 한반도의 통일에 대한 자원 협상을 진행 중이었습니다. 나는 그들에게 북한에 매장되어 있는 석유 채굴권 15%를 내어주고, 당신을 찾을 수 있는 정보기관인 FSB를 동원하기로 추가 협상을 이끌어낸 것입니다. DIH가 러시아마저 적으로 등질 생각을 한 것은 변수였습니다만, 어쨌든 잘 오셨습니다. 선생님은 저에게 정말 중요한 인사이십니다. 선생님과 선생님께서 가진 자료로 말미암아 우리는 통일 한반도로 성장하여 동북아시아 내의 강력한 지도국이 될 것이며, 미국, 특히 미국의 핵심세력인 '조직'에 대항할 수 있는 연합을 구성할 정통성이 생길 것입니다. 저와 함께 한국으로 돌아갑시다. 그리고 앞으로야말로 진정한 자주국으로서 국가를 통치해 나갈 수 있도록 선생님의 지혜를 빌려주십시오."

선목의 침묵에 박 대통령은 긴장했다. 당연히 지체 없이 동의할 줄 알았던 선목은 무언가 골똘히 생각하기 시작했다.

"대통령님."

"말씀하세요."

"그럼 저를 어떻게 한국으로 데려가실 계획이십니까?"

"대통령 전용기는 아무리 미국 내라고 해도 수색하지 않는 것이 관례였습니다. 이것은 CIA가 국가 안보에 관한 사항을 걸어도 허락되지 않은 실제 사례가 있었지요. 근래에는 한 국가의 수장에 대한 대우가 어떤 보안조치보다 우선시되고 있습니다."

"제 말은 그게 아닙니다. 전용기까지 가는 과정을 말씀드리는 겁니다. 우리는 여기에 오면서 두 명의 CIA 요원을 무력으로 제압하고 왔습니다. 걱정하진 마십시오. 죽이지는 않았으니까."

"저와 황유리 팀장이 생각해 놓은 게 있습니다."

그때 선목을 안내했던 황 팀장이 들어왔다. 그녀는 무언가 많이 놀랐고, 다급해했다.

"각하, 빨리 귀국하셔야 할 것 같습니다."

"무슨 일이십니까?"

"국정원 전봉석 실장이 국정원장을 체포했습니다!"

"……!"

"도대체 그게 무슨 소리인가?"

"한국에서 우리의 반대파였던 노후연 전 대통령이 한국의 협력자인 전봉석 실장을 제재하기 위해 움직였다는 이야기입니다. 이것은 지방의 검찰총장과 달리 실질적인 제재력을 갖추었다는 것을 이야기합니다."

CIA 헬름스 국장은 DO 국장에게 보고를 받은 뒤, 깊은 한숨을 쉬었다.

"한반도에 여러모로 일이 터지는군. 나는 이제 머리가 아플 지경이네. 국장은 어떻게 했으면 좋겠는가?"

"애초에 노후연은 우리에게 '요주의 인물'이었지 않습니까? 결단을 내릴 때가 됐습니다. 이번 일뿐만 아니라 그가 본격적으로 움직이기 시작하면 마음먹고 덤벼들기 시작하며, 한국에서 모든 일에 대해 훼방을 놓을 것입니다. 그의 추종 세력의 역량과 규모를 무시하시면 안 됩니다."

"그럼 결국 역정보에 대한 패를 과감히 버리자는 말씀이십니까?"

"역정보를 얻는 것보다 더 큰 위험이 존재하는 자입니다."

"마지노 인 코리아를 말씀하시는 게 확실합니까?"

"테드 국장. 한국을 관리하던 스미스 요원이 죽은 이 시점에 전봉석 실장은 우리에게 계속해서 한국에 공작 활동을 할 수 있는 중요한 카드요. 그러나 에이전트 전이 실각하는 순간, 우린 다시 한국에 정착시키기 위해 현지의 인물을 포섭해야 하고, 다른 요원을 파견해서 둘의 유대 관계를 돈독히 해야 한단 말입니다. 그것은 최소 5년 이상이 걸리는 일이고 그 5년 이내에 한국은 통일을 할 수도 있습니다. 그것은 미국과 조직 모두에게 돌이킬 수 없는 손실을 가져다 줄 것입니다."

"만약 그 계획에 대해 한국에서 노후연의 추종 세력들이 의혹을 제기하고 언론을 주도하면 어떻게 합니까?"

"당신은 DO 국장이 아닙니까? 그것에 대한 뒤처리를 하는 것이 DO 국장의 임무입니다. 전직 대통령이 죽어야 하는 계획인데 당연히 소란스럽겠지요. 그럼 그 뒤처리는 어떻게 해야 합니까? 간단하죠. 증거를 조작하고, 증인들의 입을 틀어막으십시오. 언론과 SNS에 흘러나오는 의혹들은, 그것을 무마시킬 만큼 더 큰 사건들을 만들어 내십시오. 누구도 감히 의혹을 제기할 수 없는 엄청나게 큰 사건들. 예를 들면 수백 명이 죽는 선박 침몰 사건이라던가 하는 것들 있잖습니까? 당신은 DO 국장입니다. 무슨 일이든 만들어내고 마음대로 결정해도 되는 사람이란 말입니다."

"예, 알겠습니다."

테드 국장이 나간 뒤, 얼마 지나지 않아 에릭스틴 소장이 들어왔다. 에릭스틴의 표정은 상기되어있었다.

"그 표정은 마치 양선목의 시체를 찾아내기라도 한 것 같군요."

"양선목을 찾긴 찾았습니다. 그런데 그가 살아 있습니다."

"그래도 양선목을 찾았다니 다행이군요. 신병을 확보했습니까?"

"문제가 있습니다."

"그 문제가 뭐든, 위치를 찾아냈으면 모두 해결할 수 있는 거 아니요? 말해보십시오."

"양선목이 한국 대통령과 접촉해서 현재 같이 있습니다."

"그건 정말 젠장맞을 상황이군!"

아무리 화가 나도 한 번도 흥분하지 않았던 헬름스가 소리를 지르며 일어섰다.

"나는 방금 마지노 인 코리아를 실시하라고 테드 국장에게 지시했습니다. 그건 우리의 계획이라고 부를 수 없는 작전입니다. 패배를 모면하기 위한 궁지에 몰린 계책이지요. 거기에 방금 내가 양선목에 관한 이 소식을 듣고 어떤 반응을 보일 거라고 기대한 겁니까?"

헬름스는 그렇게 소리를 지르고 씩씩대다가 수화기를 들어 비서에게 연결했다.

"지금 대통령은 어디에 계신가?"

[의사당에 계시다가 백악관으로 복귀하시는 중입니다.]

"지금 당장 차를 준비시키게. 백악관으로 가겠네."

에릭스틴이 사색이 되어 국장에게 이야기했다.

"국장! 대통령을 찾아가다니, 그럼 양선목의 존재를 대통령에게 노출시키겠다는 거요?"

서둘러 외출 준비를 하던 국장이 에릭스틴을 바라보았다. 에릭스틴의 등골이 다시 오싹해졌다. 저번에 봤던 그 뱀의 눈이었다.

"이보시오 에릭스틴. 만약 그대에게 그 어마어마한 생물학적 지식이 없었다면 지금 내 권총의 탄환이 뇌를 통과하고 있었을 거요. 명심하시오. 조직 내의 무능한 간부들은 조직 바깥의 적보다 무서운 결과를 낳는다는 것을. 내가 전화를 하면 요원들을 대기시켰다가 양 선목을 잡기나 하십시오. 이건 CIA 일생일대의 위기입니다."

헬름스는 그 말을 끝으로, 얼어 있는 에릭스틴을 뒤로한 채 그대로 백악관을 향했다. 도대체 워싱턴에서 하룻밤 새 얼마나 많은 역사적 사건들이 벌어지는지 생각하자, 실없이 웃음이 나왔다. 하늘에서 보면 하나의 점에 불과한 장난감의 이동이지만, 그 안에서는 하늘을 뒤덮고도 남을 만한 걱정과 분노, 음흉함이 나오고 있었다.

머리가 하얘진 채로 백악관의 복도를 걷고 있던 헬름스는 뒤에서 누군가 부르는 소리가 들렸다.

"헬름스 국장! 오랜만이오."

비밀경호국의 토마스 국장이었다. 옆에는 FBI의 포넬 국가안보부 과장이 함께 있었다. 대통령을 접견하고 오는 길인 듯했는데, 바라보는 표정들이 무언가 심상치 않았다. 헬름스는 얼굴을 찌푸리고 건성으로 대답하며 갈 길을 갔다.

"대통령께 급한 사안을 보고드릴 게 있으니 먼저 가겠소."

"우리도 대통령께 보고드릴 게 있어서 갔다 오는 길이었습니다. 급한 사안이라고 하니 그것에 대해 우리에게도 좀 이야기할 수 있겠습니까? 듣고 싶군요."

"말할 필요도 없는 사항이고 말해서 좋을 것이 없는 사항이니 그냥 갈 길 가시오."

비서는 통과하는 헬름스를 보며 수화기를 들어 CIA 국장이 들어간다고 이야기를 했고, 문을 통과하여, 집무실에 들어가기 전 격실에 경호원이 가로막았다.

"잠시 몸수색을 하겠습니다. 무기가 있으면 먼저 반납해 주시죠."

"젠장. 오늘 도대체 나에게 다들 왜 이러는 거야? 내가 CIA 국장인 건 신입도 아는 일이야!"

"알고 있으니 무기를 반납해 주시죠."

헬름스는 투덜거리며 홀스터의 권총을 항의하듯 거칠게 경호원에게 건넨 뒤, 집무실로 들어갔다. 오바마 대통령은 그를 보자 무언가 착잡한 표정을 짓고 있었다.

"아니 대통령, 무슨 일이 있습니까? 경호실의 사정도 그렇고, 표정이 좋질 않습니다. 신변에 대한 이상한 정보라도 접수하셨습니까?"

"그게 아닙니다. 신경쓰지 마십시오. 무슨 일로 저를 보자고 하신 겁니까? 오늘은 아무도 보지 않을 생각이었지만, 긴급한 사항이라고 하셔서 특별히 허락한 겁니다."

"대통령! 그동안 백악관과 CIA가 껄끄러운 일로 부딪혔던 일이 많은 것은 사실이지만, 그것이 둘 모두 국가의 안위를 위한 일이었다는 걸 인정하십니까?"

"인정합니다. 갑자기 그 말을 하는 이유가 뭡니까?"

"저는 지금 무례하게도 대통령께 우리가 지금부터 할 하나의 일에 이유를 묻지 않고 승인해 주셨으면 하는 일이 있습니다."

"도대체 그 일이 무엇입니까?"

"한국의 대통령과 같이 있는 한 남자를 체포하는 일입니다."

"그 남자가 도대체 누구길래 감히 이유를 묻지 않은 승인을 해 달라는 겁니까?"

"양선목이라는 자이며, 그 인물이 그대로 한국으로 귀국할 경우, CIA의 공작에 크나큰 차질이 생길 수 있는 자입니다."

"이보시오 헬름스 국장. 지금 CIA의 편의를 위해 의전에 큰 무례를 범하라는 이야기요?"

"CIA의 편의가 문제가 아닙니다. 대통령. 양선목이 한국에 귀국하게 되면, 한국은 미국을 압박할 수 있는 엄청난 카드를 획득하게 되는 것입니다. 북한에 있는 석유 즉, 세계에서 4위 이내에 이르는 석유 채굴권을 얻지 못하게 될 수도 있다는 것을 의미하는 것입니다. 그동안 북한이 아랍 지역의 석유 재벌 국가처럼 되는 것을 견제하고, 빈곤 상태로 만들기 위해 들였던 공작비 또한 천문학적인 숫자라는 것을 기억해 주십시오. 그것은 남한 정부가 독도의 하이드레이트를 단독으로 채굴하지 못하도록 일본으로 하여금 영토 분쟁을 일으키도록 사주하며 들인 공작금도 마찬가지입니다. 그리고 그것은 다시, 우리가 비밀리에 달에서 채굴하는 고압가스들을 운송할 수 있는 통제력 또한 상실하게 되는 것이지요. 그 이후는 말씀드리지 않겠습니다. 하지만 분명한 것은 이것은 협박이 아니라 사실이라는 것입니다. 우선 양선목을 체포한 이후에는 모든 것에 대해 받아들이겠습니다. 우리가 왜 양선목을 체포했으며 그가 어떤 카드를 가지고 있는지도 보고를 하겠습니다. 미심쩍으시면 다른 기관으로부터 수사를 지시하셔도 적극 협조하지요. 한시가 급한 문제이니 결단력을 보여주시지요."

"헬름스 국장, 그게 아니겠지요!"

순간 오바마가 벌떡 일어나며 책상을 거칠게 후려쳤다.

'제기랄! 흑인들의 무식한 박력이 또 나왔군!'

안 그래도 심리적으로 불안정했던 헬름스가 식겁하자, 오바마는 그를 노려보며 말을 이어나갔다.

"양선목이 한국으로 귀국하고, 한국에서는 나에게 그 카드를 내밀 테고, 그럼 도대체 양선목이 어떤 존재인지 곧이곧대로 알게 되는 그 사항이 두려운 거겠지요!"

"대통령! 도…… 도대체 무슨 말씀을 하시는지……."

"닥치시오. 양선목이 BICC의 최후의 생존자이고, 그와 관련된 비밀문서들을 카피한 자료를 가지고 있는 자라는 것을 내가 모를 줄 알았소?"

헬름스의 심장이 주저앉았다. 대통령이 모든 것을 알고 있었다. 아찔했지만 아직 끝내서는 안 된다. 끝내기에는 잃을 것이 너무 많다.

"BICC에 대해서 어떻게 아신 겁니까?"

"그건 우리가 설명할 수 있을 것 같군."

제임스 국장과 포넬 요원이 집무실에 들어오며 이야기를 했다.

"CIA의 부처인 DS&T 요셉 국장이 포넬 요원을 찾아왔다고 하더군. 그는 양선목의 사태와 한국에서 노후연이 움직인 것에 대해 적잖이 불안감을 가지고 있었지. 그래서 내부 고발을 결심한 거야. 하지만 9·11 테러 이후 FBI와 CIA의 협약에 따라 상호 수사를 할 수 없다는 점 때문에, 포넬 요원은 나에게 찾아온 걸세."

"이런 제기랄! 결국 사리사욕에 눈이 먼 요셉이 모든 일을 그르치는구만. 진작 해고시켰어야 했어."

"아니지. 조직 내부의 폐단을 개혁하기 위해 결단을 내린 구국의 영웅이지. 아직 하지 않은 말이 있는데, 나는 방금 옆에 계신 대통령으로부터 자네의 체포를 승인받았네. 헬름스 국장, 당신을 지위 남용으로 인한 예산 유용, 불법적인 해외 살인 공작의 사주, 대통령에게 공작 사항에 대해 보고하지 않은 기만죄, 미국의 생명윤리를 해치고 전 세계를 대상으로 불법 실험을 한 죄, 국가를 위기 상황으로 몰고 간 내란 및 반역의 혐의로 긴급체포 한다. 국가 안보에 관한 사항이므로 영장은 필요 없다."

"그렇겐 못 하겠군."

헬름스가 신속하게 홀스터의 권총을 뽑기 위해 일어서며 손을 갖다 댔다. 그러나 그 순간 대통령 경호원에게 총을 반납했다는 사실을 깨달았다. 동시에 경호 팀이 집무실로 몰려와 헬름스에게 권총을 겨냥했다.

"쓸데없는 저항은 이제 그만하시죠."

경호원에게 끌려가며 헬름스는 대통령을 바라보며 이야기했다.

"저에게 이러실 수는 없습니다. 세계의 패권을 쥐기 위한 정보전에서는 선 조치와 후속 보고가 난무하다는 것을 잘 알면서 왜 그러십니까? 국가의 이익이 되는 결과에만 눈을 감아주고, 불리해지니 꼬리라도 자르시는 겁니까? 제가 없을 경우 생길 많은 변수를 케어하실 수 없으실 겁니다. 후회하시게 될 것입니다!"

"이보시오, 헬름스."

오바마 대통령이 진지한 표정으로 헬름스의 바로 앞까지 다가왔다. 포넬과 토마스를 등지고 이야기했기 때문에 그들은 대화의 내용을 들을 수도, 오바마의 표정을 볼 수도 없었다.

"방금 본인 입으로도 말하지 않았소? 패권국의 정보전에 대해서. 하지만 그거 아시오? 패권국은 정보전만 중요한 것이 아니라 외교도 중요한 것이오. 나는 단지 대한민국과의 외교를 위해 선 조치를 하고 있는 것뿐이오. 만약의 사태에 대해 보험을 들어 놓는 것이니 이해하시오. 당신의 그동안의 노고는 징역 150년으로 되돌려 받을 테니까 너무 심려하지 마시오. 그동안 수고하셨습니다. 부디 푹 쉬시길."

오바마는 그 말을 끝으로 헬름스에게 미소를 지었다. 그 순간 알 수 없는 일이 일어났다. 헬름스가 받았던 모든 스트레스가 일거에 해소되는 듯한 카타르시스가 생긴 것이다. 오바마의 미소는 그 어떤 악마보다도 잔인하고 아름다웠다.

"흐…… 흐흐흐흐. 신이다! 우리의 신이 가까이에 계셨구나! 으하하하하하! 신께서 우리가 하는 일들을 좋아하신다!"

모두들 그의 실성에 경악을 금치 못하다가, 포넬과 토마스는 퇴장했다. 그들이 나가자 오바마는 수화기를 들어 경호실장을 호출했다.

"지금 당장 박경예 대통령과 함께 있는 양선목을 잡아들이십시오. 체포 후엔 죽이셔야 합니다. 그가 가지고 있는 모든 자료를 회수하시고요."

"현장에서 발포합니까?"

"안 됩니다. 대통령이 맞았다가는 돌이킬 수 없습니다. 맞지 않다

하더라도 대통령이 있는 곳에 총격전이 벌어져선 안 됩니다. 한국뿐만 아니라 세계의 비난을 받을 거예요. 체포에 실패할 경우 저에게 즉시 보고하십시오. 그 모든 것이 저의 명령에 불응한 CIA의 결정이었다고 둘러댈 테니까요."

"또 지시할 사항이 있습니까?"

"FRB 7인의 이사를 남김없이 암살하십시오. 동 시각에 일괄적으로 처리되어야 그들이 눈치채거나, 대처할 수 없을 겁니다."

"각하, 그건 너무 위험한 일이 아닙니까? 미국은 그들의 승인으로 재무의 흐름이 이루어지는데……."

"어차피 조만간 큰 전쟁들이 벌어질 겁니다. 한반도의 통일이 임박했고 중국 공산당은 희토류와 자본을 가지고 우리를 공격하기 시작했습니다. 명분이 생길 겁니다. 전쟁이 벌어졌을 때 화폐와 군산복합산업들을 국가에서 흡수하면 '조직'은 영원히 척결될 것입니다. 그 이후엔 유대인들이 아니라 대통령과 의원들에 의해 움직이는 완벽한 자주국으로 거듭나는 것입니다. 세계의 진정한 패권국으로 영원히 남게 될 것입니다."

"그럼 에릭스틴은 어떻게 합니까? 그가 이 모든 일의 원인이었습니다."

"그런 건 중요하지 않습니다. 에릭스틴은 놔두세요. 그의 천재적인 지능은 방금 언급한 그 전쟁에 쓰일 날이 있을 겁니다."

5

보이지 않는 결말

거리를 걷고 있었다. 사람들은 이리저리 뛰어다니고 있었는데, 백골단을 피해 도망가는 시위대도 있었고, 시위대로 몰려 체포당할까 두려워 최루탄을 피해 도망가는 사람들도 있었다. 이게 도대체 어떻게 된 일인가. 과거의 망령들이 왜 다시 현실에 나타나서는 악몽을 재연하는 것인지 알 수 없었다.

'전쟁이다. 다시 전쟁이 시작 된 거야!'

노후연은 두려움에 떨며 무릎을 꿇은 상태로 바짝 엎드렸다. 그는 이제 다시 일어나서 그들과 마주보고 소리를 지르고, 변호할 힘이 없었다. 시위대 중 한 명이 그런 노후현의 어깨를 붙잡고 힘껏 끌어올려 일으켜 세웠다.

"하지 마. 하지 말라고! 나는 이제 아무런 힘이 없는 늙은이일 뿐이야."

"선생님! 나를 보세요. 저예요."

노후연이 그의 손을 뿌리치고 달아나려고 발버둥을 치다가 그 목소리를 듣고는 고개를 돌렸다. 그는 자신이 과거에 변호를 담당하여 무죄판결을 받아낸 학림 사건의 피해자 중 한 명이었다. 그의 얼굴은 분명히 그때의 앳된 얼굴이었으나, 몸은 거인에 가까울 정도로 커져 있었다.

"자네……? 자네 잘 살고 있었나? 왜 이런 꼴로 나타난 건가. 응? 그동안 어디서 무얼 하고 지냈어!"

놀란 후연을 내려놓고 그는 백골단원을 마구잡이로 잡아서는 그 큰 손으로 시멘트 바닥에 내치기 시작했다.

"이봐. 이보게, 도대체 지금 이게 뭐하는 짓인가!"

그가 다시 고개를 돌려 쳐다보자, 후연은 다시 한 번 놀랐다. 그의 눈에서는 피가 흐르고 있었고, 얼굴 또한 무지막지한 주름이 패여 흡사 괴물처럼 보였다.

"선생님, 감사합니다. 선생님이 저를 이렇게 만들어 주셨어요. 이제 이 무지몽매한 자들을 전부 황천길로 보내고, 나를 고문했던 놈들에게 갑절의 고통을 안겨줄 겁니다. 선생님, 감사합니다."

"아닐세! 이건 내가 만든 모습이 아니란 말이야!"

후연이 그를 피해 반대편으로 달려가는데, 최루탄 연기 저편에서 누군가가 나타나, 그의 목을 거머쥐었다. 마스크를 써서 얼굴을 알아볼 수 없는 백골단원이었다.

"컥. 커억!"

"노 선생. 당신만 없으면 우리 대한민국은 벌써 조국을 통일하고 저런 괴물들이 만들어질 일도 없었어. 대통령을 하면 뭐가 달라지기라도 할 줄 알았더냐? 차라리 대중들은 눈을 감고 귀를 닫게 만든 다음 헛된 희망을 품고, 당장의 현실에게 만족하게 하는 것. 그것이 진정 그들을 위한 일이었다는 걸 몰랐더냐? 싸울 거면 끝까지 싸워서 이겼어야지 이게 무슨 꼴이냐. 자! 지금 목 졸려지며 바들바들 떨고 있는 꼴사나운 너의 모습을 보란 말이야. 죽는 것이 두려우면 그런 허무맹랑한 짓들은 하질 말았어야지."

"으악! 그만해!"

놀라서 몸을 일으켜 세웠다. 일어나 보니, 새벽 1시였다. 정말 목이 졸렸던 것처럼 텁텁하고 갈증이 났다. 핸드폰을 보니 누군가로부터 문자메시지가 와 있었다.

[대법 영장 심사 통과를 위해 대법원장과 통화 요망!]

냉장고에 가서 물을 꺼내 먹고는 통화 버튼을 누르려는 순간, 거실 쪽에서 바스락거리는 소리가 났다. 무언가 심상치 않음을 감지하고는, 그곳으로 다가갔다.

'분명 누군가 있었다!'

후연은 황급히 집 밖으로 뛰쳐나갔다.

"김 실장!"

그러나 경호실장은 그 자리에 없었다. 그에게 전화를 걸어보아도 받지 않았다.

'강성직과 접촉한 이후 그놈들이 활동한 게 틀림없다. 내 움직임을 여태 포착하고 있었던 게 분명해.'

황급히 자신의 집 안 구석구석을 뒤져보았지만, 이미 그놈들은 흔적을 지우고 간 듯했다. 안심이 되지 않아 소파에 앉은 채로 TV를 켰다. 박경에 대통령이 미국 순방을 성공리에 마치고 조속히 귀국할 것이라는 뉴스와, 신태권도의 총재 황세용이 10년의 갈등에 걸쳐 국기원과 최종 합의를 확정했다는 소식이 들렸다. 학교 폭력이 심각해지고, 교사들에 대한 교권 침해와 왕따 문제들도 보도가 되었다. 왕따에 극심하게 시달리던 서 모 학생이 자살을 했다고 한다. 독재정권을 타도하기 위해 숱하게 많은 학생들이 고문을 당하고 총에 맞아 죽던 시절보다 나아진 것이 하나도 없다는 생각이 들었다.

그 많은 뉴스 중에 국정원장이 체포되고, 최영훈과 이태섭을 사면시키려는 활동들에 대해서는 어느 곳에서도 찾아 볼 수 없었다. 문득 눈에 보이지 않은 것들에 대해 노후연 자신은 얼마나 근접해있는지 궁금해졌다. 실질적으로 세상을 움직이는 그 힘들이 잘못된 방향으로 흐르는 것을 경계하며 싸워왔다고 생각했는데, 사실은 그 일부로 작용한 것이 아닐까?

[쿵! 타다닷!]

소파의 뒤편 집무실 쪽에 문이 열리고 누군가가 나가는 느낌이 들었다. 그는 순식간에 일어나 집무실 쪽으로 다가갔다. 기습하기 위해 문을 벌컥 열었지만 그곳엔 아무도 없었다.

'내가 이상한 꿈을 꾸고는 예민해졌나 보군.'

한숨을 쉬고 다시 나가려다가 눈에 스치듯 보였던 한 장의 종이를 다시 주시했다. 오늘은 프린트를 한 적이 없었다. 가까이 다가가 그것을 보는 순간 심장이 덜컥 내려앉았다. 그것은 본인의 유언장이었던 것이다. 지체 없이 그것을 찢어버리고는, 방을 나가려는데 김 실장이 들어왔다.

"김 실장! 잘 들어왔네. 여기 누군가 있……."

후연은 김 실장에게 다급하게 이야기를 하다가, 뒷걸음질을 치기 시작했다. 김 실장의 눈빛과 행동은, 그 유언장을 작성한 자가 그라는 것을 직감이 알려주었다. 김 실장의 손에는 쇠파이프가 들려 있었다.

"각하! 용서하십시오."

"김 실장! 자네였구만. 나 때문에 8년 동안 고생했네."

"각하의 죽음은 헛된 것이 아니라, 한국과 미국의 영원한 우호, 그리고 신세계의 질서를 만드는 데 도움이 될 것입니다."

"죽기 전에 내가 태어나고 자라난 이 마을을 쭉 한번 둘러보고 싶네."

"대법원장에게 전화를 먼저 하십시오. 그럼 까치바위에 오르게 해 드리겠습니다."

"무슨 말인지 도무지 모르겠군."

"각하!"

김 실장의 목소리는 흐느끼고 있었지만 눈빛은 단호했다. 쇠파이프를 단단히 쥐고 후연에게 다가왔다.

"각하! 부디 제가 소리를 지르게 하지 마십시오. 어서 대법원장에게 전화를 하시고, 영장에 대해 부탁한 것은 착오가 있었던 것이니

취소해 달라고 말씀을 하시지요."

"좋네. 알았어. 하지만 까치바위에 먼저 오르게 해 주게. 거기서 자네가 보는 앞에서 전화를 하겠네."

"그곳에서 오래 있을 수는 없습니다. 각하는 여기에서 유서를 작성하시고 목을 매 자살하셔야 깔끔하게 끝나는 것입니다. 아시겠습니까?"

[치이익. 김 실장 거기 있나? 일이 어떻게 된 건지 보고 바람.]

무전으로 들리는 목소리는 후연의 수행비서인 오 실장이었다. 김 실장은 무전을 꺼 버렸다.

"서두르십시오. 오 실장은 각하께 이런 배려를 하지 않을 겁니다."

"애초에…… 내가 마음대로 할 수 있는 일이란 아무것도 없었군."

후연과 김 실장은 시체를 기다리고 있던 오 실장을 뒤로하고, 까치바위로 올랐다. 후연의 속셈은 따로 있었다. 죽는 것은 두렵지 않으나, 지금은 조금 더 살 이유가 있다. 대법원장은 아직 영장에 대한 심사를 하지 않았다. 우선 그를 따돌리기 위해서는 까치바위에 올라가는 도중에 위치한 선불교의 사원인 청도원에 가야 했다. 그곳은 숨을 곳도 많고, 무엇보다 청도원장은 노후연의 강력한 후원자였다. 적어도 대법원장과 통화할 시간을 벌어줄 수 있으리라.

"이 길이 마지막이라니 참 아쉽군요."

"각하와 100번은 걸은 것 같습니다."

"내 가족에게 전해 주세요. 내가 죽으면 이 마을 사람들이 행복하게 살 수 있도록 신경을 좀 써달라고."

올라가는 길에 청도원으로 향하는 갈림길이 나타났다. 후연은 이 정표를 곁눈질할 뿐 그대로 까치바위로 향했다. 까치바위에 오른 뒤, 마을을 쭉 둘러보았다. 위에서 보면 자신이 걸어온 모든 길마저 작고 부질없어 보였다. 그러나 그렇다고 모든 것을 놓을 수는 없었다. 왜냐하면 적들이 먼저 그것을 놓지 않기 때문이다. 그나마 그것에 대항하여 발버둥이라도 치는 자들이 있기에, 세상이 이렇게 평화로운 미니어처같이 보일 것이다. 후연은 김 실장을 보고 웃으며 이야기했다.

"이 시간에도 등산을 하는 사람들이 있나 보네요. 저기 사람이 있네요?"

순간 김 실장은 식겁하며 허겁지겁 후연이 손가락질한 경사로로 내려갔다. 누군가 이 장면을 봤다면, 증언을 하게 될 것이고, 그것은 후연이 집에서 목을 매고 자살했다고 꾸미기에 적합하지 않은 시나리오로 흐를 수도 있다. 간단히 말하면 모든 것이 복잡해지는 것이다. 그러나 사람의 기척이 없었다. 무언가 이상함을 느끼고 다시 까치바위로 올라가는 순간, 노후연이 올라왔던 길로 황급히 뛰어 내려가고 있었다.

'이런 제기랄!'

국정 운영에 있어서 상대 당의 압박도, 국민의 욕설도 개의치 않고 당당하게 처신해 왔던 사람이 죽음을 앞에 두고 이렇게 우스운 모습을 보일 줄은 미처 몰랐다. 8년 동안 자신이 모셨던 노후연이 아니었다. 쫓아가면서도 그런 모습을 보이게 한 자신과, 자신을 움직이는 '조직'이 미웠다. 청도원으로 가는 갈림길이 보이자, 본능적으로 그곳에 숨어들어 갔음을 알 수 있었다.

김 실장이 뒤척거리는 소리에 청도원장이 놀라 잠에 깨었다. 나가 보니 평소에 마주치던 노후연의 경호실장임을 알아챘다.

"아니, 이 시간에 무슨 일이십니까? 무슨 일 있으십니까?"

'이런 썅!'

"아…… 각하께서 갑자기 이곳에 오고 싶다고 하더니 사라지셨습니다."

"그럴 수가……! 하지만 대통령께선 여기 오늘 오시지 않았습니다."

"알겠습니다. 실례 많았습니다."

귀신이 곡할 노릇이었다. 청도원으로 숨어 들어오지 않으면 어디 갔단 말인가. 순간 사람을 만나 당황해서 도망치듯 나왔는데 아무리 생각해도 이상했다. 그리고 청도원장이 평소 노후연의 지지자였다는 사실을 기억해냈다. 그가 노후연을 다른 곳에 숨기고 거짓말을 하고 있을 수도 있다. 설령 그것이 아니더라도, 노후연이 이곳에 김 실장과 함께 왔다는 사실을 알게 된 자였다. 원래의 시나리오에서 어긋난다.

'일이 점점 꼬이고 있다. 죽여야 한다.'

다시 청도원으로 들어가려고 하는 순간 뒤에서 목소리가 들렸다.

"어둡고 으스스한 산중이라 판단력이 흐려지고 있는 거야. 침착하라고."

뒤를 돌아보니 수행비서인 오 실장이었다. 그의 한쪽 손엔 노후연의 머리채를 잡고 있었다. 노후연은 그에게 사정없이 둔기로 맞아 온몸이 피투성이였다.

"오 실장! 여긴 어떻게?"

"방에 가 봤더니 아무도 없더군. 무전도 안 되고. 각하께서 이곳을 이탈하셔서 갈 수 있는 곳은 단 한 군데지. 까치바위, 아니면 청도원. 아니나 다를까 이 길을 올라가던 도중 헐레벌떡 내려오는 각하와 만났고, 다시 데려왔네. 그때 대충 견적이 나왔지. 까치바위까지 올라가길 부탁한 뒤, 그곳에서 도망쳐 나와 자네를 청도원에서 따돌리고 이곳으로 왔다는 것을 눈치챘지."

"그래 맞아. 우린 다시 들어가서 청도원장을 죽여야 해."

"아니야. 정신 차려, 김 실장. 증인을 죽이는 건 가장 소모적이고 위험한 공작이라는 걸 잊었나?"

"그가 증언을 하면 우리의 시나리오는 전부 꼬일 거야!"

"원장이 시체로 발견되어도 사람들은 이 지역에서 일어난 일을 의심할 거야. 차라리……."

"차라리?"

"각하는 까치바위에서 자살한 걸로 하자고."

"제기랄! 유서는 어쩌지?"

"포기해야지. 이렇게 된 마당에 모든 걸 완벽하게 처리할 수는 없어. 나중에 제기될 의혹은 나중에 덮어버리고, 우선 일을 진행해야지. 우선 같이 끌고 가자고."

그들은 함께 노후연을 끌고 까치바위로 올라갔다. 함께 걸어 올라갈 땐 금방이었는데, 끌고 올라가려니 둘도 힘들었다. 1시간을 끌고 가서 새벽 3시쯤이 되어서야 까치바위에 도착했다.

사상 초유의 긴급 비상사태를 맞아, 대통령 경호실은 비번까지 모두 출근하는 총 동원령이 내려졌다. 휴가자를 제외하고 총 400명이 넘는 인원들은 사이렌이 울리는 대형 버스와 헬기 등으로 1지대인 근접 동선, 2지대인 경비, 경호지대, 3지대 감제고지 및 산악 저격루트에 투입되어, 의사당을 지켜보았다.

"여기는 알파 지휘. 박경예 대통령이 있으므로 총기 사용은 불허한다. 반드시 맨손 진압할 것."

[여기는 에코. 에코 팀 측 박 대통령은 나타났지만 양선목은 보이지 않는다.]

[알파. 여기는 오스카. 양선목이 어디 있는지 찾을 수 없다.]

[알파. 여기는 폭스트롯. 해당 위치에서 임무가 수행 가능한 것인지 확인 바람.]

[알파. 알파!]

"이런 제기랄! 차에 올라타고 있는데, 양선목은 도대체 어디 있는 거야!"

지휘조인 레이반 선임 경호팀장은 의사당 근처 시설 차량에서 뚫어져라 모니터를 쳐다보지만 박 대통령과 그의 경호원들 이외에 양선목은 도저히 보이지 않았다.

'잠깐! 경호원?'

"국토안보부에 전화해서 박 대통령의 신고된 경호원 수가 몇 명인지 알아봐. 콜린스 요원. 자네는 모니터로 경호원 샅샅이 헤아려 봐."

"팀장님, 그럴 필요 없을 것 같습니다. 팀장님 이야기를 듣고 경호원을 봤는데, 박경예 대통령의 가장 근접한 곳에 경호원을 가장한 양선목의 신원이 파악됐습니다. 얼굴과 체형 99% 일치합니다."

"여기는 알파. 박경예 대통령의 왼쪽 근접 경호원 중 프라다 검은 정장에 키는 6피트 정도 인원을 식별하라. 양선목이라고 판별되면 즉각 알파부터 노벰버까지 전원 투입하라!"

[Roger that!]

박 대통령의 차량까지 열 보 정도가 남은 상황에 주위의 요원들이 갑작스럽게 떼거지로 그들에게 몰려들자, 낌새가 이상함을 눈치챈 박 대통령은 선목과 눈빛을 교환하자마자 재빠르게 움직이기 시작했고, 유리를 포함한 나머지 경호원들이 요원들의 접근을 제지하기 시작했다. 수적으로 절대 우세였던 요원들이 한국 경호원들에게 알력을 행사하며 진영을 뚫고 들어왔지만 그땐 이미 대통령과 선목이 차량을 탑승해 있었다.

그 광경을 모니터로 지켜보던 레이반이 헤드셋을 벗어던지며 열을 냈다.

"콜린스 요원. 자네가 전달해. 3지대까지 가 있는 엑스레이, 양키, 줄루까지 포함해서 전 요원 전부 대통령 전용기의 동선에 깔아. 전용기에 양선목이 탑승하기 전에 반드시 생포할 것. 못 하면 부활절에 오바마 대통령이 친히 가정에 방문해서 함께 식사를 하실 것이라고 전해라."

"무슨 수를 써서든 잡아내겠군요."

한편 허겁지겁 차량에 올라타 공항으로 이동하는 내내 차량 안은 조용했다. 박 대통령은 초조해하면서도, 선목이 걱정할까 봐 내색하지 않았다.

"저쪽에서 아무래도 눈치를 챈 것 같죠?"

"저를 잡으려고 혈안이 된 자들입니다. 이렇게 조용히 지나갈 리는 없다고 생각했습니다."

"공항에는 더 많은 인원들이 배치될 텐데 괜찮겠습니까?"

"어차피 대통령님이 계시니 총기 사용을 허가하지 않을 겁니다."

"차라리 제가 협상을 해서, 선생님을 본국으로 돌아갈 수 있게……."

"안 됩니다. 그건 대통령님께서 저를 불법적으로 귀국시키려는 의지가 있었다는 것을 인정하는 것입니다. 저는 미국의 안보 위협에 관한 1급 수배자입니다. 국가의 외교적 손실을 무시할 수 없을 겁니다."

"끄아악!"

기절했던 노후연이 깨어나자마자 비명을 질러댔다. 여기저기 둔기로 인한 골절과 타박상의 통증이 한꺼번에 나타났던 것이다. 김 실장과 오 실장은 후연에게 핸드폰을 쥐어 주었다.

"각하. 이제 대법원장에게 전화를 하시지요. 벌써 부재중 전화가 세

통입니다."

둘은 후연이 기절한 사이에 까치바위에 그대로 떨어뜨려 자살로 위장하려 했으나, 그 순간 대법원장에게 온 전화벨 소리가 울렸고, 그들은 후연으로 하여금 영장심사에 대한 철회 발언을 요구할 생각이었다.

"각하! 말씀을 잘 해 주십시오. 각하는 어차피 죽게 되겠지만, 가족들을 생각하셔야지요."

8년간 노후연의 옆에서 동고동락했던 사람으로서, 그것이 얼마나 잔인한 협박이었는지 알지만 어쩔 수 없었다. 어차피 죽음을 두려워하며 굴할 만한 인물이 아니라는 것을 잘 알았다. 까치바위 앞에서 피투성이가 된 후연은 무릎을 꿇고 하염없이 눈물을 흘리며 마을을 바라보았다. 신념을 지키자니 가족들이 걱정이었고, 가족들을 지키려고 옳은 길을 포기하자니 4,000만 국민의 애환을 배신하는 것 같았다.

"어서 결정하세요. 전화를 거십시오, 각하. 괜한 고집 부리지 마십시오. 제발! 이제 와서 하는 이야기지만 혼자 청렴한 척했던 그 고집 때문에 수혜를 입은 사람보다 피해를 본 사람들이 더 많았단 말입니다!"

김 실장이 두려움과 분에 못 이겨 노후연을 윽박지르자, 그제야 후연은 무엇인가 개운해진 듯했다. 그는 죽겠지만, 이미 이 싸움은 이겼다. 지금 이기지 않더라도 언젠가는 이길 것이라는 확신이 들며, 입가에 저절로 미소가 번졌다. 대법원장에게 전화를 걸었다.

"나, 노후연입니다. 잘 계셨습니까?"

[예. 한밤중에 전화를 할 일이 우리 사이에 생길 줄은 몰랐네요.]

"제가 특별히 부탁드릴 그 일 말입니다. 어차피 원장님께서는 제 부탁에 따라 판단하실 분이 아니라는 걸 잘 압니다."

[제가 그런 사람이라면 지금 이 자리에 있지도 못했겠지요. 하지만 너무 뜬금없이 큰 카드를 부탁하셔서 당최 무슨 사연인가 궁금해서 그랬습니다.]

"하…… 하하하. 그렇게 말씀…… 말씀하시니까 한국의 미래가 안심이 되네요."

후연의 눈에 하염없이 눈물이 나오고 목이 메어 잠깐 말을 잇지 못했다. 무언가 이상한 낌새를 눈치챈 전화 건너편에서 먼저 말을 꺼냈다.

[여보세요? 각하, 괜찮으십니까? 무슨 일이 있습니까?]

"아닙니다. 제가…… 제가 부탁드릴 게 있습니다. 그 영장에 대해 어떤 판결을 해 달라고 사주하는 것이 아닙니다. 모든 판단을 할 때 그 어떤 판결을 할 때 말입니다. 깊이 생각해 주시기 바랍니다. 치열한 사유를 하시고, 모든 일의 옳고 그름을 정확하게 따져 주시기 바랍니다. 부디 그렇게 머릿속에 일어난 전쟁을 끝내신 뒤에, 보이지 않는 부분까지 보실 수 있는 연후에 판단하시고, 행동하시고, 판결해 주십시오. 만약 그렇게 된다면, 이 세상의 모든 치열한 투쟁과 비극들은, 머릿속에서 바깥세상으로 나오지 못하게 될 겁니다. 그리고 당신은 그렇게 할 수 있는 능력이 있다는 걸 알고 있습니다. 당신이 저와 같다는 것을 믿기 때문이죠."

그렇게 알 수 없는 말을 하고 후연은 전화를 끊었다. 오 실장은 후연에게 골프채를 힘껏 휘둘렀다. 고통과 쾌락, 그 사이에 얽매여 언제나 갈팡질팡하고 고민했던 후연은 그 모든 것을 끝낸다는 것에 오히려 희열을 느꼈다. 떨어지며 죽어가는 자신의 모습이 두렵지 않은 것은 아니었다. 미치도록 살고 싶었다. 어떻게든 이 벼랑을 뚫고 나와 다시 땅에 발을 디디고 서서 내가 살아 있노라고 외치며 감격의 눈물을 흘리고 싶었다. 그렇게 살고 싶어 최대한 몸을 숙이고 머리를 팔로 감싸 쥐며 여기저기 바위에 부딪히고 모서리에 찍히며 나뭇가지에 뭉개고 있는데, 이상하게도 그때부터 마치 바로 옆에서 누군가 후연을 다정하게 지켜보고 있는 느낌이 들었다. 눈을 살짝 떠 보니 웬 미남자가 후연을 보고 있었다. 그 순간 자신이 몸을 뒹굴거리고 있다는 느낌이 들지 않고, 편안해졌다. 직감적으로 그가 인간이 아님을 알 수 있었다. 그는 후연이 자신을 봤음을 눈치채고 그의 귀에 속삭였다.

"비밀을 한 가지 알려 줄까? 사실 인간은 날 수 있다네. 중력은 자연이지만 인간이 그 중력을 거스르고 싶어 하는 것 또한 자연이기 때문이네."

"그런데 왜 날지 못하는 것입니까?"

"날지 못하는 것이 아니라, 날지 않는 것이지. 날갯짓이 힘드니 스스로들 그만둔 거야."

"그럼 다시 날갯짓을 하면 날 수 있습니까?"

"아니. 날갯짓을 멈춘 지 너무 오래돼서 지금 날갯짓을 한다고 날진 못하지. 다만……."

"다만?"

"너의 후손들은 언젠가 날 수 있겠지. 잘했다, 노후연. 네가 세상에 있는 모든 만물들만큼 자랑스럽구나. 어서 오너라, 나의 품으로."

주위가 점점 어둠으로 변했다. 그러나 그 어둠은 빛을 품고 있었다. 후연은 점점 안락한 어둠 속으로 빨려 들어갔다.

공항에 차가 도착했지만 박 대통령은 쉽사리 차문을 열 생각을 하지 못했다. 못해도 400명을 넘는 것 같은 요원들이 대기하고 있었다. 대통령은 질린 표정으로 선목에게 물어봤다.

"저들을 뚫고 갈 힘이 있겠습니까?"

선목은 창밖을 한번 보고는 눈을 감고 숨을 들이킨 뒤 천천히 내뱉었다. 그리고 눈을 떴다. 그의 표정은 너무나 온전하고 평온했다.

"대통령님! 저는 힘이 있어서 싸우는 것이 아닙니다. 저의 내면을 가만히 지켜다 보면, 제가 진정으로 원하는 욕망이 무엇인지 알게 됩니다. 그것은 하늘의 뜻과 크게 다르지가 않지요. 당장 목이 마르다고 콜라를 마시고 배가 고프다고 치킨을 시키는 것은 자신의 의지가 아니지요. 나는 이곳에 제가 누군지 알기 위해 왔을 뿐이고, 지금 이곳을 뚫는 것은 제가 해야 할 일이지요. 그것이 모두를 위해서, 그리고 저를 위해서 좋은 것이니까요."

박 대통령이 선목의 말을 이해했는지는 알 수 없었으나, 그녀는 고개를 끄덕였다. 그리고 결의에 찬 표정으로 먼저 차 문을 열고 나갔다. 뒤따라 오는 차량에서 수십 명의 경호원들이 나와서 포위망을 뚫고는 박 대통령을 근접 경호했다. 그녀는 주위의 요원들에게 인상을 찌푸리며 이야기했다.

"당신네 나라에서는 일국의 대통령을 이렇게 에워싸서 불편하게 하는 것이 예의입니까?"

그들은 서로 눈치를 보다가 말없이 10m를 물렀다. 뒤에 워낙 사람들이 많아서 10m를 물리는 데도 크나큰 혼선이 생겼다. 상관없었다. 어차피 양선목이 내리면 그를 잡는 것은 시간조차 문제가 되지 않으니까. 곧바로 양선목이 내렸다. 차를 등지고 있는 선목을 반원형으로 포위한 요원들은 끝이 보이지 않았다. 박 대통령이 뒤를 돌아 선목을 걱정스러운 표정으로 쳐다보았다.

"여기에 계시면 위험하니, 지금부터는 뒤를 돌아보지 마시고 비행기에 탑승하시지요. 곧 뒤따라가겠습니다."

대통령은 고개를 끄덕이고 수십 명의 경호원들과 함께 비행기를 향해 걸어가기 시작했다. 동시에 요원들 몇몇이 슬금슬금 선목에게 다가오기 시작했다.

"문득 예전 생각이 나는군. 내가 한국에선 사백이라고 불린 적이 있었지."

선목은 걷기 시작했다. 보폭은 경쾌했지만 일반적인 걸음걸이보다

폭이 좁고 조금 느렸다. 방향은 여기저기 흩날렸다. 그의 방향에 따라 자기장이 형성되는 것처럼 전방의 요원들은 긴장하며 함께 이동하기 시작했다.

'사람 수가 아무리 많더라도, 원거리 무기를 쓰지 않는 이상 아홉 개의 방향에서밖에 공격을 할 수 없다. 다만 그 뒤를 받쳐주는 무게가 실릴 뿐. 내가 급소를 가격당할 일은 절대 없다. 다만 포위되어 나의 몸을 무기로 쓸 새도 없이 고깃덩어리로 짓이겨버리는 상태만 경계하면 된다.'

마침내 어느 방향이 먼저랄 것 없이 원형으로 좁혀진 선목을 향해 요원들이 달려들기 시작했다. 그들은 역시 아예 처음부터 선목을 제압할 생각이 없었다. 그저 무작정 몸으로 밀고 들어오면 뒤에 밀려드는 요원들에 의해 상황이 해결될 것이라고 생각했다.

[퍽! 퍼퍼퍼퍽!]

그러나 그들의 예상은 첫 타격에서부터 그대로 빗나갔다. 순식간에 주먹, 팔꿈치, 발, 무릎 공격으로 덤벼들던 다섯 명의 요원이 그 자리에서 쓰러져 선목에게 바리케이드 역할을 해주었다. 그렇게 선목의 국제적인 전설이 시작되었다. 요원들은 이내 무식한 작전을 포기하고 떼거지로 모여들어 선목에게 로우킥과 펀치를 사정없이 날리기 시작했다. 선목은 처음에는 직선적으로 직접 공격을 맞받아치며 침착하게 한 명씩 쓰러뜨렸고, 바리케이드가 열 명이 쌓이는 순간 그것들을 왔다 갔다 하며 요원들의 스텝에 제동을 걸었다. 제동이 걸렸다 한 요원들은 어느 틈에 옆으로 침투해 온 선목의 일격에 또 하나의 바리케이드가 되었다. 그때부터 선목은 마치 체스판을 이곳저곳 돌아다니는 퀸과 같았다. 진열은 순식간에 흐트러져 그에게 근접하여 5초 이상을 공격한 요원들이 없었다.

선목을 압박하던 좁은 공간은 점점 넓어졌으며, 그의 팔다리는 점점 더 자유로워졌다. 2m 이내에 감히 그에게 범접할 수 있는 요원이 없었다. 양선목은 액션 영화의 주인공이었으며 400명의 요원은 그 말도 안 되는 영화의 엑스트라였다. 워낙 많은 수의 요원들이 있었기에 공포심에 휩싸여 그와 대면한 요원들이 뒤로 엉거주춤 물러나서 빠져나가면 멋모르는 뒤의 요원들이 불나방이 되어 타들어갔다. 양선목은 태풍의 눈이었으며, 요원들은 태풍이라, 선목의 동선대로 태풍은 요동치며 방향을 틀어댔다.

무인에게는 몇 가지 경지가 있다. 첫째로 온몸이 강건해져서 그를 뚫을 자가 없어지는 것이다. 다음으로 세 번을 맞기 전에 상대를 제압하는 경지이다. 셋째로는 팔다리가 재빨라져 상대의 공격을 차단하고, 자신의 공격을 상대가 막지 못하는 경지이다. 넷째로는 물 흐르듯 동작이 유연해지는 유하의 경지, 다섯째로는 유하보다도 유연하게 바람이 되는 풍운의 경지이다. 그런데 지금 선목은 바람마저도 그를 스치지 않고 있었다. 그것이 사물의 구분이 없어지는 경지. 세상 자체와 하나가 되는 물아일체의 경지였다. 그런 선목에게는 적마저도 적이 될 수 없었다.

격투가 처절하다기보다는 경이로웠고, 춤보다 아름다웠다. 그의 움직임은 부산에서 황세용이 보였던 극단의 무게 배분과 날카로운 공격과는 달랐다. 공격과 방어를 하는 데 순리의 어긋남이 없었고, 힘이 필요하지 않았다. 그가 지치기를 기다리는 것은 무선 마우스로 에너자이저 1만 개를 사용하길 바라는 것과 같았다. 많은 수를 상대하면서도 무게의 배분이 언제나 균등했다. 변화하더라도 7:3을 넘지 않는 수준이었고, 변화가 길게 지속되지 않고 즉시 복귀하였다. 마치 상대는 무게가 없는 공기 인형인 듯 너무나 쉽게 팔다리가 꺾이고, 타격에 중심이 무너져 버렸다. 요원의 숫자는 중요하지 않았다. 그들은 전부 겁을 집어먹었고, 선목은 침착했다. 요원들이 모두 거친 숨을 내쉴 때, 선목은 어깨가 조금 들썩이고 코가 벌름거릴 뿐이었다.

"나를 더 막을 자가 있는가?"

선목은 태연히 물으며 비행기로 걸음을 옮겼다. 마치 모세의 기적처럼 비행기로 향하는 길이 열렸다. 선목은 그렇게 허무하게 비행기를 타고 귀국하는 듯했다. 멀리서 레이반 팀장이 뛰어오지만 않았다면 말이다. 전력 질주로 자신을 향해 뒤에서 누군가가 뛰어오고 있다는 사실은 선목도 알아챘다. 그는 뒤를 돌아 레이반을 제지하려고 했지만 레이반은 완벽히 선목을 향해 지면과 수평으로 다이빙을 하고 있었다. 그런 그를 제지하려면 레이반의 목덜미를 끊어 치며 내리눌러야 했지만, 그랬다간 살인을 해야 했다.

[퍽!]

'이런 제길…….'

레이반의 태클이 완벽하게 걸렸고, 선목과 레이반은 함께 넘어졌다. 요원들은 그 틈을 놓칠세라 그대로 선목의 위를 자신의 몸으로 덮었고, 그 뒤의 요원은 앞의 요원의 위에 자신의 몸을 덮었고, 또 그 뒤의 요원이 그것을 이었다. 그렇게 거대한 산이 형성되었다.

"그대로 누르고 있으라고! 지칠 때까지 누르고 있다가 체포해!"

그렇게 몇 분이 흘렀을까. 몇 번 꿈틀대던 선목의 움직임이 잠잠해지는 것 같았다.

"이제 된 것 같은데 체포할까요?"

"조금씩 물러나. 조금씩!"

그렇게 몇 명씩 몸을 치우느라 산을 내려가는 데도, 움직임은 없었다. 요원들은 선목이 기절했을 것이라고 생각했다. 서로들 일어나 몸으로 이루어진 산은 조금씩 줄어들었다. 박 대통령은 비행기 창문을 통해 그 광경을 보고는 한숨을 쉬었다. 황유리 팀장이 그녀를 바라보았다.

"출발할까요?"

그런데 박 대통령은 대답은 하지 않고 알 듯 말 듯한 미소를 보이며 창밖만 바라보는 게 아닌가. 황 팀장이 이상하게 생각하며 바깥을 바라보고는 경악을 금치 못했다.

[꿈틀!]

처음에는 아주 미약한 움직임이었다. 그러나 산을 움직이기에는 역부족이었다.

[꿈틀! 꿈틀!]

그런데 그 미약한 움직임은 진동이 되었고, 그 진동은 진폭을 점점 더 크게 만들었다.

[꿈틀! 꿈틀! 꿈틀!]

"으악!"

"으어어어어!"

[와르르르르. 퍼퍼퍽퍼퍼퍽!]

거대한 진동으로 인해 위에 올라 있던 요원들이 내팽개쳐지면서 산은 무너졌고, 몇몇 남아 있던 요원들을 거의 날리다시피 떨쳐낸 선목이 다시 접근하지 못하도록 주위의 요원들과 레이반을 묵사발로 만들기 시작했다. 현장의 요원들은 황 팀장보다 몇 배는 경악하며 질려서 물러서기 시작했다. 그렇게 산을 초기에 만들었던 모든 요원들을 바리케이드로 만든 선목이 마지막 일격을 마치고는 일어서며 이야기했다.

"지금 나를 막는 자는 그것이 다이아몬드 광산이라고 해도 부술 것이고 지구라고 해도 들어 올릴 것이다. 왜냐하면 내가 그렇게 할 것이기 때문이지."

그 이후로 아무도 그에게 접근하지 않았다. 선목은 태연하게 퍼석퍼석해진 옷을 끌고 대한민국 공군 1호기에 오르기 시작했다. 현장에 있던 모든 요원들, 그리고 대한민국의 대통령 경호원은 이날의 양선목의 모습을 잊지 못했다. 박 대통령은 입구에서 친히 그를 포옹하며 맞이했다. 1호기가 이륙하기 위한 엔진 소리를 내기 시작하고 천천히 움직이기 시작했다. 활주로에는 그 어떤 장애물이나 공작도 없었다. 그렇게 가속도를 붙이기 시작했고, 선체가 뜨기 시작했다. 요원들은 충격에 빠져 전설이 미국의 영공에서 사라지는 장면에서 눈을 떼지 못했다.

"곧 대통령님이 귀국하신다고 하지 않습니까."

"이보시오, 총리. 대통령께서 오시면 상황이 바뀔 거라고 생각하십니까? 내가 지금 유리한 상황을 만들려고 수작을 거는 것 같소? 나는 말입니다."

국무총리를 대면하는 봉석의 눈빛에는 조금도 흔들림이 없었다. 그것은 선목이 가지고 있는 고요한 눈빛과는 달랐다. 눈 안에 있는 빛이 너무나 강하고 단단해서, 그것이 세상 밖으로 뚫고 나와 보는 이의 마음을 꿰뚫는 것 같은 눈이었다. 그는 일어서서 테이블에 손을 짚고는 상체를 숙여 총리의 바로 앞까지 눈을 마주쳤다.

"오늘 행정부가 당하는 이 굴욕의 자리에 차마 대통령을 앉힐 수 없어서 배려해 주고 있는 것입니다."

총리의 떨리는 손이 국새로 향했다. 그의 앞에는 국정원장의 불법 행태에 대한 긴급체포 동의안과 대리로 전봉석 실장이 원장 임무를 수행한다는 문서가 있었다. 만약 여기에 동의한다면 봉석이 원장을 감금한 것에 대한 모든 책임이 보호된다는 뜻이었다. 사실 이 상황에 대통령이 온다고 해도 봉석의 말처럼 상황이 바뀔 일은 없었다. 그러나 총리는 앞에 놓인 서류를 찢어버리고는 단호하게 이야기했다.

"대통령이 귀국하면 합리적으로 판단한 뒤 통보하겠습니다. 돌아가시지요."

봉석의 굳건하던 눈이 분노로 바뀌었다.

"오늘의 일을 분명히 후회하게 되실 겁니다."

"더 보기 싫으니 어서 가십시오. 설령 나중에 후회하더라도 내 마음이 시키는 것을 하겠습니다."

"내일 아침 뉴스를 보시면 총리에 대한 선물이 하나 있을 겁니다. 국민들의 알 권리를 보장해 주어야지요."

"그게 도대체 무슨 소리요?"

"총리께서 국무조정실에서 초임 사무관으로 계실 때 말입니다. 주점 아가씨와 꽤 열렬히 사랑하셨더군요."

봉석이 던진 사진에는 활짝 웃고 있는 예쁜 여대생의 사진이었다.

"딸의 근황이 궁금하셨을 테니 이건 특별 선물이라고 해 두죠."

[쾅!]

사진을 본 순간 총리는 거칠게 테이블을 치며 일어섰다.

"전 실장, 너 이 자식!"

"함부로 이 자식 저 자식 말하지 마라. 대한민국에서 내 잘못만 잘못이고 네 잘못은 잘못이 아닌 줄 알았더냐? 내가 베트남에서 옌띤막[58] 애들과 사투를 벌이고 있을 때 네놈은 행정고시를 패스했단 이유로 더러운 쾌락에 몸을 좇고 있었다. 그런데 누구한테 반말이야! 내일 사퇴하기 싫으면 당장 도장을 찍으란 말이야!"

---

58) 베트남어로 '조용한 심장'이라는 뜻이며, 왕권국가를 재건하려는 베트남의 비밀 조직. 한국의 군사 및 내정 정보를 수집하여 북한에게 파는 사업도 관여하고 있다.

총리는 몸을 부들부들 떨기 시작하다가 고개를 떨구고 다시 의자에 앉았다.

'처음부터 내가 할 수 있는 일은 아무것도 없었구나.'

"젊은 남자가 여자를 보고 정욕을 가지는 것도 죄라고 누가 그럽니까? 잘못이 있다면 그들을 외롭게 만드는 이 사회와 그 외로움을 부추기는 업자들에게 있겠지요."

봉석과 총리는 동시에 목소리가 난 쪽을 쳐다보았다. 총리는 놀라서 자리에 일어났다.

"대통령님!"

"총리! 그동안 무슨 일 있었습니까?"

박 대통령은 태연히 봉석을 지나쳐 총리의 자리로 다가갔다.

"아닙니다. 다만……."

총리는 말을 흐리고는 봉석을 쳐다보았다. 박 대통령이 봉석을 무심하게 한 번 쳐다보고는, 총리의 앞에 찢어진 서류들을 살펴보았다.

"임명 동의서, 체포 동의서, 이태섭과 최영훈에 대한 취조 위임장……. 전 실장님?"

박 대통령은 서류를 훑어보고는 다시 봉석을 쳐다보았다.

"네, 각하."

"전 실장님은 본인이 무엇이라고 생각을 하십니까?"

"각하! 외람되지만 그 모든 것을 승인해 주시지요. 다른 길은 없을 겁니다."

"제가 묻는 말에 대답을 하시지요."

"내가 이 국가의 법이요!"

둘의 팽팽한 긴장감 사이에 총리와 황 팀장은 둘 다 침이 넘어가는 소리를 숨길 수 없었다. 봉석은 소리를 지른 뒤, 대통령의 바로 앞까지 갔다.

"내가 뭐라고 생각하느냐고 물으셨습니까? 대통령께서 나에 대한 모든 권한을 승인해 주시는 순간, 미국과 우호 관계를 유지할 것이고, 북한을 압박해 들어갈 것이오. 이 결정에 반하는 모든 인사들을 투옥시킬 것이고, 언론을 장악해서 기업을 대변하지 않는 자들을 윤리적으로 매도시킬 것입니다. 이익 때문에 죽는 사람이 생기고, 지금의 정권에 하자가 생겨도, 원래 삶은 그런 거라고, 억울하면 경쟁해서 더욱 다른 사람을 밟고 올라가서 권력의 핵심에 다가서라고 암시하는 교육 체계를 구축할 것입니다. 이게 바로 껍데기만 남은 무능한 행정부의 수장 대통령, 그리고 거기에 세뇌되어 자신이 안락한 삶을 살고 있는 게 맞는다고 누군가 이야기해 주길 바라는 국민들이 원하는 대한민국의 모습이 아니고 무엇이란 말이오! 내가 바로 이 나라의 법이고, 이 나라의 욕망 그 자체란 말입니다. 나를 평생토록 그렇게 생각하고, 행동하게 만들어 놓고 왜 다들 이제 와서 깨끗한 척이냔 말이야!"

봉석의 외침은 위압적이기보다는 숙연하고 처절했다. 대통령과 총리, 그리고 팀장은 한동안 그의 절규에 아무런 대꾸도 하지 못했다. 대통령은 착잡한 표정으로 황 팀장을 바라보았고, 황 팀장은 고개를 끄덕인 뒤 봉석에게 다가왔다.

"전봉석. 당신을 국가 내란죄에 의거하여 긴급 체포한다."

"이봐 황 팀장. 내가 국정원에서 많은 일을 해왔지만 그중에서 하나 기억나는 일이 있었는데 그게 뭔 줄 아나? 바로 CIA와 협조하여 저기 계신 대통령을 당선시키는 일이었지. 나를 체포한다고? 대통령님, 내일 개국공신의 영웅을 토사구팽 했다는 기사가 대문짝만 하게 나오고 싶지 않으면 당장 내 요구에 대해 도장이나 찍어주시는 게 좋을 것입니다."

"그게 전부입니까?"

"뭐라구요?"

너무도 태연히 맞받아치자, 전 실장은 황당하여 다음 말이 생각나지 않아 막혀 버렸다.

"나에 대해 긁어모은 스캔들 정보가 그것뿐이라면, 참으로 다행이군요. 가족이 없다는 것이 이렇게 유용할 때가 있군요. 대한민국 대통령의 스캔들치곤 양호하지 않습니까? 그런데…… 그 뉴스를 내일 아침에 방영은 할 수 있겠습니까?"

"그게 무슨 소리요."

'국정원 본부에 무슨 조치를 해놓은 것이 틀림없다!'

대통령은 전 실장의 말에 대꾸하지 않고 황 팀장에게 눈짓을 했다. 황 팀장은 고개를 끄덕이고는 3팀에게 들어오라는 명령을 내렸다. 무전이 끝나자마자 1분도 채 되지 않아서 경호 3팀 인원들이 들어왔다. 그를 연행해 가려는데, 대통령이 잠깐 멈추라는 손짓을 했다.

"전봉석 실장, 이제 잠깐 멈추시고 스스로의 모습을 보는 시간을 가지세요. 그리고 당신이 왜 이렇게 더럽고 추악하며, 막무가내인 악마로 변했는지 잘 생각해 보세요. 그 이유는 아마, 당신이 다른 사람보다 훨씬 고결하고 이상적인 생각을 고집했기 때문일 겁니다. 당신의 말이 맞아요. 대한민국은 이미 더러움의 극치를 달리고 있습니다. 하지만 지켜보십시오. 깨끗한 1급수가 아니라, 더러운 뻘과 진흙 밭에서 연꽃이 피고 진주가 나타나는 모습을요. 자기 이익만 챙기는 이 우매한 사람들이 현명하게 공생하는 방법을요."

"대통령…… 무슨 조화를 부렸는지 모르지만, 국정원 본부에 있는 3팀장이 가만히 있지 않을 겁니다. 한번 지켜봅시다. 그 전까진 내가 순순히 따라가 주겠습니다."

한편 국정원 본부에서는 대미협력실 3팀장이 초조하게 전봉석의 연락을 기다리고 있었다. 한참 연락이 오지 않아서, 봉석에게 전화하려는 찰나, 정책전략정보분석관이 3팀장에게 황급히 달려왔다.

"전 실장님이 체포됐어!"

"이런 제기랄!"

분석관은 3팀장에게 말을 이었다.

"우리 이제 그만두자고. 대통령이 귀국하시고 주저 없이 체포하셨어. 애초에 허황된 망상에 사로잡혔던 거야."

"이미 돌이킬 수 없어. 이 싸움에 져서 반역자가 되거나, 이겨서 국정원 차장이 되는 것. 이 둘 중 하나를 선택할 수밖에 없다고. 당장 재경부장관과 총리의 스캔들을 언론에 폭로해서 압박해 들어가야 해. 그럼 대통령도 생각이 바뀌실 거야."

"무슨 싸움을 하든 상관은 없습니다. 하지만 그 전에 간단한 절차를 좀 밟아 주시지요."

3팀장은 자신의 눈을 의심했다. 강성직 부산지방검찰총장과 최우환 부장검사, 그리고 수석 수사관이 서 있었다. 현장에 있던 모든 중무장 요원들이 그에게 소총을 겨누었다.

"여긴 무슨 일입니까?"

"그때 뵈었던 대미협력실 3팀장이 맞습니까?"

"맞습니다만……."

"이름이 뭐요?"

"김주환입니다."

"김주환! 내가 너네들한테 두 번이나 총구를 들이대는 걸 허락해야 되냐?"

성직의 말이 끝나자, 우환 또한 귀찮다는 듯 피우던 담배를 바닥에 떨구었다.

"김주환 씨, 빨리 분위기 파악하시고 총 치워요."

그러고는 주섬주섬 품에 있는 서류를 꺼내어 그에게 보여주었는데, 수색영장과 체포영장이었다.

"잘 들어요. 똑똑한 분이니까 다 이해는 하실 겁니다. 국정원이 부산광역시를 포함한 지역자치단체, 그리고 중앙정부의 권한을 침해하고, 정보 통제력을 이용한 월권행위로 대통령을 협박하며, 대통령의 의사결정권을 침해한 죄, 즉 국가 반역죄로 국정원 대미협력실 3팀 전원을 체포하고, 국가 반역죄에 연루된 국정원의 모든 재산 및 정보를 압수 수색한다. 현 시간부로 어떤 정보도 운용할 수 없으며 모든 것은 부산지검의 소속으로 이첩된다."

분석관은 뜨악한 표정으로 3팀장을 바라보았다. 3팀장은 고민도 하지 않고 권총을 겨누었다.

"무슨 개수작인지 모르지만 그렇게 순순히는 못하겠습니다. 또다시 수모를 당하기 싫으시면 그대로 돌아가시지요. 국정원 압수수색은 대통령의 뜻으로 이루어질 수 없습니다."

그의 말에 우환이 오만상을 찌푸리며 3팀장에게 다가갔다.

"야. 쳐 맞기 싫으면 순순히 따라와. 이게 대통령 개인의 의지였던 것 같아? 너희들을 노린 게 대통령 한 명이었을 것 같으냐? 모든 국회의원의 동의를 받고, 대법원장의 승인을 득한 영장이야. 모름지기 힘이 커졌는데도 겸손하지 않으면 뒤가 구린 자들한테 뒤통수를 맞기 마련이야. 분위기 파악을 좀 해. 아무렴 우리가 이 종이쪼가리 한 장 믿고 여길 왔겠냐?"

지휘통제실에 수십 명의 경찰특공대가 중무장한 상태로 진입했다. 그러나 3팀장은 끝까지 총을 내려놓지 않은 채로 외쳤다.

"우리가 이딴 병력으로 기가 죽어서 투항할 줄 알았나? 여긴 정예 요원으로만 구성된 국정원이야!"

"그래서?"

"뭐라고?"

"그래서…… 국정원에서 총을 꺼내 들면 다 발 아래 있을 줄 알았나? 검사들은 말이야. 사실 정치에는 아무 관심이 없어. 그냥 사시 패스하고 목 뻿뻿한 꼰대들이거든. 꼰대 알지? 자존심이 졸라 세서 누가 자기 건드리면 게거품 무는 거. 말에 막 토 달고 그러면 자기가 진리라고 막 이겨먹을라고 토론하고 응? 감히 우리 검사들을 건드려서 반격을 하는데 이 정도로 쳐들어왔을 줄 알았어?"

최 검사가 창 쪽으로 고개를 까딱거리자, 주환이 고개를 돌려 창밖을 보았다. 그곳에는 보병 1개 대대[59]가 주둔하여 국정원을 포위하고 있었다.

"아니…… 군대라니!"

"국정원 사태에 대해 긴급코드 001을 발동시켰고, 청와대 전담 대대를 투입시켰어. 수사와 체포권은 없지만 너희들이 반항한다면 즉각 투입되기로 했다. 무기를 버리고 순순히 투항해라. 그럼 때리진 않을게."

"이런 젠장맞을!"

[툭!]

주환은 권총을 떨구고 유리창에 이마를 기댄 채 무릎을 꿇고 말았다. 싸워보지도 못하고 항복한 기분이었다.

CIA를 배신한 DS&T 요셉 국장의 대리로 국장직을 수행하던 에릭

59) 1개 소대가 약 30명이다. 3개의 소대가 모이면 중대, 3개의 중대가 모이면 대대이며, 대대 인원은 약 400명이며 실제 전투 인원은 350명가량이다.

스틴 박사는 하루 종일 BICC에 관한 프로젝트의 흔적을 없애느라 골머리를 썩였다. 그것은 생각보다 많은 사람들과 엮여 있었고, 예측보다 많은 자료가 흩어져 있었다. 오바마가 FRB 이사회를 전부 암살한 뒤로, CIA내의 '조직' 소속은 전부 초비상이 걸렸다. 잠적을 하거나, 군대의 주둔지인 군산복합기업으로 돌아갔다. 전체적으로 꼬인 상황에 대해 생각하니 또 두통이 찾아왔다. 머리를 싸매고 책상에 엎드렸다.

"왜 그랬나?"

화들짝 놀라 고개를 들어 보니 그의 바로 앞에는 양선목이 있었다. 그건 아예 놀라 자빠질 일이었다.

"자네는 전용기를 타고 귀국하지 않았었나?"

"그렇게 보이게 하는 것이 저의 계획이었으니, 그 반응을 보아서는 작전이 성공한 셈이군요."

"그게 도대체 무슨 소리인가."

박경예 대통령의 집무실에 장수옥 선생[60]이 들어왔다.

"선생님, 오랜만입니다."

"예, 각하. 귀국하셨다고 들어서 찾아뵈었습니다만……."

장수옥의 표정이 짐짓 어두워지더니 말을 잇지 못하였다.

60) 특공무술을 창시한 자로서, 경호 팀의 명예 교관에 소속되어 있다. 양선목과 개인적인 친분이 있는 인물이다.(1권 참조)

"그렇습니다. 그런데 무엇 때문에 그렇게 안색이 안 좋으신가요?"

"양선목과 함께 귀국하셨다는 이야기를 경호실장에게 들었습니다만……."

"아…… 그럴 예정이었죠."

"그럴 예정이었다 하면…… 양선목은 지금 어디에 있는 겁니까?"

"그 사람은 저와 함께 귀국하던 도중, 비행기에서 뛰어내렸습니다."

"아니 비행기에서 뛰어내리다니요? 자살했을 리는 없을 거고. 미국에 남아 있다는 말씀이십니까?"

대통령은 이틀 전의 기억을 떠올렸다. 그녀는 비행기 안에서 선목을 얼싸안으며 맞이했다. 멀리서 봤을 때는 선목에게 손끝 하나 건드리지 못한 것 같았지만 사실 그의 몸은 여기저기 멍들어 있었다. 군데군데 긁힌 자국도 있었고, 그중에는 출혈도 있었다. 함께 비행기를 타고 오는데, 선목이 먼저 대통령에게 다가와 이야기를 했다.

"비행기를 3,500피트로 맞춰주십시오."

"그 이유가 무엇입니까?"

"저는 비행기가 테네시 주를 지나고 있는 지금 낙하를 할 것입니다."

그의 말에 대통령과 황 팀장이 모두 놀랐다.

"저와 함께 한국에 돌아가지 않겠다는 이야기입니까?"

"대통령님! 외람되지만 사실은 애초에 한국에 돌아갈 생각이 없었습니다. 이것은 제 계획의 일부였습니다."

"계획이라니요? 제가 접촉할 줄 알고 계셨단 말씀이십니까?"

"제가 BICC에 침투하고 DIH에 억류되어 있다는 것을 제보한 것은 바로 저였습니다."

"그럼…… 그때부터 여태까지의 모든 일들이 다 시나리오였단 말입니까?"

"그렇습니다. 저는 대통령님께 드리고 싶은 말씀이 있습니다."

"그게 무엇입니까?"

"만약 제가 가지고 있는 BICC의 자료들과 함께 한국으로 귀국하면 분명 한국은 미국을 압박할 수 있는 무기를 갖게 되는 것입니다. 하지만 그것은 한 번의 전투를 이기는 방법이지 기나긴 이 전쟁을 종식시키는 방법은 아닙니다. 저와 기밀 자료가 있다 한들, 대한민국이 영원하고 강력한 자주국이 되고, 통일국가가 되는 것은 아니라는 이야기입니다. 오히려 이것을 조국을 위해 사용하려 한다면 그것을 둘러싸고 러시아나 일본, 중국, 심지어는 독일이나 영국 등의 국가에서도 개입하려고 할 것입니다. 작은 전쟁에서 승리하고 더 큰 전쟁이 시작될 뿐이지요. 저는 국가를 떠나, 한 명의 인간으로서 해야 할 일이 있습니다. 그 일을 하려면 BICC의 에릭스틴 소장을 만나야 합니다. 양선목이 한국으로 돌아갔다고 생각하는 바로 이때, 저는 다시 한 번 CIA의 둥지로 돌아가야 합니다. 여태껏 이 시나리오를 위해 저는 모든 것을 계획해온 것입니다."

"치밀한 계획이고 큰 뜻이군요."

대통령은 앞에 놓인 물 잔을 집어 한 모금 마시고는, 잠시 생각하다가 말을 이었다.

"저는 당장 눈앞에 보이는 작은 전투를 더 중요하고 시급하게 생각하는 사람입니다. 선생님과 선생님께서 갖고 계신 그 기밀 자료를 갖고 있으면 당분간은 분명히 큰 도움이 될 터. 제가 어째서 선생님의 말을 들어줄 것이라고 생각하는 겁니까?"

"제 말을 들어주실지 아닐지에 대해서는 판단하지 못했습니다."

"그런데 어째서……?"

"대통령님, 그건 저에게 중요한 게 아니기 때문입니다. 그저 대통령님께서 동의를 해 주시면 서로에게 훨씬 쉬운 길이 있기 때문에 알려드리는 것일 뿐이지요. 저는 몇 시간 전에 400명의 전투요원들을 뚫고 이 비행기에 탔지요."

"이런 괘씸한 자식이 있나!"

황유리 팀장이 선목의 말이 무슨 뜻인지를 알아채고 흥분하며 권총을 겨누었다. 그러나 선목은 미동도 하지 않고 대통령을 바라보고 있었다. 대통령은 손을 들어 황 팀장의 행동을 제지했다.

"황 팀장님. 양선목에게 비상작전용 낙하산을 주시고, 기장에게 고도를 3,500피트로 맞추어 달라고 하세요."

선목은 대통령에게 일어난 뒤 정중례를 했다.

"낙하산 값은 제가 청와대에 전자세금계산서를 발행해 드리겠습니다."

대통령은 그의 농담에 웃으며 고개를 저었다.

"선생님의 생각이 어떻든 당신은 대한민국 국민입니다. 그것은 할 일이 있는 바쁘신 분께 드리는 대통령의 선물이라고 생각하고 쓰십시오. 그리고 당신이 생각하는 신념. 대한민국과 세계가 함께 발전해나갈 수 있는 좋은 방법들에 대해 말씀해 주십시오. 언제라도 청와대에서 기다리고 있겠습니다."

선목의 계획에 대해 이야기를 다 듣고 난 에릭스틴은 웃으며 고개를 끄덕였다. 별로 놀라는 기색은 없었다.

"어떻습니까? 당신의 창조물을 직접 보는 기분은. 그리고 창조물이 만들어낸 이 계획들이. 소름 끼치십니까? 차마 이런 것까지는 예상하지 못하셨습니까?"

"내가 재미있는 이야기를 하나 해 줄까? 조금 옛날얘기지. 조세프 맹겔레라는 군의관이 있었네. 나치 군인이었고, 2차 대전 당시 수용소에서 여러 가지 인체 실험을 했었지. 그때 난 그의 실험 대상자였었네. 나치는 미친놈들이었어. 인류를 전부 게르만인으로 만들 수 있는 유전자 조작 계획을 가지고 있었지. 또한 독일 국민의 신체와 사고를 우수하게 개조할 수 있게 하는 실험도. 그래 맞아. 난 자네와 비슷한 프로젝트로 탄생한 천재일세. 이제 좀 동정심이 생기나? 그럼 이 불쌍한 노인네의 이야기를 계속 들어주게. 더 옛날 얘기를 해 줄 거야. 2000년 동안 나라를 잃고 한평생을 떠돌며 여호와를 위한 전쟁을 수행하는 우리 유대인들의 이야기지. 과거 이집트에 본거지를 두고 있던 우리 유대인들은 지배계층이었던 적이 없었네. 하지만 여호와를 섬기며, 그가 세상에 전파하는 진리를 누구보다 빠르게 학습하고, 깊은 철학을 할 수 있는 우수한 지능을 가지고 있었지. 그리하여 그때 당시에 가장 중요하게 생각하는 사업, 즉 피라미드나 왕궁 등의 석조건축을 하기 위한 설계 및 측량사로 있었던 엘리트 계층이었네. 우리들의 '조직'은 그들의 깨어 있는 의식으로부터 파생된 것이지. 목표는 바로 우리가 알고 있는 세상의 진리를 모든 인간에게 전파하여 이 땅을 여호와의 세상으로 만드는 것이었다. 거기에는 인간의 행동을 강제하는 율법들이 있었지. 그런데 이 사상에 반하는 자가 나타났다. 예수였지. 그는 여호와를 아버지라고 사칭하고, 율법을 부정하며 인간에게 자율성을 부여하는 사랑이라는 개념을 만들어냈다. 예수를 섬기는 기독교회를 박해하던 로마가 콘스탄티누스의 밀라노 칙령 이후로 오히려 국교로 인정받으며 유대인이 전파하는 진리의 율법과 강제성은 힘을 잃게 되었고, 우리들은 또 도망 다녔지. 그러나 인간의 자율성과 이익을 추구하는 마음은 공생할 수밖에 없었고, 선량한 마음을 가진 '조직'들은 1차 세계대전이 발생하는 처참한 광경을 보고 더 가만히 있을 수 없었다. 결단을 내렸지. 전 인류를 보이지 않는 힘으로 이끌어내는 전쟁을 시작하자고. 우리는 인간들이 좋아하는 것들을 빙자하여 그들을 조종해야겠다는 생각을 했어. 그게 바로 돈이었지. 어차피 유대인들은 우수한 민족이었으니 어떤 장사를 해도 성공했고, 그중에서도 특히 대부업으로 유럽 자금 흐름의 90%를 통제하기 시작했어. 그 과정에서 인간들은 더욱 더 돈을 중시하게 되었고, 탐욕에 대한 투쟁으로 독일의 경제는 파탄 지경에 이르렀지. 나치는 그 배후가 우리라는 것을 눈치채고, 우리의 계획을 저지하기 위해 정권을 장악한 뒤 유대인들을 숙청하기 시작했어. 그게 바로 인간의 본능이지. 자신이 살기 위해서, 부유해지기 위해서 타인을 죽이는 것을 거리낌 없이 하는 자들. 심지어 전 세계를 독일인으로 만들 계획을 세우다니 어처구니없지 않은가? 우리는 적어도 인간을 뒤에서 조종했지, 인간 자체를 바꾸려는 계획은 없었단 말일세. 어쨌든 그들의 박해를 피해서 우린 미국으로 가서 더욱더 인간의 욕망을 자극했네. 그 과정에서 조직은 분열되었네. 미국을 장악하려는 우리들과, 유럽에 남아 더 이상 인간의 욕망을 부추기지 않고, 철학과 사상을 전파함으로써 목적을 달성하려는 자들이 모여 '클럽'을 결성하게 되었지. 클럽의 이야기는 또 긴 이야기가 될 테니 넘어가기로 하지. 우리는 전쟁을 부추겨서 무기를 팔고, 석유를 독점적으로 확보하여 가격을 치솟게 하고, 광고를 해서 사게 하고, 문화를 만들어서 전 세계가 버거킹의 와퍼를 먹게 했지. 무엇보다 FRB를 통해 미국의 화폐를 찍어내고 물가를 치솟게 하다가 거품을 빼는 방법을 주기적으로 사용했다네. 그 과정에서 우리는 증권이나 부동산 등 허황된 가치에 투자하는 투자자들의 돈을 합법적으로 벌어들일 수 있었어. 그 다음에는 언론을 장악하거나, SNS를 통해 단편적인 정보들을 주어 사람들을 선동하고, 우리의 뜻에 동의하는 자들을 정치인으로 내세웠네. 교회를 빙자하여 예수의 사랑보다 율법과 복종을 중요시하는 교리들을 전파했지. 교회를 다니는 자들은 본인들이 크리스천인 줄 알고 있겠지만 사실은 그것은 유대교인 것이지. 눈에 보이는 것만 전부인 줄 아는 인간들은 이것이 옳은 것이라고 이야기하면 옳은 것인 줄 알지. 제도교육으로 인간이 알아야 하는 지식을 체계적으로 정립하고 통일시켰어. 생각은 할 줄 모르고 돈을 벌기 위한 지식만 쌓였고, 소유물과 직업이 자신을 대변한다고 생각하기 시작했지. 보이지 않는 우리의 존재에 대해 의심하는 사람은 없었고, 정부기관과 기업인들을 비난하기 시작했어. 또는 반대로 공무원이나 부자가 되려고 노력하고, 좋은 학교에 보내려고 노력하기 시작했지. 하지만 우리는 모든 인간을 율법에 의해 조정하기 위해서 더 많은 돈이 필요해. 말했지 않은가. 전 세계 100%의 자금 시장을 장악할 거라고. 그다음에는 완전 반대의 계획을 실행시킬 거다. 지금까지는 인간들을 멍청하게 만들고 돈으로 유혹해서 말을 듣게 했지만, 이제 모든 돈을 우리 수중에 넣게 되면 다시 인간들을 똑똑하게 학습시킬 것이라네. 우리가 이야기하는 여호와의 진리를 스스로 이해할 수 있게 말이야. 그럼 그때야말로 이 세상에 전쟁은 없어지는 것이고, 인간이 자신의 이익을 위해 남들의 마음과 몸에 상처를 내는 일이 없어지는 진정한 낙원이 실현되는 것이야. 너는 이 엄청난 계획에 아주 중요한 사명을 갖고 태어난 존재이니, 자부심을 가져도 좋다. 물론 인간은 아니지만. 나 한 명을 죽인다고 이 커다란 전쟁이 끝날 것 같나? 그렇다면 큰 오산이야. 어서 나를 죽이게. 그럼 이 자리는 나보다 더 똑똑하고 신념에 가득 찬 누군가로 또 채워질 테니까."

"나는 당신을 죽이러 왔다고 이야기한 적이 없다."

"뭐라고?"

기나긴 이야기를 끝내고 숨을 고르고 있던 에릭스틴은 선목의 대답에 놀랐다.

"너희들 조직이 여호와의 진리에 접근해 있다고 이야기하지만 나는 아무래도 너희들이 틀린 것 같군. 나는 예수가 정말 여호와의 아들인지 아닌지는 알지 못한다. 하지만 너희들이 예수의 진짜 뜻을 오해하고 있는 것만큼은 확실하군. 이 오랜 전쟁 속에서 내가 왜 너희들의 방식대로 너를 죽일 거라고 생각하나? 너희들은 인간을 믿지 못하고 엘리트들이 그들을 지배하여 평화를 주어야 한다고 생각하고 있지만 내 생각은 다르다. 나는 너에게 어떤 위해도 가하지 않을 것이다. 그래야 이 전쟁은 승리하는 것임을 알고 있으니까. 네 말대로 인간들은 탐욕의 동물이다. 그리고 눈에 보이는 것밖에 알지 못하지. 하지만 그것은 지금의 상태가 그렇다는 것이지 미래가 그렇다는 것은 아니다. SNS에서 단편적인 정보들에 대해 판단하지 못하고 동의를 하는 인간들도 있고, 좋은 자동차를 가지고 넓은 집을 갖고 있는 것이 좋은 삶을 사는 사람이라고 착각하는 사람도 있으며, 마케팅에 의해서 본래 인간이 필요한 영양소와 상관없이 크리스피 도넛을 먹고 무자비하게 치킨을 뜯고, 수억 마리의 돼지를 도축해서 잘근잘근 씹어 먹으며, 소의 가죽을 벗겨내어 만든 구두를 예쁘다고 사진을 올려대는 것이 진짜 본인의 가치이고 행복이며, 자유를 행하고 있다고 믿는 것이 인간이지. 심지어는 그것을 은연중에 알면서도 피곤해하며 모른 척하는 인간들 또한 태반이다. 나도 네 말처럼 가끔은 넌더리가 난다. 그런데, 그런데 말이다. 너희들의 논리대로 생각한다 하더라도 결국 인간은 그 여호와라는 것의 피조물이 아닌가? 그 와중에 SNS로 인해서 중동은 수십 년에 걸친 독재정권이 끝나버리기도 하고, 진짜 자신을 찾아가기 위한 성찰을 하며, 이 세상을 비판적으로 바라보고, 학교에서 가르쳐주지 않는 것을 학습하는 것도 인간이다. 너희들의 가르침이 없어도 너희들이 말하는 소위 신이라는 것의 의미를 깨닫고 자율적인 사랑을 실천하는 자들과, 스스로 탐욕을 버리고 참된 헌신을 하는 자들이 나타나기 시작한다. 그리고 나는 너희들이 아무리 이 세계를 조작하고 학습시키려 해도, 모든 인간들이 보이지 않는 너희들의 실체를 파악하고 그것에 대해 비판적으로 사고할 줄 알며, 자신의 쾌락만큼 남들의 행복, 더 나아가 다른 생명체의 공존도 생각할 줄 아는 고차원적인 윤리사고를 할 수 있을 것이라고 믿어 의심치 않는다. 철학과 종교, 과학과 종교, 수학과 인문학 모든 것이 하나의 길로 흘러들어 상통하되, 각자 결론으로 다다르는 그 여러 갈래의 다른 길을 인정하는 사회. 나는 모든 인간들이 거기에 이를 수 있다고 믿는다. 왜냐하면 내가 그 경지에 다다랐고, 나 또한 인간이며, 모든 인간은 하나의 갈래에서 나왔다는 것을 믿기 때문이다! 그리고 심지어는 네가 속해 있는 조직원들 또한 그 믿음에 동의하는 것, 너희들이 우매하다고 이야기하는 저 대중들을 진심으로 사랑할 줄 알게 되는 것 말이다. 그것도 가능하다고 생각한다. 너희들이 죽기 전까지 불가능하다면 너희들의 후손들, 아니면 그 후손의 후손들이라도 말이다!"

"그건 모두 거짓말이야. 헛소리하지 말고 나를 어서 죽이란 말이다, 양선목!"

"아니. 똑똑히 들어라. 나는 너에게 아무것도 하지 않을 것이다. 다만 나의 생각을 전달하고 내 발로 걸어 이곳을 나갈 것이고, 이후 '조직'에 어떤 위해도 가하지 않을 것이다. 그것이 바로 내가 생각한 승리의 길이다. 그리고 너에게만 이야기해 주지. 평생 쓸데없는 걸로 마음 졸일까 봐 미리 말해주는 건데, 나에게 BICC 프로젝트에 관한 메모리 카드는 없다. 애초에 그것을 자료로 보관하려고 할 마음도 없었을 뿐더러, 직접 보기 위해서 어쩔 수 없이 복사해 놓았던 노트북은 스텔스기에 격추될 때 몽땅 파괴되어 버렸지."

선목은 그 말을 마지막으로 그대로 걸어 나갔다. 그동안 확신에 가득 차 있던 에릭스틴은 혼란스러움을 참지 못하며 벌떡 일어서서는 절규하기 시작했다.

"뭐? 우리를 믿는다고? 믿어라! 어차피 너 한 명이 이 세상을 바꿀 수는 없어. 조직은 영원히 건재할 거라고. 우리의 존재를 의심하는 자가 있으면 몇백 명이든 다 죽여주고, 여자들은 영원히 커피와 다이아몬드에 눈이 멀게 해 줄 것이며 남자들은 힘과 지식, 자동차를 통해 이 세상을 지배할 수 있다는 환상을 심어 주어 이 전쟁을 멈추게 하지 않을 것이야. 진짜 자신의 모습 따위는 없고, 모두 여호와의 객체일 뿐이라는 사실을 무기력하게 받아들여야 하는 존재들이란 말이다! 너는 틀린 거고, 내가 옳단 말이다. 살면서 우리들이 하는 일들을 똑똑히 보아라! 신께서 우리가 하는 일들을 좋아하신다!"

에릭스틴은 이미 선목이 나가고 없는 자리에 소리를 지르고, 진이 빠져 의자에 앉았다. 허무함이 밀려들어와 등받이에 등을 기대고 눈을 감았는데 무언가 섬뜩한 기운이 들었다. 눈을 떠 보니 이스라엘인으로 보이는 자가 권총을 겨누고 있었다. 그러나 에릭스틴은 태연하게 혼잣말을 했다.

“겹겹이 태산이로군. 이스라엘인이 왜 유대인을 죽이려고 하는 거요?”

“차프리림[61]에서 유대인을 욕되게 하는 활동을 하는 자들이 있다고 해서 척결하고 있을 뿐이다. 여호와께서 그 가르침을 여호와 아닌 방식으로 전파하라고 하던가? 방금 나간 동양인보다도 못한 행태를 그동안 잘도 해 왔구나. 그분께서 잘도 너희들의 일을 좋아하시겠군. 이제 반성하고 그분께 가서 빌어라.”

[탕!]

차프리림 요원은 망설임 없이 방아쇠를 당겼고, 에릭스틴은 의자에 앉은 채로 그대로 넘어가 즉사했다.

한편 선목은 CIA의 ‘둥지’를 걸어가며 눈물을 흘리고 있었다. 곳곳에는 그가 쓰러뜨린 요원들이 널브러져 있었고, 그의 옆에 태연히 무신이 함께 걸어가고 있었다. 무신이 눈물을 흘리는 선목에게 물었다.

“억울한가?”

“아닙니다.”

“정말? 이게 네 싸움의 끝인가? 이게 너의 결말이야? 에릭스틴이 저렇게 눈 뜨고 살아서 또다시 인간을 강제하기 위한 갖은 만행과, 생명윤리를 해치는 실험들을 하게 내버려두어도 된단 말인가?”

“제가 지금 그를 죽이면 지금 당장 그 계획을 저지할 수 있지만, 언

61) 이스라엘의 정보국인 모사드 내에 소속된 기관으로서, 자국뿐만 아니라 전 세계의 유대인을 관리하고 보호하는 비밀 기관.

젠가 세상은 억압을 받을 것입니다. 그러나 제가 그를 죽이지 않은 선택을 한 것은 당장은 어두워진다 하더라도, 저들마저 진정한 자유의 의미를 깨닫게 하는 투쟁이 될 것입니다. 저는 60억 명의 인간과 일일이 싸워 이길 자신이 없습니다. 다만 그들을 사랑하게 만들 뿐이지요."

"네가 오늘 나를 진정으로 기쁘게 하는구나. 이제 마지막 차원의 세계에 도달할 때가 되었구나. 기나긴 여행을 떠나 집으로 돌아온 것을 환영한다. 나의…… 아들아."

무신의 말에 선목이 발걸음을 멈추었다. 옆에 있던 무신은 온데간데없이 사라지고 앞에는 처음 보는 자가 그를 쳐다보았다. 동양인인지 서양인인지 알 수 없고, 덥수룩하게 자란 머리가 어깨까지 덮고 있었으며, 푸른 눈은 지구를 닮아 있었다.

"스스로 존재하는 내가 지금 이 자리에서 선언하니, 네가 진정 자랑스러운 나의 아들이다. 나의 품에 안겨 영원한 생명을 누리자."

그의 이야기에 선목은 슬픈 표정을 지었다. 그토록 바라던 최고의 경지로 도달하는 과정이건만, 그다음 단계가 무엇인지를 짐작하는 선목은 한국에 두고 온 친구들이 눈에 밟혔다. 그러나 그들을 믿기 때문에, 고민은 길지 않았다. 선목은 앞에 있는 존재의 품에 안겼고, 태양보다 훨씬 눈부신 빛이 그의 주변을 감싸기 시작했다. 인간으로 누릴 수 없는 그 어떤 결핍도 없는 온전한 마음의 상태가 유지되었다. 어머니에게 받는 사랑과는 비교도 할 수 없는 환희와 행복이 밀려 들어왔다. 선목은 이 세상에서 그 무엇도 될 수 있었고, 어디에도 있게 되었다.

*

중국의 산동성 연태지구. 황유리는 사과나무가 끝도 없이 펼쳐져 있는 과수원 길을 걷고 있었다. 거의 숲에 가까운 거대한 지역의 중심에 담장만 5m가 넘는 거대한 문이 나타났다. 학가문이라고 쓰여 있는 현판을 통과하자, 수많은 젊은이들이 매화당랑권[62]을 수련하고 있었다. 젊은이들은 모두 수련을 멈추고 그녀를 쳐다보았다. 그리고는 모두 길을 비키고 단체로 그녀를 향해 정중례를 하며 외치는 것이었다.

"화이잉 궈린. 즈 시후!"

"비에 샤망 라, 타누 치 다오."

그렇게 알 수 없는 말을 서로 주고받으며 유리는 태연하게 그곳을 지나치고는, 세 번째 마당을 지나쳐 건물 안에 들어섰다. 수십 개의 방 중 하나의 방문을 열고 들어가니 그곳에는 한 노인이 있었고, 그 주변에는 수십 명의 정장을 입은 중국인 경호원이 있었다. 그녀는 왼 소우를 하며 고개를 숙였다.

"샤오지에. 쿤 밍[63] 시후."

---

62) 학가문에서 붕보, 란접, 분신팔주, 사로검, 육합곤 등의 무공을 가르치고, 종합적으로 융합하는 최종 단계.

63) 중국 공산당 정법위원회의 위원장의 이름.

"그냥 한국말로 해라."

유리는 그의 말에 한번 쳐다보고는 무릎을 꿇고 고개를 숙여 말했다.

"한국에 대한 미국의 영향력이 약해지고 있습니다."

쿤 밍은 고개를 끄덕이며 이야기했다.

"그럼 앞으로는 통일 한국에 대비한 4단계 계획으로 돌입해야겠구나."

"그건 조금 기다리셔야 할 것 같습니다."

"그 근거가 무엇인가?"

"양선목은 한국의 편에 서지 않고 중립적인 입장을 표방하고 있습니다. 이에 대해 이스라엘의 모사드, 신베스, 아만 등의 기관과 독일의 연방정보국, 영국의 MI6, 러시아의 FSB와 GRU가 움직이기 시작했습니다. 여기에 일본과 러시아의 관계가 양선목의 일로 적대적으로 변질되었고, 미국으로부터 속셈을 들켜버린 일본은 군사력까지 끌어모으며, 자위대를 정식 군대로 만들려고 하고 있습니다. 심지어 UN 반기문 총장이 조직에 관한 정보를 비밀리에 수집하고 있다는 첩보가 입수되었습니다. 여기에 중국이 선제적으로 한반도에 영향력을 기울인다면 모든 국가와 UN의 의심과 견제를 받게 되는 것입니다."

황유리는 쿤 밍과 오랜 시간 이야기를 주고받은 뒤, 건물을 빠져나와 아까 걸었던 과수원을 역행하여 걸었다. 생각보다 시간이 길어져서 귀국을 서둘러야 했다.

"학가문 당랑권의 18대 전수자 황유리 팀장."

"누구냐!"

난데없이 들려온 또렷한 한국인의 목소리에 화들짝 놀라, 가던 길을 멈추어 주위를 둘러보았다. 어디선가 들어본 익숙한 목소리였다. 보았더니 장수옥 선생의 제자 김호철[64]이었다.

"김호철. 네가 여긴 어떻게……?"

"사부님께선 학가문의 무술들과 태극권을 포함한 여타 중국 무술인들과도 교류가 많으시다. 너의 동작들이 경호 무술이 아니라 학가문 당랑권이라는 것은 진작에 파악하셨다. 그런데 거기에 그치지 않고 네가 휴가마다 꾸준히 중국을 오가는 것을 수상하게 생각하셔서 계좌를 좀 추적해 봤지."

"김호철. 네가 지금 그걸 나에게 말한 것을 후회하게 될 텐데?"

그녀의 말에 호철은 여유 있게 어깨를 으쓱하며 이야기했다.

"기습은 별로 내 스타일이 아니라……."

둘은 서로의 눈을 쳐다보며 상대가 어찌 나올지를 계산하며 천천히, 그러나 상대의 측면을 잡아내며 회전하며 접근했다. 일정 범위 내에 들어오자 둘은 동시에 가드를 올리기 시작했는데, 호철은 오른 주먹을 명치에, 왼 주먹은 좀 더 앞으로 뻗어서 어깨 정도에 위치시켰으며, 다리는 구부리지 않은 상태에서 자연스럽게 앞 서기를 했다. 합기도에는 역습이나 방어보다는 연속적인 공격의 기술이 많기 때문에 무게를 아래로 둘 이유가 별로 없었기 때문이다.

반면 유리는 완전한 반대 스타일이었다. 오른 주먹을 턱에, 왼 주먹

---

64) 1권 259P 참조.

은 거의 구부림이 없이 앞으로 쭉 뻗어 상대와의 거리를 가늠했고, 다리의 무게 배분을 거의 5대5로 맞춘 상태에서 최대한 무게중심을 낮추었다. 상대의 공격을 차단하고 역습으로 일격을 날리는 것이 당랑권의 특징이기 때문이다. 그렇게 둘은 아무도 없는 과수원에서 목숨을 건 사투를 시작했다.

'예전에 이런 상황을 겪어본 것 같은데 말이야.'

서대문 경찰서 강력 2팀 팀장 김진수는 사건은 부산에서 발생했지만, 피해자의 주소지가 자신의 관할 지역이었기에 맡았던 오정연 사건이 생각났다. 문득 그때 사건에 연루되었던 황세용과 양선목이 떠올랐다.

'그 괴물들은 어떻게 살고 있을까? 잘 살고 있나?'

목적지에 도착하고 까치바위에 올라왔다. 얼른 자살로 결론짓고 사건을 마무리 지은 뒤, 보고서를 올리라는 서장의 직접 지시가 있었지만, 시체를 보고 의구심이 들었기 때문이다.

'자살한 자의 온몸이 타박상이 있다는 것은 둘 중 하나. 그 전에 누군가에게 맞았거나, 아니면 자살하려고 뛰어내려놓고 후회를 해서 이 바위를 여기저기 굴렀다는 것. 하지만 떨어져서 자살하는 자들의 심리는 두려워하며 최대한 멀리 보고 멀리 뛰어내리려고 한다. 두개골이 함몰되는 경우도 생각보다 많지 않지. 게다가 유언장을 컴퓨터 파일로만 띄워 놓는 자살자는 없어. 청도원장의 말과 경호실장인 김 실장의 증언도 서로 엇갈린다. 특히 청도원장이 밤중에 무슨 일이냐고 물었다는 것은, 김 실장의 태도가 수상함의 극치를 달렸음이 분명하다. 김 실장을 굳이 대동하지 않고 새벽에 혼자 까치바위에 올 수 있는 방법은 많다. 아무리 철벽 경호를 한다고 해도 사실 새벽에는 대통령이 잠든 것을 확인하고 거의 졸게 되어 있다. 노후연 대통령! 나에게 말을 해 주시오. 도대체 무슨 일이 있었던 건지. 나에게 사실을 이야기해서 나를 진급시켜 달란 말이오.'

현장에 있던 증인의 증언을 듣고 증거들을 채취해간 뒤, 서울로 올라간 김진수는 서장에게 이야기했다.

"서장님. 아무래도 이거…… 수사를 조금 더……."

"김 팀장, 증거 있어?"

"네?"

"더 수사를 해야만 하는 확실한 증거 있냐고."

"그건…… 조금 더 수사를 하면 나올 수도 있을 것 같은데……."

"김 팀장 예전에 오정연 사건 물고 늘어져서 공 많이 세웠었지?"

"무슨 말씀이 하고 싶으신 겁니까. 서장님?"

"사건의 본질이 같아 보이나? 한 사람의 의문의 죽음을 파헤치는 것. 아니야. 전혀 달라. 그 차이는 바로 오정연과 노후연의 차이야. 내 말이 무슨 말인지 잘 알 거라고 생각하네. 자살로 결론짓고 보고서 올려. 영웅놀이는 거기까지야."

"서장님……."

"아, 글쎄 거기까지 해!"

서장의 강경한 태도에 김진수는 고개를 푹 숙이고는 목례를 하고 나갔다. 복도를 걷는데 무언가 씁쓸했다. 자꾸 서장의 말이 마음속에 맴돌았다. 오정연과 노후연의 가치의 차이. 누군가는 평범한 인간이므로 그 비밀을 마음대로 파헤치고 정의의 잣대를 갖다 붙여도 되지만, 누군가는 권력의 핵심에 있던 인물이므로 그대로 덮어두고 고귀함을 지키자는 건가? 이건 아니다.

'영웅놀이를 하려는 게 아니야. 그냥 형사의 일을 하고 있을 뿐이다.'

김진수는 다시 발걸음을 돌려 서장실로 들어갔다. 서장은 진수를 아니꼬운 표정으로 쳐다봤다. 진수가 먼저 입을 열었다.

"그만 못하겠습니다."

"뭐야?"

"경찰고시를 봐서 간부를 선발하는 이유는, 평범한 사람들이 생각하지 못하는 비상한 통찰력과 윤리관으로 법을 진리에 가깝게 해석해서 경찰 조직력을 효율적으로 재편성하고, 올바른 법 집행을 하라고 선발한 거 아닙니까? 그런데 서장님은 경찰이 아니라 정치 놀이를 하고 계신 것 같습니다. 전 내일 부산 지방검찰청에 가서 최우환 부장검사와 공조수사를 요청할 겁니다. 저를 막으실 거라면 서장님도 노후연 사건의 관계자로서 소환할 테니 그렇게 아십시오!"

너무 놀라고 당황해서 입이 다물어지지 않던 서장의 표정이 천천히 식어가기 시작했다. 그리고 이욱고는 비열한 미소를 지으며 자리에서 일어나 진수의 눈을 똑바로 쳐다보았다.

"자신 있겠어?"

"뭐가 말입니까?"

"방금 네 입으로 얘기했잖은가. 정치 놀이를 하고 있다고. 자네가 이 끝이 보이지 않는 전쟁에 입문하려고 하는 것 같아서, 선배로서 걱정이 되어 하는 이야기야. 이 싸움에서 이길 자신이 있냐고 물어본 거야."

"전쟁에 대해서는 저는 잘 모릅니다. 다만 형사로서 할 일을 할 뿐입니다."

서장이 그의 대답을 듣고는 흥미롭다는 듯이 웃기 시작했다.

"오, 하…… 하하…… 하하하하하하! 그거 참 재미있네. 그래. 부디 그렇게 자네 할 일을 하려고 발버둥 쳐봐. 제발 그 결말이 뭔지 나한테도 알려주게. 내일 부산지방검찰청으로 내려가. 잘해 봐. 하지만 이것만은 똑똑히 기억하고 내려가는 게 좋을 거야. 나는 이 시간부로, 무슨 수를 써서라도 너를 방해하고, 짓밟고, 능욕할 거야. 그래도 제발 포기하지 말고 할 일을 하게. 진심으로 부탁하는 거야. 제발 이 전쟁의 끝을 나에게 좀 알려달라고. 나가 봐. 으하하하하하하하하!"

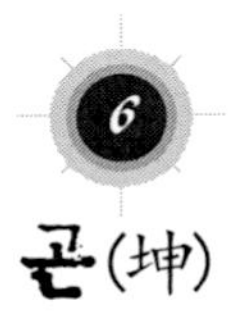

곤(坤)

"다른 것은 다 된다고 하시면서 신태권도 협회의 전 간부들이 국기원에서 사범의 자격을 취득할 수 있게 해 주는 것과, 신태권도 사범으로서 국기원의 공인 태권도 단증을 줄 수 있게 하는 권한을 주는 것은 왜 반대하는 것입니까? 신태권도의 품새와 겨루기 방식 모두 장기적으로 국기원에서 받아들이기로 합의했다면, 이제 태권도와 신태권도를 구분 짓지 않고, 오히려 화합이 되는 데 반드시 필요한 요소입니다. 이미 서로를 인정하고 하나로 합치겠다는 안을 제시하셔 놓고 일방적으로 우리의 것을 버리라고 한다면, 지금까지 저를 믿고 따라오는 자들을 버리라는 말씀과 다름없습니다."

세용은 라운드 맞은편의 유의한 국기원장과 임무혁 부원장을 향해 이야기했다. 그의 이야기에 국기원장은 한참 동안 눈을 감고는 인상을 찌푸렸다.

"황 총재, 그대의 이야기는 모두 이해가 갑니다. 그러나 그렇게 할 수 없습니다. 미래에 변화하겠다는 것을 갑작스럽게 현재에 모두 인정하게 되면, 지금의 태권도를 고수하는 우리 국기원의 존엄성이 훼손되기 때문입니다. 지금까지 이야기한 것처럼 동작이 겹치는 응용 품새는 모두 포기하는 대신, 전혀 다른 해석과 새로운 기술이 가능한 품새를 국기원과 협의하여 다시 변형하여 비각, 한류로 만들며, 겨루기 방식 또한 기존의 WTF 룰에 따라 주먹 가격에 대한 비율을 높이는 것, 주먹 기술을 인정해 주는 것. 그리고 이것의 승리를 위한 신태권도의 조언과 기술을 적극적으로 받아들이고 황 총재를 주축으로 한 전면적 개혁을 위한 TF를 구성하는 것입니다. TF의 TO는 기존의 국기원 및 대한태권도 협회 25명, 신태권도 협회 15명, 그리고 이 TF의 활동으로 공헌한 신태권도 협회 측 15명과 황 총재는 TF가 끝난 이후에도 국기원의 간부로서 지위를 보장받을 것입니다. 이것은 정말 많이 배려해준 것입니다."

유의한 원장의 말이 끝나자 김수종이 테이블을 치며 분노했다.

"이보십시오! 지금의 신태권도 협회는 대태협의 열 배의 규모가 넘고, 전국 태권도 도장의 30%를 점유하고 있는 엄연한 무술 단체입니다. 그런 곳을 흡수하려고 하면서 어떻게 그렇게 속 보이는 무례함을 보인단 말입니까?"

수종이 말하자 임무혁 국기원 부원장이 입을 열었다.

"세력과 이유가 어찌 되었든 우리는 국가의 인증을 받는 유일무이한 공인 무술 단체입니다. 우리 측에서도 TF를 구성하고, 개혁을 하는 것이 기존의 세력들에게 얼마나 많은 비난을 받고 반발을 사는 것인지 모르십니까? TO를 빼준 만큼 우리 측에서도 쳐낼 사람이 생긴다는 이야기입니다. 왜 자꾸 신태권도 협회의 입장에서만 배려와 보장을 바라는 것입니까?"

평소에 대태협과 국기원에 감정이 있던 김현수가 냉소를 지으며 이야기했다.

"흥! 그렇게 공인된 단체께서 그럼 뭐가 아쉬워서 이런 회의를 하신단 말입니까? 진짜 격투로서 인증을 받지 못하고, 국민들에게 인정받지 못하는 추세에 대해 국가가 질책하며 우리와 화합을 도모하라고 지시한 것을 모를 것 같습니까? 우리에게 제발 봐달라고 사정을 해도 시원치 않을 판에, 협상이 결렬되어도 괜찮으시려나?"

[쾅!]

"야, 김현수! 지금 어디다 대고 헛소리를 지껄이는 거야!"

모두들 놀라서 소리가 난 쪽을 보니, 유승현이 김현수를 노려보며 일어서 있었다. 김현수는 그를 힐끗 쳐다보고는 다시 태연하게 이야기했다.

"깝치지 말고 앉아라, 유승현. 이 자리는 엄연히 두 단체의 회담이다. 예전처럼 떼를 쓴다고 무언가가 성사되는 사석이 아니란 이야기다."

현수의 태연한 대처가 승현의 화를 더욱 돋우어, 결국 승현이 현수의 앞까지 성큼성큼 걸어갔다.

"회담은 개뿔! 네 안에 시커먼 속이 보이는데 내가 지금 그 말을 믿으란 얘기냐? 일어나. 당장 여기서 또 그때처럼 날 망신주고 싶다면 일어나서 다시 붙어보잔 말이야!"

"승현아."

현수가 아무런 동요 없이 유승현의 이름을 부르고 그를 쳐다보자 상대는 움찔했다. 예전에 알던 그 현수의 분위기가 아니었기 때문이다. 현수는 계속 말을 이어나갔다.

"태권도에서 그렇게 네 뜻대로 되지 않으면 힘을 쓰라고 가르치던? UFC 72kg급에서 챔피언 먹으니까 나랑 다시 해도 해볼 만할 것 같아서?"

"……!"

승현이 그의 말에 당황하여 아무 말도 못하고 있을 무렵 문다성 IOC 위원이 승현에게 이야기했다.

"김현수 부총재의 말이 맞다. 승현이 넌 들어가 네 자리에 앉아라. 엄연히 인정받고 있는 무술 단체의 부총재시다."

"이잇!"

문다성의 이야기에 유승현은 부들부들 떨 뿐, 아무 말도 하지 못하고 제자리에 돌아갔다. 그 이후로도 회담은 계속되었지만 서로의 양보를 좁히지 못한 채 마지막 타결점에 합의를 하지 못하고 인터컨티넨탈호텔 정문을 나섰다. 정문에 대기한 리무진에 황세용을 포함한 신태권도협회 간부 여덟 명은 두 명씩 나누어 탑승하여, 본부가 있는 역삼동으로 향했다.

"후! 정말 오늘은 합의가 끝날 줄 알았는데. 힘들구나."

'오늘의 신태권도가 이룩해 놓은 일을 사부는 보고 계실까?'

사부의 생각을 해서 그런지, 순간 창문 바깥으로 양선목이 보이는 듯했다. 세용은 문득 이런 적이 예전에도 한 번 있었던 것 같아 웃음을 지었다. 아마 닮은 사람이나 환상을 봤으리라.

"잠깐…… 잠깐만 차를 좀 멈춰주게."

영문을 모르는 기사는 뒤차들의 경적 소리를 무시한 채 끝 차선에 비상 깜박이를 켜고 정지했다. 세용은 뒷문을 열어 내린 뒤, 지나쳤던 곳을 보며 달리기 시작했다. 김수종 총관장이 그 뒤를 쫓아갔는데, 황세용이 멈춰서 보던 곳을 바라보니 그곳에는 양선목이 있었다. 선목의 옷차림은 마치 승려처럼 베옷을 입고 있었는데, 무척 더러웠다. 세용을 알아보지 못하고 주섬주섬 걸어가는데, 리어카 안에는 사람들이 버린 쓰레기 중 재활용품들만 가득했다. 사람들은 그가 지나갈 때마다 눈을 찌푸리고 코를 막으며 길을 비켰다. 그는 그럴 때마다 배시시 웃고 고개를 숙이고는 지나갔다.

"총재님……? 양선목 대사부가 아닙니까? 어찌 저러고 계신단 말입니까? 그날 교통사고 이후로 머리를 다친 모양입니다."

"아니…… 아니에요."

세용은 수종의 물음에 고개를 저으며 대답했다. 세용의 눈은 눈물로 젖었지만 표정은 웃고 있었다.

"저건 마지막 깨달음의 경지인 무아無我입니다. 자신의 자아와 신념을 모조리 축소하고 이 세상의 모든 일에 대해 타인을 철저하게 믿는 경지입니다. 그것은…… 그것은 자신의 존재 자체를 온전히 믿었을 때 가능한 경지입니다. 세상의 진리에 인간이 범접했을 때 나타나는 겸손한 삶입니다."

세용은 조용히 걸어가서는 선목의 앞을 막아 멈추어 섰다. 선목은 세용을 힐끗 보고는 다시 배시시 웃고는 옆으로 지나가려고 했다. 그러나 세용은 옆으로 방향을 틀어 선목을 바라보았다. 선목은 고개를 들어 세용을 바라보았다. 세용은 선목을 안으며 이야기했다.

"사부님. 어디 있다가 이제 오셨습니까? 할 이야기가 많습니다."

"헤…… 헤헤. 안녕하세요."

선목이 그의 이야기를 알아듣는지, 세용을 기억하는지 알지 못하지만, 그의 말에 선목은 배시시 웃으며 팔을 들어 세용을 함께 안았다.